LA PASSION

DE

JOSEPH PASQUIER

GEORGES DUHAMEL
DE L'ACADÉMIE FRANÇAISE

LA
PASSION
DE
JOSEPH PASQUIER

CHRONIQUE DES PASQUIER
X

PARIS
MERCVRE DE FRANCE
XXVI, RVE DE CONDÉ, XXVI
MCMXLIX

IL A ÉTÉ TIRÉ

1250 *exemplaires sur vélin pur fil*
des papeteries de Renage,
numérotés de 1 à 1250,
et quelques exemplaires
hors commerce ;

220 *exemplaires sur vélin crème,*
numérotés de 1251 à 1470,
réservés aux sélections Lardanchet.

CHAPITRE PREMIER

ORPHÉE AU XXe SIÈCLE. PORTRAIT D'UN AMATEUR DE PEINTURE. SENTIMENT DE JOSEPH PASQUIER SUR L'HYPOCRISIE UNIVERSELLE. SOURIRES DANS UN PLACARD. LE CHEF DU PROTOCOLE. LA CORRECTION ET LE STYLE. L'ART DES AFFAIRES ET LES AFFAIRES DE L'ART. L'OMBRE D'UN RASEUR. UN HOMME CHARGÉ DE SOINS. MÉDITATION DANS UN CABINET DE TOILETTE. A LA RECHERCHE DU BLEU-PASQUIER.

C'EST sur la nature et la surprenante vertu du rouge que l'œil hésitait tout d'abord. Ce n'était pas le carmin et non certes le vermillon. Ce n'était pas, ce ne pouvait être la garance ni la cochenille. Il y avait là une pointe d'ocre et un soupçon de kermès, avec quelque chose de plus vif et pourtant d'un peu mat. Alors, c'était peut-être le cinabre ? Nul doute, c'était le cinabre.

Cette première certitude établie, l'esprit s'abandonnait aux surprises d'un inventaire. On ne pouvait pas ne pas remarquer une crasse noire, avec des chevilles et des cordes : c'était la volute d'une viole ou d'un luth. Non loin de là, s'ouvrait un œil limpide et magnifique, avec ses longs cils cambrés. Il s'ouvrait dans une auréole de la

couleur des nèfles mûres. Riche couleur ! Sur la
prunelle de cet œil, on apercevait l'image courbe
et déliée d'une fenêtre à croisillons. Puis on ren-
contrait deux ou trois carrés de parquet, de cette
sorte dite « Versailles ». Puis une main, une main
élégante, admirablement formée. Puis, non loin
de la main, un fragment de journal sur lequel on
pouvait lire : *La Presse, journal du soir, sixième
édition.* Puis un cothurne et un peigne d'écaille.
C'est au-dessus du peigne que l'observateur
découvrait la patte du lion. Une patte vraiment
royale, toutes griffes dehors. Ensuite, pour rencontrer le museau du crocodile et la corne de
l'antilope, il fallait aller très loin, jusqu'au bord
du désert de cinabre, dans un lieu sauvage où
scintillaient comme des phares trois cabochons de
cristal dont on ne savait pas s'ils étaient simplement collés ou rivés sur le panneau. Enchâssés
dans la pâte ? Il n'en était pas question ! Nul
empâtement. Tout l'ensemble était traité par des
lavis ou plus justement des glacis d'une distinction,
d'une légèreté, d'une transparence parfaites. Alors,
parvenu tout au bord du cinabre, de l'océan de
cinabre, l'œil, grisé, perdait en quelque sorte l'équilibre. Une seconde encore, il tâchait de se raccrocher à la mâchoire d'une panthère ou d'un puma,
mâchoire délicatement insérée entre deux prospec-
tus de la Société protectrice des Animaux. Mais
l'œil et l'esprit, attirés, sans résistance imaginable,
par les prestiges du cinabre, ne tardaient pas à
sombrer dans cette étendue rougeoyante.

— Alors ? fit Joseph Pasquier d'une voix
brusque, teintée de sollicitude et même de
curiosité. Alors ?

— Alors, répondit M. du Thillot, je trouve que c'est très joli de mouvement, très joli de couleur ; mais ça me dépasse un peu. Enfin, je ne comprends pas très bien, du moins je ne comprends pas tout. Oh ! le détail... le détail est impeccable. On reconnaît le pinceau d'un maître. Moi, j'en ai, des toiles de Gretchenko, du temps qu'il était seulement considéré comme un fauve. Des toiles de l'époque amarante. Mais ça, ça ! Je peux bien vous avouer que je ne vais pas si loin.

Joseph Pasquier recula d'un pas, cligna de l'œil à plusieurs reprises, remua le pouce comme s'il modelait, à même l'atmosphère, des formes voluptueuses, puis il se tourna vers M. du Thillot en haussant les épaules avec rondeur.

— Oui, oui, disait-il. Je vois ce que c'est. Vous en êtes encore à Bonnard, à Vuillard, peut-être même pas si loin : Cézanne ? Renoir ? Monet ? Oh ! il n'y a pas à en être honteux. Moi aussi, j'en ai des Cézanne. Et des Monet, donc ! Une vingtaine. Tant ici qu'à Butry. Et des Renoir, donc ! Et des Degas ! Vous, cher monsieur du Thillot, c'est la sagesse, c'est le placement sûr.

— Le placement ! Le placement ! grognait le petit vieux en hochant la tête avec dignité. J'aime sincèrement la peinture, moi ; mais je demande à comprendre l'idée générale, le sentiment général. Cézanne, ça va ; je peux vous l'affirmer. Quant à Gretchenko, enfin ce Gretchenko-là ! Cela m'intimide un peu.

Joseph Pasquier tendit la main vers la muraille. Il disait, d'une voix touchée d'irritation :

— C'est un Orphée. C'est la plus belle figure d'Orphée qu'il soit possible de trouver en trois

siècles de peinture. Mon frère Laurent — vous
savez : le grand savant — a fait des observations
curieuses à propos de la mâchoire du puma, des
dents du puma et même du crocodile. A part cela,
Laurent n'y comprend rien. Pas plus que vous,
cher Monsieur du Thillot. Avouez-le, pas plus que
vous. Allons, encore cinq minutes, puisque cela
vous intéresse.

— Oui, dit le vieillard, je sais que vous êtes
pressé, Monsieur le Président.

— Terriblement pressé ! Plus pressé que je ne
saurais dire. Mais diable ! moi aussi, j'aime la
peinture. Puisque vous ne mordez pas aux
Gretchenko, venez par ici, venez dans la grande
galerie. Des Cézanne, vous disiez des Cézanne ?
En voilà une demi-douzaine. Les baigneuses sur la
montagne de la Victoire, eh bien, oui, c'est moi
qui les possède. Vous ne le saviez donc pas ?
Pourtant, quand j'ai acheté le tableau, il y a eu
une grande tartine dans l'*Illustration*. Et le Renoir
que vous voyez là, cette femme nue qui montre en
même temps son gros derrière rose et sa forte
mâchoire, je ne vous dirai pas que je l'ai eu pour
une bouchée de pain. Non, non. Je l'ai payé trente
mille, ce Renoir-là ; mais il en vaut quatre vingt
mille aujourd'hui. Et, au train où vont les choses,
l'an prochain, il dépassera peut-être cent cinquante
mille. C'est une pure question de change, en ce
moment. Valeur or !

Le petit vieux levait au ciel des mains effrayées.
Joseph haussa les épaules et poursuivit :

— C'est lamentable, mais c'est comme cela. Je
vous montrerai toute ma collection, en détail, une
autre fois. C'est mon plaisir, c'est mon délasse-

ment... Pour revenir à Fourdillat, je ne suis pas, comme vous, de ses intimes. Je ne le vois qu'à la Chambre et je ne veux absolument rien lui demander d'homme à homme. En apparence, je ne veux me mêler de rien. Fourdillat est un très honorable ministre de l'économie nationale... Oui... je pense, Monsieur du Thillot, qu'il n'y a pas d'erreur et que nous sommes d'accord.

— Nous sommes parfaitement d'accord, répondit le vieil homme en élevant avec force les sourcils au-dessus de son binocle de magister, de son binocle à l'ancienne mode. Nous sommes d'accord sur l'essentiel. Vous voulez une augmentation de votre contingent. Quelque chose qui aille chercher dans les cinquante tonnes...

— Non ! coupa rudement Joseph Pasquier. Non ! nous n'y sommes pas du tout.

Il s'arrêta de marcher devant la muraille couverte de cadres. Il commençait de réfléchir. Pour accomplir cet effort dans les conditions les plus sûres, il demeurait soudain comme pétrifié, le col non pas fléchi, mais roide et le regard tendu vers l'horizon. Ses poings étaient fermés à bloc et ses jambes un peu écartées, à la manière des factionnaires sur les vieilles estampes. Joseph Pasquier n'était certes pas de haute taille ; mais il était robuste. Avec son encolure de percheron, ses membres vigoureux, sa poitrine musculeuse, son œil toujours en mouvement, il faisait songer à quelque bête puissante et intelligente. Il avait de gros traits, des rides longues et nettes ; son visage, couleur jambon de Parme, était comme soustendu par des câbles énergiques. Le lobule des oreilles, depuis quelques années, virait au violet,

et il en était ainsi des joues et du front, quand
Joseph succombait à la colère, ce qui arrivait au
moins une fois et même plusieurs fois par jour. La
face était complètement rasée. Les sourcils touffus
et les cheveux gris, presque blancs, brillaient par
contraste avec le tégument rougeâtre. Parfois,
Joseph ouvrait la bouche pour rire ou parler, et
l'on apercevait alors une mandibule rayonnante,
dans laquelle, de ci, de là, s'allumaient des pépites
d'or. A tout instant, il tirait, d'un étui en peau
de serpent, une volumineuse paire de lunettes et il
se la campait sur le nez, avec ses doigts agiles,
fleuris de gros bouquets de poils. On devinait que,
sous le linge fastueux, le poitrail aussi devait être
velu comme celui d'un grizzli. Tout, dans ce corps
massif, respirait l'équilibre et l'autorité. Un tic
intermittent arrêtait toutefois l'observateur attentif : quand Joseph parlait avec trop d'animation,
sa bouche se tordait de manière spasmodique et
la commissure gauche, en deux ou trois secousses
consécutives, semblait pénétrer dans l'épaisseur de
la joue.

Il considéra le petit monsieur du Thillot avec
une grimace de compassion goguenarde et cette
grimace signifiait : « Non, non, n'ayez pas peur.
Je ne vais pas éternuer, je ne vais pas tousser,
je ne vais pas respirer trop fort. Je n'ai pas la
moindre envie de vous voir tomber à la renverse.
Et s'il m'arrive de vous prendre par le bras ou
par l'épaule, je serai tout à fait prudent. J'ai des
bibelots dans mes vitrines. Je sais ce que c'est.
Rien à craindre. »

— Non, non, nous ne sommes pas d'accord, mon
cher Monsieur du Thillot, reprit-il d'une voix

ronflante, un peu rauque. Ecoutez-moi une minute. La compagnie Cryogène, dont je suis l'administrateur délégué, importe d'Amérique des réfrigérateurs de trois types différents : des petits, des moyens et des gros. Vous avez entendu : je dis bien des petits, car notre entreprise est essentiellement démocratique et entend mettre à la portée de toutes les bourses cette merveilleuse invention moderne. Bien ! Notre contingent annuel est de trois cents tonnes. Et je me demande pourquoi nous sommes contingentés, puisqu'il n'y a pas une seule maison française capable de donner ce que nous donnons au même prix et dans la même qualité. Bien ! Nous sommes au mois de mai et le contingent est couvert. Nous n'avons pas la moindre envie d'arrêter l'importation et nos correspondants américains nous pressent de trouver une solution à ce problème ridicule. J'ai cent tonnes de cryogène actuellement bloquées à Saint-Nazaire. Je vous demande un peu ! Et il y aura, dans huit jours, cent autres tonnes de camelote qui vogueront sur l'Atlantique. Bien !

— Vous m'aviez d'abord dit cinquante tonnes, peut-être soixante, bredouillait le petit vieux.

— Je l'avais dit ? Pas possible. Eh bien, je m'étais trompé. C'est deux cents tonnes pour août-septembre, et probablement trois cents tonnes avant la fin de l'été. C'est en été que les bougres ont besoin de faire de la glace et de conserver leurs mangeailles. Ce que je vous demande pour l'instant, cher Monsieur du Thillot, c'est de flairer Fourdillat, c'est de le subodorer, c'est de me faire savoir, et assez vite, cher Monsieur et ami, ce qu'il cache dans son estimable caboche d'Auver-

gnat, c'est de me trouver, c'est de nous trouver
un truc pour nous arranger en douceur avec Fou-
dillat et ça de manière que tout le monde soit
content. Lui, Fourdillat, d'abord. A tout seigneur,
tout honneur ! Moi ensuite, et ma compagnie, et
les Amricains, bien sûr — il prononçait Amricains. — Enfin, vous, Monsieur du Thillot. Vous
me connaissez, un peu, Monsieur du Thillot.

Le vieil homme éleva la main, toussa un coup et
dit :

— Oh ! moi ! moi ! Je suis parfaitement tranquille. Mais n'allez pas croire, par exemple, que
lui, Fourdillat, puisse accepter de l'argent. C'est
un personnage parfaitement vétilleux sur le
chapitre de l'argent.

Joseph frappa du pied sur le parquet sonore.

— Mais qui donc vous parle d'argent ? Je suis
sûr que Fourdillat est, comme vous dites, vétilleux.
C'est pourquoi il nous faut trouver, pour lui faire
plaisir, un truc épatant, quelque chose qu'un personnage vétilleux puisse accepter des deux mains
et les yeux fermés. L'argent ! L'argent ! C'est
extraordinaire ! Tous ces gars-là, cher ami,
affectent de parler de l'argent avec énormément
de mépris, avec quelque chose comme du dégoût.
Mais avec quoi payent-ils le *bacon and eggs* et la
marmelade d'orange ? Je vous le demande. Avec
quoi payent-ils les chemises de soie et la pelisse de
castor ? Avec des sourires, peut-être. Avec de
bonnes paroles, peut-être. Non ! non ! non ! Ils ont
tous besoin d'argent ; ils ont tous envie d'avoir
beaucoup d'argent. Ils reçoivent tous de l'argent
et ils sont tous terriblement avares de leur sacré
argent. Et ils pensent tous à l'argent depuis le

matin jusqu'au soir et même du soir jusqu'au
matin. Seulement, ils ne le disent pas, parce que ce
sont tous des hypocrites. Je finis par croire que je
suis le seul au monde à ne pas être hypocrite sur le
chapitre de l'argent. Et quand ils ne sont pas
avares pour eux, ils le sont pour leur société ou
pour leur œuvre, ou pour les pauvres. Oui, pour
les pauvres ! Vous n'avez pas connu Alfred
Varlot. Il dirigeait la compagnie des pâtes à papier.
Il vivait comme un chien. Il recevait des millions
et il se décarcassait le croupion pour faire faire à
sa société une économie de cent sous. Vous n'avez
pas connu l'abbé Zeller, de Sainte-Clotilde ? Non ?
C'était un saint, Monsieur du Thillot. C'était un
modèle de pauvreté. Une soutane mitée à mort et
des croquenots en dentelle de carton, noués avec
de la ficelle. Il donnait tout à ses pauvres. Mais,
pour pouvoir tout donner, il ne pensait plus qu'à
l'argent. Il était radin comme personne. Il aurait
fait des bassesses, des indélicatesses pour donner
plus à ses pauvres. D'ailleurs, il en a fait, des indélicatesses. Il a même failli être coffré. S'il n'a pas
été coffré, c'est parce que je m'en suis mêlé. Les
prêtres, pour moi, c'est sacré. Je n'ai pas de religion, mais je ne veux pas qu'on touche aux
prêtres... Oui, je vous disais : l'argent ! Ah !
Seigneur ! je pourrais tant vous en conter que je
préfère m'en tenir là. Pour Fourdillat, c'est naturel,
nous ménagerons sa pudeur, et c'est même pourquoi la « Cryogène » et moi nous avons recours à
votre esprit d'invention, cher Monsieur du
Thillot, à votre délicatesse. Qu'est-ce que vous
voulez, mon petit Blaise ?

Un jeune homme venait de paraître à l'extrémité

de la galerie. Il était vêtu d'une longue jaquette pincée à la taille et d'un pantalon rayé. Il serrait contre son flanc un portefeuille en peau de porc. Sa joue était veloutée de poudre. Un sourire imperceptible naissait, voltigeait et mourait sur ses lèvres bien dessinées.

— Qu'est-ce que vous voulez, mon petit Blaise ? répéta Joseph Pasquier d'une voix cordiale et cavalière.

— Monsieur le Président, articula le jeune homme, c'est Monsieur de Janville qui est à l'appareil.

— Parfaitement, parfaitement ! s'écria Joseph, soudain attentif et même empressé. Mais pourquoi ne pas l'avoir branché sur la galerie ? Vous n'imaginez pas que je vais descendre un étage. Et si j'ai fait mettre le téléphone dans toutes les pièces, ce n'est quand même pas pour des prunes.

Sans répondre, le jeune homme se dirigeait vers un petit placard dissimulé parmi les cadres. Il l'ouvrit et, s'effaçant, murmura d'une voix neutre, presque glacée :

— La communication attend Monsieur le Président, ici même.

Joseph bondit sur l'appareil. Ses gros sourcils blancs frémissaient. Sa large face exprimait un sentiment, chez lui tout à fait anormal, de jubilation obséquieuse. Il gloussait, s'efforçant de donner à son puissant organe vocal un timbre caressant et velouté :

— Comment allez-vous, cher marquis ? Comment va Madame de Janville ?

Le petit monsieur du Thillot se tourna vers le jeune homme à la jaquette bien coupée. Il soufflait d'un air aimable, en assujettissant, avec le pouce et l'index, un binocle vertigineux :

— Je vous ai, tout à l'heure, entendu appeler M. Pasquier « Monsieur le Président ». Seriez-vous membre, vous aussi, de notre société « Les amis des arts plastiques » ?

— Non, répondit froidement le jeune homme. M. Joseph Pasquier est, à l'heure actuelle, président de dix-neuf sociétés différentes et vice-président de quatre autres. M. Pasquier n'accepte la vice-présidence que si elle est considérée comme obligatoire pour préparer au fauteuil présidentiel.

— Je ne sais comment vous remercier, murmurait cependant le président Pasquier, la tête dans le placard. L'idée que M. Pierquin et M. de Praz pourraient voter pour moi, l'idée qu'ils ont bien voulu feuilleter mes ouvrages, l'idée, surtout, que je vous devrai ces deux voix exceptionnellement intéressantes, cette idée, mon cher marquis, me comble de confusion et de reconnaissance. Alors, je vous vois mercredi, au déjeuner des Argolides... Je ne sais comment vous remercier.

M. du Thillot cligna doucement des paupières, derrière les verres de ses binocles sur lesquels se distinguaient de grasses et précises empreintes digitales.

— Sans indiscrétion, fit-il tout bas, il me semble comprendre que M. Joseph Pasquier est en train de soigner sa candidature à l'Institut. Et, elle va bien, cette candidature ?

— Merveilleusement bien, répondit le jeune homme avec un sourire polaire. D'ailleurs, monsieur le Président n'a pas encore posé cette candidature. Rien d'officiel encore. Mais quand il la posera !

Le jeune homme remuait la tête d'avant en arrière et d'arrière en avant, sans hâte, en un mouvement qui exprimait la certitude et la confiance dévotieuse.

— Certainement, ronronnait Joseph Pasquier dans la profondeur du placard, certainement, j'y songerai. J'ai beaucoup de respect pour M. Peuch ; mais je n'aurais pas cru qu'au point de vue de l'influence... Il a reçu mes deux livres, il va sans dire. Et avec de bons envois d'auteur, étant donné que... Enfin, je vais y songer, je vais trouver quelque chose. Déposez mes hommages, mon cher ami, aux pieds de la Marquise. Et, du fond du cœur, merci !

Joseph sortit du placard et en repoussa la porte. Après le stage dans les ténèbres, il avait l'air ébloui d'un dormeur que l'on vient d'arracher à ses rêves. Il appela, d'une voix courroucée :

— Blaise ! Blaise ! Où est-il passé, encore ? Il n'est jamais où je le cherche, ce petit monsieur-là !

Joseph rouvrit le placard et décrocha de nouveau l'appareil encore tiède. Il s'égosillait rageusement : « Trouvez-moi M. Delmuter. Il ne peut pas être loin. Il était dans la grande galerie il y a seulement trois minutes. Envoyez-le-moi tout de suite. »

— Ce jeune homme, murmura M. du Thillot, est sans doute votre secrétaire ?

Joseph Pasquier sortit du placard une tête congestionnée :

— C'est l'un de mes secrétaires. Et, s'il sait s'y prendre, il peut devenir, prochainement, le chef de mon secrétariat.

M. du Thillot se prit à rire d'un air aimable :

— Quelque chose, Monsieur le Président, comme votre chef de cabinet.

Joseph jeta sur le vieil homme un regard soupçonneux. Il souffla du nez, tel un cheval, à deux ou trois reprises, et il répondit froidement :

— Non ! pas le chef de cabinet. Plutôt le chef du protocole. Vous savez qu'il a commencé par faire les sciences po. Mais il n'a pas pu continuer, faute d'argent. Toujours l'argent, je vous le répète. Il cherchait une position sociale. Et c'est alors que je l'ai ramassé presque sur le pavé. Vous m'entendez : sur le pavé ! Et il est d'une bonne famille : son père, qui est mort, avait rang de ministre plénipotentiaire ou même d'ambassadeur. Un garçon de cet âge, un garçon de vingt-cinq ans, si cela ne sent pas la main d'un patron, d'un chef, où diable cela peut-il rouler ? Il a compris ce que je faisais pour lui. Il m'est dévoué. Ça, pour être dévoué, il l'est. Il me doit tout, et, chose extraordinaire, il en a de la reconnaissance.

Soudain, baissant la voix, Joseph dit avec un sourire étrange :

— La jaquette ? Qu'est-ce que vous dites de la jaquette ? C'est une idée à moi. Je suis le seul à exiger la jaquette. Cela fait un effet bœuf. J'en ai pris l'idée voici trois ans, à la mort de Duchamp-Beaufils. J'étais allé saluer la dépouille, me recueillir, comme disait Barthou qui m'avait emmené dans sa voiture. Aux quatre coins du cercueil, il y avait un attaché d'ambassade. Et, tous les quatre, la jaquette et le pantalon rayé ! D'après ce que m'a dit Barthou, qui les tutoyait tous et qui leur tapait sur le ventre, — en temps ordinaire, bien entendu. Pas dans la chambre

ardente — eh bien, rien que des ducs et des
comtes. Tout cela, trié sur le volet. C'est pourquoi,
chez moi, le principal secrétaire porte la jaquette.
Et tous les jours ! Ça, j'y tiens. De neuf heures du
matin à sept heures du soir. De la correction !
Du style !

Joseph baissa la voix, le jeune homme venait
d'entrer, sa serviette sous le bras, l'air impassible
et lointain.

— Pourquoi donc étiez-vous sorti, mon petit
Blaise ?

— Je ne vous ai pas encore dit, Monsieur le
Président, qu'il y a, dans la salle d'attente, une
délégation du ixe arrondissement. Ce sont les marchands fruitiers. Monsieur le Président se rappelle : l'histoire des étalages et de l'ordonnance
préfectorale.

— Diable ! grondait Joseph. J'avais tout à fait
oublié ces gens-là. Ce que c'est que de parler peinture ! Ecoutez-moi, mon petit Blaise : je les verrai
tout à l'heure, en m'en allant. Car je partirai dès
que M. Obregon sera là. Il est déjà beaucoup plus
de cinq heures. Maintenant, écoutez encore, mon
petit Blaise. Vous allez descendre à la dépense et
voir le cuisinier. Il y a là deux paniers de fraises
que j'ai apportés ce matin. Attention ! des fraises
de serre. Une merveille ! Un miracle ! Il y a, sur
les deux paniers, des étiquettes pour M. Laurent,
mon frère. Vous commencerez par enlever les étiquettes. Dès que je serai parti, vous prendrez la
petite voiture et vous irez vous-même porter l'un
des paniers, avec ma carte, chez M. Pierquin,
membre de l'Institut. Ecrivez bien : membre de
l'Institut. Monsieur Pierquin, boulevard Raspail,

vous voyez ce que je veux dire. Avec ma carte et
un mot aimable que vous écrirez vous-même en
imitant mon écriture. L'autre panier sera porté
chez M. Peuch, rue Cassette. C'est Mairesse-Miral
qui le portera. Mairesse prendra le métro, à moins
que vous ne le déposiez rue du Vieux-Colombier,
ce qui ferait une économie. Oui, je sais, je vois :
Mairesse a de la chassie au coin des paupières et de
l'œuf sur son gilet. Et même, il sent mauvais, il sent
le lapin ou quelque chose de pis : le blaireau. Mais
si M. Peuch le rencontre, eh bien, ça ne fait rien. Le
vieux Peuch aussi sent mauvais. J'étais à côté de
lui, l'autre jour, à l'église, au bout de l'an de
Boissonas. Et lui aussi, le vieux Peuch, il a tout
son menu sur son gilet. Mais, lui, ce n'est pas de
l'œuf. Il n'en mange plus, à cause du foie. C'est de
la sauce béchamel ou quelque autre saleté de cette
espèce. Mais vous ferez tout cela quand je serai parti.
Je vais partir tout de suite, je devrais être parti.

Le jeune homme allait disparaître. Joseph le
rattrapa d'un énergique coup de gosier.

— Téléphonez tout de suite à l'assureur-conseil.
Demandez Luterod et dites-lui que j'emporte à
Butry, ce soir, deux Matisse — *la femme au zèbre*
et *la naissance du printemps* — mon grand
Fantin-Latour, le portrait de Pelletan et le
Toulouse-Lautrec du Bal Tabarin. Je veux être
couvert, à compter de six heures trente, pour
exactement six cent mille. Et jusqu'à samedi
matin. Sur Butry, et pour la route. Après, je ramène
tout ici, avant de partir pour Londres. Et qu'il
m'envoie sans faute un pneu qui arrivera ce soir
même. Blaise, vous ouvrirez le pneu et vous me
téléphonerez.

Après un signe de tête net et déférent, le jeune homme passait la porte. Joseph revint vers M. du Thillot à telle allure que le vieil homme fit, prestement, un adroit mouvement des reins, ce mouvement du torero qui veut éviter la corne, ce mouvement que les spécialistes appellent « quiebro ».

— Vous comprenez bien, disait Joseph en riant de toute la tripe, vous comprenez bien qu'après l'histoire de la Pâquellerie, je me défie des assureurs. Quand la Pâquellerie a brûlé, deux ans avant la guerre, au printemps de 1912, j'avais emporté là-bas, pour les vacances, pour mon plaisir, un Courbet de toute beauté, une petite toile épatante que je tenais de Lévêque, Urbain Lévêque, l'ancien vice-président de la Chambre, à qui je l'avais achetée. Une merveille, tout simplement. Elle a brûlé avec le reste. Et, pour me faire payer à part les cinquante mille que la toile représentait, j'ai dû plaider contre cette sacrée compagnie pendant plus de six ans. Tenez, monsieur du Thillot, regardez cet Odilon Redon. Je l'ai soufflé aux Hollandais, lors de la vente Debruyker. Regardez et regardez vite, car voilà que je suis pressé. Blaise ! Où est Blaise ! Il est encore parti.

Joseph Pasquier poussa deux ou trois cris dont toute la maison frémit jusque dans sa charpente. Mais le jeune homme était bien parti. Joseph haussa les épaules et se tourna vers la cimaise.

— Avouez, disait-il d'un air gourmand, avouez qu'en fait de mystère, c'est pommé : tout ce gris, tout ce noir, avec ce rayon de lumière qui tombe comme d'un soupirail et, au milieu, le coquelicot ! Pour les fleurs, Odilon Redon est incomparable ! Quel goût, monsieur du Thillot ! Ah ! il n'y a pas à

tortiller. Les Odilon Redon, c'est en Hollande qu'il
faut aller les chercher, maintenant. Pour moi, j'en
ai déjà quatre, en attendant la suite. Et maintenant, faut que je parte ! Ici, j'oublie tout, même les
choses essentielles. Pour Fourdillat, voyez-vous ?
eh bien, je vous donne huit jours. Une tout petite
semaine. On en reparlera avant mon départ pour
Londres, mercredi. D'ici là, monsieur du Thillot,
voyez du monde, cherchez, interrogez les gens,
tâchez d'avoir une inspiration. Et puis, on s'ar-
rangera pour que tout le monde soit content. Vous
comprenez ce que je veux dire. Les bonnes affaires
sont celles où tout le monde est content. Qu'est-ce
que vous voulez donc, Blaise ? Je ne vous trouve
jamais quand j'ai quelque chose à vous dire, et je
vous vois toujours quand je n'ai plus besoin de
vous.

— Monsieur le Président, articulait le jeune
homme, le señor Obregon vient de téléphoner
qu'il arrivait dans cinq minutes. Il quitte la légation et il vient directement. Et puis, il y a les fruitiers ! Ils commencent à parler fort. Et puis, il y a
vos épreuves, que l'imprimeur vient d'apporter.

— Vous les corrigerez, Blaise, mais vous m'en
donnerez un jeu que je vais emporter à la campagne.
Corrigez cela soigneusement.

— Et puis... reprit le jeune homme.

Joseph se tourna tout d'une pièce et fit entendre
un bruit étrange un peu comparable au rouet d'un
félin qui regarde fixement une proie.

— Et puis ? répéta-t-il d'une voix furieuse.

— Et puis, reprit froidement le jeune homme à la
jaquette, et puis, il y a M. Sanasoff.

— Oui, oui, grondait Joseph. Il ne manquait plus

que cela. Il ne manquait plus que Sanasoff. Au revoir, monsieur du Thillot. A mercredi, Monsieur du Thillot et je vous demande, sérieusement, que, mercredi, les carottes soient cuites ; je vous demande enfin de trouver un truc, une solution élégante. Et que je n'aie pas à m'en mêler ! Je ne vous accompagne pas. Je ne peux pas, vous comprenez ! Je ne peux pas : ma maison est pleine de raseurs, de fricoteurs et de resquilleurs. Je suis prisonnier chez moi à cause de tous ces emm... embêteurs. A mercredi ! Après l'escalier, c'est le vestibule, tout droit. Vous, mon petit Blaise, approchez que je vous parle.

Le vieillard venait de sortir. Joseph, sans vaine façon, poussa la porte à la volée.

— Je vais m'en aller, Blaise. Je vous recommande les épreuves, parce que, au bout du compte, je n'aurai peut-être pas le temps de les voir. Si vraiment cela ne vous fait rien, mon petit, je vous appellerai Blaise. Après six mois d'efforts sincères, je ne me fais pas à votre nom de famille. Il ne vient pas, il ne sort pas. C'est comme ça. Delmuter, oui, c'est très bien, je le sais ; mais ça ne vous fait vraiment rien...

Joseph s'arrêtait, déjà visité de quelque autre souci.

— Permettez-moi, dit le jeune homme, permettez-moi, Monsieur le Président, de dire que je le regrette.

— Bah ! vous vous y ferez ! Quel âge avez-vous, mon cher ? reprit Joseph en baissant la tête et en regardant tantôt à droite et tantôt à gauche comme quelqu'un qui ne songe pas du tout à ce qu'il dit.

— J'ai vingt-cinq ans sonnés, Monsieur le Président.

— Oui, oui ! Je vous l'ai déjà demandé dix ou quinze fois. Et je vous le demanderai encore cent fois et, pendant ce temps-là, vous attraperez vingt-six ans, si bien que je ne saurai jamais. C'est ça, l'amitié. Dites-moi, il y a quelqu'un de célèbre qui s'est appelé Blaise...

— C'est Pascal, Monsieur le Président.

— Oui, je crois que je vous appellerai Blaise. Je trouve que ça sonne mieux, que ça me vient mieux. Je vous dis que ce n'est pas de la familiarité : c'est de la sollicitude. Ah ! vous avez entendu la cloche de la cour. C'est sûrement Obregon. Je vais descendre tout de suite. Faites-le monter dans la voiture. Faut quand même que je me lave les mains ! Faut quand même que je pisse ! J'ai quand même le droit de pisser, comme tous les autres hommes. Je prendrai mon pardessus au vestiaire et, en passant, je dirai deux mots à la délégation des fruitiers. Ce sont des électeurs. Avant d'aller chez Pierquin, vous savez ? porter les fraises, vous téléphonerez à la galerie Paufigue, et vous direz que je le garde... C'est d'un tableau que je parle, c'est du beau petit Derain qui est actuellement dans ma chambre. Je le garde. Pas un mot de plus. Et vous téléphonerez aussi chez Virgelin et vous leur direz que j'ai goûté la mirabelle. J'en veux deux quartauts, pas moins, un quartaut pour ici et un autre pour Butry. Si M. Ravier-Gaufre téléphone d'ici demain, vous lui direz que je suis à Butry, avec M. Obregon et que nous travaillons comme des esclaves. Et maintenant, c'est fini.

— Monsieur le Président.

— Hein ? Quoi ?

— Vous oubliez M. Sanasoff. Il est devant le vestiaire. Vous ne pourrez pas ne pas le voir.

Joseph leva vers le ciel deux poings fermés, deux poings semblables à des masses de forgeron.

— Vous le recevrez, criait-il, et vous lui direz le mot de Cambronne, avec trois ou quatre mots de même force et de même odeur, si possible. Non, mon petit Blaise, vous ne savez pas encore ce que c'est que Serge Sanasoff ! Jamais, vous m'entendez, jamais personne n'est arrivé à se foutre de moi. Il n'y a que Sanasoff ! Je déteste les raseurs, et c'est le roi des raseurs. Je déteste les Russes, et c'est un Russe de race pure. Je déteste les quémandeurs, les tapeurs, les baveurs, les bavasseurs, les esprits fumeux, et Sanasoff est tout cela. Chose étonnante, il arrive toujours à me coincer, il arrive toujours à me tirer quelque chose du corps ou du gousset. A cause de cela, il m'inspire une sorte de respect. J'aurais dû, depuis quatre ans, lui mettre, une fois pour toutes, mon pied au derrière. Vous allez descendre devant moi et le conduire, en parlant, au fond de la bibliothèque. Pendant ce temps-là, je filerai. Bon ! Encore le téléphone !

— C'est, murmura Blaise Delmuter, c'est que M. Sanasoff a dit qu'il vous apportait en mains propres un livre de M. Saumade, membre de l'Institut, un de ses amis personnels.

— Oui, bougonnait Joseph en se jetant dans l'escalier. Je vais être obligé, quand même, de le recevoir, une minute. Il m'aura, une fois de plus ! C'est prodigieux, il finit toujours par m'avoir. Allez d'abord coller Obregon dans la voiture. Le téléphone, laissez-le sonner. Et puis, dites aux fruitiers que j'arrive. Ils me laisseront quand même le temps de faire une tite goutte d'eau. Ce n'est pas une existence. C'est une catastrophe perpétuelle. C'est le bagne ! C'est l'enfer ! Allons, filez, mon garçon.

Une seconde plus tard, Joseph Pasquier pénétrait dans la salle de bains, tel un fauve dans le toril. Il s'immobilisa, fit un long soupir et s'absorba, l'œil au mur, dans une rêverie inquiète, traversée d'un bruit liquide. Il apercevait, devant lui, sur la faïence d'un bleu pâle, un étrange tableau dont, petit à petit, il distinguait les détails. Au milieu, cette tache noire, ce n'était pas la crosse d'une viole, mais le cornet d'un téléphone. Le téléphone, son instrument à lui, Joseph. Autour de cet objet, peint avec une précision presque terrible, il apercevait des numéros de l'*Information financière*, puis un binocle, le propre binocle de M. du Thillot, avec son cordonnet de soie. Tout autour, des réfrigérateurs du type « cryogène moyen » étaient disposés en bon ordre, comme sur les affiches que la Compagnie française venait de poser dans Paris. Puis Joseph Pasquier aperçut la patte d'un lion et la reconnut tout de suite : c'était, retournée, griffes en l'air, la patte d'un des lions qui gardent l'entrée de l'Institut, en face du pont des Arts. Puis Joseph aperçut un panier de fraises, curieusement surmonté par une jaquette de coupe élégante. Il entrevit aussi le gilet de M. Mairesse-Miral, un gilet de velours à fleurs sur lequel séchaient des gouttes de sauce et des larmes de jaune d'œuf. Puis la plaque de laiton que l'on voyait à la porte de Fernand Luterod, assureur-conseil. Puis, plus loin, une tache bronzée qui était sans nul doute la figure verdâtre du señor Hernando Obregon. Alors, soudain, pareille à une immensité d'azur, sans une voile, sans une fumée, la mer de faïence bleu-tendre s'étendait à l'infini.

Etait-il possible de dire ce qu'était ce bleu indéfinissable ? Car ce n'était pas le franc azur. Et ce n'était pas le cobalt. C'était beaucoup plus nuancé, beaucoup plus frais, beaucoup plus délicat que le cobalt. Le lapis, alors ? Non certes et pas davantage le turquin. Cela n'avait pas l'innocence de la bourrache, ni l'ingénuité du myosotis, ni la candeur virginale de la véronique. On était quelque peu tenté de songer à la pervenche ; mais, soudain, l'esprit comprenait que ce bleu, cette mer de bleu pâlissant, c'était tout simplement le bleu-Pasquier, c'était l'œil même de feu Raymond Pasquier, c'était le regard presque décoloré de la famille Pasquier aux minutes de colère, de lassitude ou de rêverie.

Joseph Pasquier ouvrit une bouche énorme et bâilla, prodigieusement. Cela faisait un bruit de vocalise chromatique et s'achevait comme une plainte.

CHAPITRE II

CHAQUE fois que Joseph montait dans sa voiture et saisissait le volant entre ses mains gantées, il éprouvait un sentiment comparable à celui du chevalier qui, tout roide en son armure, bien calé sur son palefroi, les rênes au poing, la lance en arrêt, part pour la conquête du monde, sur le chemin des aventures.

Joseph avait eu sa première auto dans les toutes jeunes années du siècle. Depuis, il en avait acheté, usé, brisé, revendu plusieurs dizaines, et de toutes sortes et de toutes grosseurs. Cela ne l'empêchait pas de parler avec nostalgie des temps héroïques de l'automobile et des jours où le sportif pouvait parcourir dix lieues sur une route nationale sans croiser une seule voiture. Car Joseph, en

matière de plaisirs, professait une philosophie
barbare et vigoureuse. « Pour qu'un plaisir soit
vraiment un plaisir, pensait-il et disait-il parfois,
faut que j'en jouisse seul. Faut, du moins, que le
nombre des gens qui en jouissent avec moi soit
aussi réduit que possible. Ils me font rire, tous ces
gaillards qui parlent des besoins de la multitude
et de la démocratisation des inventions utiles ! Moi,
je dis des bourdes comme ça, pour le Cryogène,
par exemple, à ce vieux du Thillot, dans l'espoir
qu'il les répétera à Fourdillat, qui est radical-
socialiste. Mais je sais mieux que personne que
c'est de la faribole. Le vrai plaisir, dans la vie,
c'est d'avoir ce que les autres n'ont pas. Et je
sais ce que je dis. Tous ceux qui prétendent le
contraire sont des hypocrites. De quelque côté que
je me tourne, je ne vois que des hypocrites. C'est
dégoûtant ! »

Joseph exprimait donc volontiers des regrets à
propos de l'encombrement des routes. Il grondait
contre ces mazettes qui ne savent pas conduire et
qui se permettent pourtant de... Il regrettait
ouvertement le temps où la conduite automobile
était un art, une science et un sport. « Aujourd'hui,
disait-il, n'importe qui peut manier une voiture.
Je ne suis pas sûr que ce soit un progrès. Je sais,
les pannes deviennent rares. Tant pis ! Oui, tant
pis, dans une certaine mesure ! Parce que la
panne permettait de juger un conducteur. » De
tels discours n'empêchaient pas Joseph de pousser
des colères écumantes lorsque, par grand hasard,
l'une de ses voitures s'avisait de faire un caprice.

Joseph avait un chauffeur et un valet de pied
susceptible lui aussi de tenir le volant. Mais, le

plus souvent, Joseph conduisait lui-même. A manier une voiture, ce levier de puissance, Joseph éprouvait une volupté dont il dissimulait mal les manifestations. Il y était adroit et brutal, comme dans les autres actions de la vie. Il ne pouvait pas le cacher quand il se tenait au volant, parce que l'automobile a l'étonnant pouvoir d'exagérer tous nos défauts et de les mettre en évidence. Joseph supportait très mal, par exemple, d'être doublé par qui que ce fût. Il disait : « J'ai une Picrlot huit cylindres et je sais ce que ça me coûte. Mais si j'ai cet instrument, c'est pour faire ce que je veux et pour qu'on me foute la paix. Oui, l'hypocrisie est partout, mais, grâce au ciel, pas sur la route ! Là, c'est la loi du chiffre et rien de plus. Les dix chevaux dépassent les cinq chevaux et ma vingt-cinq chevaux doit, nécessairement, dépasser les quinze. Né-ces-sai-re-ment ! Comme ça, la vie est simple et il n'y a pas de singeries. On en a pour son argent. »

Quand Joseph doublait une voiture puissante, quand il prenait, à la corde, dans le ruisseau, un tournant difficile, ou quand il abordait à grande allure une rampe longue et sinueuse, Joseph serrait un peu les dents et il se donnait alors toutes les illusions subjectives de l'héroïsme et de la virtuosité.

— N'ayez pas peur, dit-il ce jour-là, en appuyant sur l'accélérateur pour en éprouver la docilité. N'ayez pas peur, Monsieur Obregon. Je conduis depuis vingt-deux ou vingt-cinq ans, je ne sais plus trop. Et il ne m'est jamais arrivé ce qu'on peut appeler un accident. Et puis, le chauffeur et le valet sont derrière. Et maintenant, filons. Sans cela, je ne pourrai pas m'arracher. Il y aura toujours un bougre pour me coincer, me retenir et m'empoisonner l'existence. L'avantage de l'auto, voyez-vous, Monsieur Obregon ? c'est que, tant que je suis là-dedans, on ne peut plus m'atteindre. Toutes les amarres sont coupées. On m'a parlé d'un téléphone-sans-fil installé dans la voiture. Franchement, je n'y tiens pas. Non, non, ne craignez rien. Les freins sont bons, les pneus sont neufs. Je sais ce que je fais. J'ai l'œil clair et de bons réflexes. Jamais d'accidents, je vous le dis. Je toucherais bien du bois ; mais, dans ces voitures nouvelles, il n'y a plus un morceau de bois. C'est de l'ébénisterie en tôle. Alors, je toucherai la tôle et ça comptera comme du bois. Je ne suis pas superstitieux.

— Moi, dit le señor Obregon, je suis très superstitieux.

— Et moi, poursuivit Joseph, je ne le suis pas du tout, mais j'ai quand même une médaille de saint Christophe. C'est ma mère qui me l'a donnée. Je l'ai fait mettre là, sur le tableau de la voiture. Je ne suis pas du tout superstitieux ; mais, saint Christophe, c'est sacré ! Je vous dis encore une fois que vous n'avez rien à craindre. La mécanique est parfaite. J'use des pneus, j'use des freins, je sais ce que ça me coûte ; mais je veux la sécurité. Ce serait quand même trop bête... En général, en voiture, je ne parle pas d'affaires ; et pourtant, je vais en parler, parce que je ne suis pas content.

— Vous n'êtes pas content, s'écria le señor Obregon de sa voix rauque. Mais, Monsieur Pasquier, vraiment, je me demande pourquoi. Le pétrole, ce n'est pas comme une entreprise de filature ou comme une aciérie ou comme votre

vieille affaire de barrage qui n'a aucune raison de ne
pas marcher. Dans toutes les affaires de pétrole, on
rencontre des... Comment dites-vous ? Ces petites
choses dures que l'on trouve dans les pommes...

— Quoi ? Dans les pommes ? Des pépins ?

— Oui, on rencontre toujours des pépins. C'est
cela : des pépins. Mais l'affaire est admirable. Je
vous ferai remarquer, señor Pasquier, que notre
gouvernement ne donnait plus aucune concession,
ni même aucune autorisation de prospection. Les
Américains et les Anglais étaient là, sans cesse, à
tâcher d'attraper quelque chose. Notre pétrole est
à nous et nous avons la ferme résolution de le garder
pour nous et pour nos amis, bien entendu. Je sais
bien que les Anglais et les Américains ont les
bonnes cartes du pétrole, les bons tuyaux et tout.
Ils savent tout, et ils sont terriblement malins.
Mais le señor Ravier-Gaufre et moi, nous avons
rendu des services à Sir Oliver Ellis et il ne pouvait
rien nous refuser. Voyez, señor Pasquier, le jeu des
circonstances. C'est comme ça que Sir Oliver Ellis
nous a mis sur l'affaire du Michoacan et seulement
le dixième des bénéfices à lui servir. C'est correct,
señor Pasquier.

Joseph, tout occupé de la sortie de Paris, fronçait le nez sans répondre. Le señor Hernando
Obregon ouvrit son étui à cigares, en choisit un,
l'offrit directement à Joseph, entre le pouce et
l'index, comme font les Espagnols, et se mit en
devoir d'en choisir un pour lui-même. Il avait le
visage gras et fortement construit, une peau de la
couleur du carry éventé, des cheveux à reflets
saphir, comme les élytres de certains scarabées.
Malgré la sonorité parfaitement ibérique de son

patronyme, il devait avoir du sang indien dans les veines, car il ressemblait, avec son grand nez et ses lourdes oreilles, aux figures inquiétantes que l'on voit sur les reliefs de la sculpture maya. Il avait l'articulation serrée des Espagnols, et une voix basse, assez dure ; mais il s'en servait avec beaucoup d'adresse et même de séduction. Il donnait parfois à cet organe incommode une sorte d'onctueuse suavité.

— Ce n'est pas notre faute, reprit-il, si le quatrième puits, le puits Jean-Pierre n'a rien donné. Demandez à Rockefeller, demandez à Deterding et à tous les autres si on a de l'huile à tous les coups. Et qu'est-ce que c'est qu'un forage de plus ou de moins ? Le señor Alonzo Zaldumbide, votre avocat, et le señor Lopez de Quevedo sont des hommes irréprochables. Mes amis, Monsieur Pasquier ! Et si le gouvernement mexicain a exigé le forage d'au moins trois puits par an, ce n'est la faute de personne. C'est comme ça que ça se fait toujours. Et c'est raisonnable. Le cinquième puits donne trois cent cinquante barils par jour. C'est bien honorable. Il faut de la patience, señor Pasquier. Ah ! Ah ! attention, señor Pasquier...

— Mais non, mais non, grondait Joseph. Je vous ai déjà dit que je sais ce que je fais. Et puis nous en avons pour quarante-cinq minutes. Vous n'aurez pas peur longtemps, Monsieur Obregon.

— Je n'ai pas peur, fit le Mexicain ; mais j'ai l'habitude de ma voiture et je ne vois pas les problèmes comme vous, sur la route. Vous devriez venir au Mexique, señor Pasquier.

Joseph haussa furieusement les épaules ; mais

l'homme d'affaires poursuivait, d'une voix soudain fondante, noyée d'une sorte de tendresse :

— Vous devriez venir au Mexique et voir vous-même les travaux. Qu'est-ce que c'est ? Deux mois, voyage et séjour, tout compris.

Joseph répondit, entre ses dents serrées :

— Je ne peux pas, en ce moment, quitter mes affaires deux mois.

— C'est dommage, señor Pasquier. Vous le verriez, le Michoacan, le doux, le gracieux Michoacan. Vous entendriez les paysans enveloppés dans leur serape, chanter « Lindo Michoacan ! » Même s'il n'y avait pas l'huile, je vous affirme que cela vaut le voyage. Vous mangeriez des aguacates. C'est bon, c'est charmant. Cela ressemble à ce que vous appelez l'advocat ou quelque chose comme ça. Vous verriez nos villages, dans les îles, au milieu du lac de Patzcuaro. Il n'y a rien de plus beau au monde, et les barques, avec leurs filets qui sèchent en rentrant à l'île ! On croirait des... comment dites-vous ? Des demoiselles, des libellulas. Ah ! ah ! cette fois, señor Pasquier...

— Si cela ne vous fait rien, grogna Joseph, appelez-moi donc Monsieur Joseph Pasquier. N'oubliez pas le prénom. J'ai des frères, comprenez-vous ? deux frères, dont l'un est même assez connu. Alors, on commence à nous confondre, dans les journaux qui ne comprennent jamais rien à rien, et vous vous imaginez ce que cela peut m'agacer.

— Vous qui êtes amateur de peinture, reprit imperturbablement le Mexicain, vous verriez les belles fresques de notre grand Diego Rivera. Il est un peu communiste ou quelque chose d'approchant. Mais ça ne fait rien. C'est un génie. Nous sommes très contents d'avoir un génie. Et je sais, señor Pasquier, je sais que vous êtes un des premiers connaisseurs pour la peinture en Europe.

Joseph se rengorgea sans rien dire. Au bout d'un moment, il murmura :

— Vous pensez bien que je n'ai pas l'intention de vous casser les reins, Monsieur Obregon. J'ai pour six cent mille francs de peinture dans le coffre de la bagnole. Oui, dans le grand coffre arrière. Alors... Mais je connais la route, je connais mes nerfs, et je connais ma machine. Nous marchons à cent cinq, c'est-à-dire très doucement. Voulez-vous que j'arrête sur vingt-cinq mètres, et sans bobo, sans dérapage, sans histoire, sans me mettre en travers, sans même tortiller du derrière ? Voulez-vous ?

— C'est inutile, señor Joseph, c'est inutile !

— Joseph Pasquier ! Je tiens aux deux, à mon nom et à mon prénom. Ecoutez-moi bien, Monsieur Obregon. Nous travaillerons après le dîner et nous dicterons ensemble la note à l'avocat. Pour l'instant, n'en parlons plus, c'est campo. Cette affaire du Michoacan ne doit quand même pas m'empêcher de dormir. Je ne veux pas qu'une affaire quelconque m'empêche de dormir. Je vous ferai remarquer que je m'y connais et que cela commence à me tarabuster. Le puits Hélène a donné de l'eau salée. Et vous avez l'air de trouver cela naturel.

— Ce n'est la faute de personne.

— Vraiment ? fit Joseph en appuyant rageusement sur l'accélérateur, ce qui fit que la voiture se mit à ronfler. Vraiment ? Eh bien, on en reparlera et je vous montrerai mes calculs. Nous

arriverons bientôt. Monsieur Obregon. C'est un
très petit voyage. Il y a des gens qui s'éloignent de
Paris. Moi, à cause de mes affaires, j'ai dû m'en
rapprocher sans cesse. Tenez, avant de descendre
la côte, regardez là-bas, au bord du plateau, sur
l'autre rive de l'Oise. Vous voyez cette grande
demeure au milieu des arbres, eh bien, c'est là
Montredon. C'est là que nous allons et nous y
serons dans cinq minutes. J'ai une autre maison
dans la région, à Nesles, à quatre kilomètres plus
loin ; mais je n'y séjourne même plus et je crois que
je vais la vendre. Montredon, c'est une merveille !

— Une merveille, señor Joseph Pasquier. C'est
vrai que les freins sont excellents, señor.

— Excellents ! Que je vous dise encore une chose,
Monsieur Obregon. Regardez-moi bien, Monsieur
Obregon. Ecoutez-moi bien, surtout. J'ai cinquante
et un ans, je suis au milieu de la vie.

— Bravo ! señor Joseph Pasquier.

— Bravo, pourquoi bravo ? J'ai cinquante et
un ans, vous m'entendez ? Et j'ai réussi tout ce que
j'ai entrepris dans ma vie. Tout ! Les petites
affaires comme les grandes. Et je n'ai pas l'intention de changer ma ligne de conduite avec le
Michoacan. Et une fois encore, pour le principe,
je vais toucher du bois en fer, puisqu'il n'y en a plus
d'autre, mon cher Monsieur Obregon. Maintenant, nous sommes arrivés. Et on nous a vus, je
vous prie de le croire. J'entends qu'on sonne la
cloche.

CHAPITRE III

ENTRETIEN DES DEUX FRÈRES DANS L'ESCALIER
DE MONTREDON. ÉLOGE DE DÉODAT RICAMUS. LE
BOUDOIR DE MADAME PASQUIER SENIOR. VARIA-
TIONS SUR UN THÈME BÉNIN. DIALOGUE A VOIX
BASSE DANS L'EMBRASURE D'UNE PORTE. LES CONFI-
DENCES DU FAMEUX COLLECTIONNEUR.

COMME ils étaient perchés sur la rampe de
l'escalier aux larges et lourds degrés de
marbre, les grosses larmes qui s'échappaient des
yeux de Jean-Pierre tombèrent dans l'espace libre
au milieu de la spire. Cela faisait, tout en bas, sur
les dalles du vestibule, comme quatre ou cinq
gouttes de pluie. Lucien contemplait ce phéno-
mène avec un sourire dédaigneux.

— Si cela pouvait te consoler, souffla-t-il entre
haut et bas, je te dirais bien quelque chose que tu
ne sais probablement pas, que personne ici ne sait,
à part maman, bien entendu.

Jean-Pierre releva le front, montrant des yeux
gonflés mais beaux qui, même brouillés par les
larmes, illuminaient son étroite figure d'adolescent.

Lucien redescendit sans se presser deux ou trois marches et se pencha vers son frère :

— Eh bien, s'il se fâche encore, tu pourras lui rappeler que lui, qui crie si fort, il ne l'a pas, il ne l'a jamais eu son bac.

La figure du jeune garçon exprimait la stupeur. Il balbutia :

— C'est impossible ! Il sait tout. C'est impossible ! Et puis, songe un peu... Il doit être un jour ou l'autre nommé membre de l'Institut. Maintenant tout le monde en parle comme d'une chose sûre et certaine.

Lucien haussa les épaules.

— Aucun rapport ! Il ne l'a pas, son bac, et ça ne l'empêche d'ailleurs pas d'être un bonhomme à l'arnache. Il ne l'a pas...

— Comment sais-tu cela ?

— Je sais tout. Je le sais de maman. Mais ne dis jamais que tu le sais, toi, ou tu auras de mes nouvelles. Il ne l'a pas, son bac, pour la bonne raison qu'il n'a pas fait le secondaire et que, par conséquent, il ne s'est même pas présenté. Tu comprends, il n'a pas été refusé, comme toi : il ne s'est même pas présenté. Mais, enfin, s'il t'embête, s'il crie un peu trop fort, un jour, tu peux lui demander, en douce, comment il l'a passé, lui, le fameux bachot. Attends ! Attends ! Jeanpi... Tu peux encore lui dire quelque chose.

— Quoi ? murmura le garçon en levant de nouveau vers son aîné un visage ingénu et souffrant.

— Tu peux lui dire, par exemple, que le plus célèbre des amateurs de peinture moderne, en France, ne va quand même pas empêcher l'un de ses fils de peindre, puisque c'est le goût de ce fils-là. Tu remarqueras que papa fait toujours l'éloge de ces fameux peintres qui n'ont écouté que leur génie. Il a le chic pour attraper les boniments des spécialistes. Non ! ce qu'il peut dire sur Cézanne ou sur Van Gogh ! Il y a de quoi se tordre. A part cela, il me semble bien résolu à t'empêcher, toi, de faire de la peinture. Ça, c'est clair.

— S'il n'a pas son beccalauréat, soupirait Jean-Pierre d'un air navré, qu'est-ce que ça peut lui faire que je fasse de la peinture au lieu du droit ? Il prouve bien, par son exemple, qu'on peut arriver à tout sans ça.

— Peuh ! fit Lucien de son air le plus méprisant, c'est une superstition française.

Comme il s'était un peu trop penché sur la rampe, une mèche de ses cheveux, une grosse mèche toute poissée de gomina se détacha de la masse et vint lui tomber sur le nez. Il la rejeta bien vite en arrière d'un geste mécontent et la maintint en place quelques instants avec la paume. Il était moins grand que Jean-Pierre et beaucoup moins maigre que le cadet. Son visage, aux traits réguliers, était blême et légèrement bouffi. Il le contemplait sans cesse au passage, dans les glaces et dans les vitres des fenêtres. Faute de ces témoins, il tirait à toute minute de son gousset un miroir grand comme une pistole et il posait à son image les questions les plus précises. Quoiqu'il parût étoffé, presque dodu, il était souvent malade et avait été, en conséquence, exempté du service militaire. Joseph le regardait, parfois, avec une commisération rageuse et grognait : « Ma femme est une gaillarde. Pour moi, je peux enlever un sac

de cent kilos aussi correctement qu'un bonhomme
de la Halle. Et nous avons trois enfants qui n'ont
pas de sang dans les veines et qui n'ont même pas
ce que j'appelle un fond de santé. Oui, je sais
qu'il ne faut pas parler de cela, parce que Delphine
est bonne à marier. Mais enfin, elle est trop grosse.
Qu'est-ce qui m'a fichu des enfants comme ça,
bon Dieu ! C'est à désespérer de toutes les règles
de l'élevage. Oui, oui... personne ne m'entend,
n'est-ce pas ? Je parle pour moi tout seul. »

Malgré sa passion de gronder, Joseph se gardait
bien d'apostropher le jeune Lucien sur des questions si délicates. Car Lucien était très intelligent, à
sa manière, et cette forme d'intelligence inspirait
au géniteur un peu de crainte et de malaise.

— Ne restons pas ici, fit Lucien en se redressant.
D'abord, il y a un affreux courant d'air. Et puis les
domestiques nous écoutent — si, je t'affirme, ils
écoutent toujours, et je déteste ça. — Vois-tu,
Jeanpi ? tu t'y prends mal avec papa, tu ne sais pas
du tout y faire. »

— Tout se tourne contre moi, fit le jeune garçon
en s'essuyant le nez d'un geste enfantin de l'index.
C'est pas seulement la peinture, et c'est pas seulement le bachot. Mais il trouve toujours quelque
chose à me reprocher. Il y a ce puits de pétrole qui
n'a rien donné. Ce n'est pas ma faute si, juste, on
l'avait appelé le puits Jean-Pierre. Je n'avais rien
demandé, moi. Papa en a profité pour me dire des
choses horribles.

Lucien se prit à rire :

— Oui ! disait-il ! Et le puits Hélène a donné de
l'eau salée ! Maman a déclaré qu'elle s'en moquait,
mais elle était vexée quand même. Quant au puits

Lucien, mon petit, il donne trois ou quatre cents
barils par jour. Et ça, c'est quelque chose ! Qu'est-
ce que tu écoutes ?

— Il me semblait entendre jouer de la
musique.

— Tu sais bien que c'est Déo.

Les beaux yeux naïfs, un peu trop saillants de
Jean-Pierre s'étaient pris à tournoyer avec une
expression d'inquiétude et de souffrance.

— Moi, disait le frère aîné, je sais m'y prendre
avec papa. Moi, j'aurai ma bagnole avant quinze
jours, ma bagnole à moi ! J'en ai assez de me battre
avec Blaise pour attraper la Citron une heure par-
ci, une heure par-là. J'en ai assez de pleurer sur la
poitrine de maman pour qu'elle me prête sa
Renault. Qu'est-ce que tu veux parier que j'aurai
ma voiture avant la fin du mois. Et pas un clou, je
te le promets. Une Mignatti, quinze chevaux,
grosse cylindrée, deux places, pas plus, et basse sur
pattes, avec du râble, de la reprise et tout. Papa,
tu ne sais pas le toucher aux points sensibles. Et
quand il commence à grogner, tout de suite tu
perds le nord et tu as l'air d'un lapin qui a reçu
le coup de poing... Mais n'écoute donc pas : tu sais
bien que c'est la guitare à Déo. Il a du talent, le
bougre. Et maintenant — ah ! il est impayable —
maintenant, si, écoute, c'est la fugue, c'est ta
fugue, Jeanpi. Qu'est-ce que ça peut te faire qu'il
en ait fait un two-step ? Ce qu'il y a de chic, dans
ton Bach, c'est qu'on peut tout y trouver : des
tangos, des charlestons, des fox-trot. Seulement,
faut un gars comme Déo.

— Oh ! murmura le garçon avec une sincère
expression d'horreur, que dirait tante Cécile ?

— Tante Cécile ? Je suis sûr qu'elle trouverait cela très drôle.

— Non, non, ce n'est pas possible.

Ainsi parlant, Jean-Pierre penchait la tête au-dessus du puits de l'escalier, dans une attitude soucieuse et humiliée.

— Puisque Déo est là, poursuivit le frère aîné de cette voix particulière que prennent les grands inspirés, tu devrais lui demander quelque chose.

— Non, non, je ne veux rien lui demander.

— Pourquoi ? Ne fais donc pas le malin.

— Je ne fais pas le malin. Il me...

— Il te...

— Il me gêne. Oh ! il me gêne ! Il me donne envie de rougir.

— Vraiment ? Quelle nature sensible !

— Je ne veux rien lui demander. Que pourrais-je lui demander ?

— Mais tout simplement de te la faire, ta version. Il est licencié ès lettres, ou quelque chose dans ce goût, peut-être même agrégé. Enfin, il est très fort. C'est un type de grande classe, avec son air piqué.

— Non, non, pas lui. Je ne peux pas. Si toi, Lucien, tu m'aidais un peu, je serais vraiment soulagé. Vrai, ça me ferait plaisir. Mais...

— Moi, n'y compte pas, mon garçon. Je ne sais plus un mot de latin. J'ai retenu tout ça juste le temps qu'il fallait pour passer l'examen. Et après, pfuittt... en quelques jours, tout était évaporé. C'est à Déo qui faut demander...

— Non, soupira Jean-Pierre d'un air désespéré. Non, j'aime encore mieux avoir la sale note. Nous sommes ici pour huit jours. Elle finira par se faire, cette malheureuse version. Et dire que j'aurai bientôt dix-neuf ans ! Je sais bien que c'est honteux. Mais pourquoi ce monsieur, oui, ce monsieur Ricamus est-il encore à la maison ?

— Pour un motif excellent : il vient prendre à papa une interview. Toute une colonne dans l'*Intran*, une colonne au moins. En attendant l'arrivée du patient, Déodat fait son numéro. Un numéro irrésistible. Entrons une minute chez maman, Jeanpi, ça te changera les idées.

Sur ces mots, Lucien parut s'absorber dans une méditation profonde. Puis il fit un sourire, ferma l'œil droit, élabora une étrange grimace qui lui fronçait la peau du nez et dit encore, l'air docte :

— Ce qu'il y a d'admirable, dans le cas de Ricamus, c'est qu'il ne respecte rien. Tu comprends, tu comprends bien ? Je l'ai scruté vingt fois, dans tous les sens. C'est l'eau forte, c'est le vitriol tout pur ! Il ne respecte rien. Oui... Je te fais une révélation et tu ne m'écoutes même pas.

— Je vais travailler, bredouillait le garçon en écartant les bras d'un air découragé. Non, non, Lucien, ne me tire pas. Non, je ne veux pas y aller, non, je t'affirme qu'il me déplaît. Il me déplaît et même il me dégoûte.

— Il te dégoûte ? En voilà une façon de parler. C'est un as, Ricamus, tu n'as pas l'air de t'en douter. C'est bon. Va moisir sur ta version. Et, malgré tout, malgré tout, ne prends pas cet air de pauvre type. C'est vexant pour la famille. Pense un peu aux autres.

Le garçon remontait l'escalier en reniflant et en traînant sur les marches ses brodequins mollement lacés. Lucien tira de son gousset le petit miroir plat à monture d'or, le consulta furtivement, gratta, à la pointe d'un ongle tout luisant de vernis, deux ou trois boutons qui rosissaient sur sa joue, rajusta, d'un doigt précis, son épingle de cravate et prit une cigarette avec le geste délicat de l'artiste qui met la touche finale à quelque subtil chef-d'œuvre. Puis il se dirigea sans hâte vers le boudoir de sa mère.

C'était une petite pièce inscrite dans l'encoignure méridionale de la bâtisse, face à la vallée de l'Oise. L'architecte, à force de boiseries, avait refaçonné l'espace logeable pour lui donner, finalement, la forme d'un coffret ovale. On voyait là un piano crapaud dont Hélène Pasquier, d'ailleurs, ne jouait jamais elle-même. On voyait encore un secrétaire de citronnier, des bergères et une ottomane garnies de damas gorge-de-pigeon. La pièce était naturellement bien éclairée par deux fenêtres qui s'ouvraient l'une à l'ouest et l'autre au midi ; mais des rideaux et le crépuscule y entretenaient, ce soir-là, une pénombre discrète. Sur l'ottomane, traînait une guitare toute neuve, garnie d'une bandoulière de moire. Le piano, placé devant l'une des fenêtres, faisait, avec son pupitre couvert de partitions, une manière d'écran, en sorte que le musicien demeurait d'abord caché au regard du visiteur.

— Qui est là ? fit Hélène d'une voix fâchée.

Elle était assise sur une longue banquette à côté du pianiste et, tout de suite, elle se leva, dans un geste d'impatience.

Hélène devait alors approcher de la cinquantaine. Elle était grande, robuste, un peu grasse, mais bien prise dans un tailleur de coupe allègre

et masculine. Elle était court vêtue, montrait à
tout instant jusqu'au genou des jambes fermes,
trop fortes, et pourtant d'un dessin élégant. Elle
se tenait encore bien droite et s'efforçait, en exagé-
rant la vivacité de ses gestes, de masquer la raideur
commençante des jointures. Elle venait de faire
couper court sa belle chevelure épaisse qui n'était
plus d'un blond doré, comme jadis, mais d'une
couleur indécise, intermédiaire à la puce et à la
quetsche. Cette coiffure nouvelle, découvrant
l'encolure charnue, révélait à l'observateur une
partie d'elle-même qu'Hélène ne connaissait pas
et n'apercevait jamais : la nuque, la nuque
blanche et grasse, pareille à une pensée secrète
apparue soudain au plein jour. Quand Hélène souriait, une fossette se creusait dans sa joue droite.
C'était toujours la gracieuse fossette d'autrefois ;
mais une foule de plis très fins s'échappaient de
cette fossette et rayonnaient sur le visage. D'ailleurs Hélène ne souriait que rarement. Elle préférait de rire, de rire même à grands éclats, en montrant sa denture qui demeurait franche et claire.
La belle carnation de Madame Pasquier senior,
comme l'appelaient parfois, malgré qu'elle en eût,
les amis de la famille, s'était doucement échauffée
à la flamme des années et quand Hélène succombait à quelque mouvement d'humeur, elle devenait
très rouge et ne laissait pas d'en souffrir ce qui, parfois, achevait de la défigurer.

— Qui est là ? dit-elle en s'écartant du piano
avec trop de vivacité. Ah ! c'est toi, Lu, poursuivit-
elle d'une voix plus calme. Ton ami est dans une
verve étourdissante. Continuez, Déo, ou plutôt,
recommencez. Vous savez que c'est remarquable.

L'homme à qui s'adressait un tel compliment fit entendre un bruit étrange qui était, chez lui, la manifestation unique de l'hilarité : trois coups de glotte rapprochés, jamais un de plus. Cela se passait dans le haut du registre — hé-hé-hé ! — et ne semblait avoir aucun rapport avec l'épanouissement de l'être, avec la joie. Il se pencha tout aussitôt vers le clavier et prit une voix du nez, soigneuse, comme un acteur qui va faire ce qu'on appelle au théâtre « une annonce ».

— Non, criait-il. Non, Mamouchka ! Je ne vais pas recommencer. Cela me barbe. Autre chose, Mamouchka. Thème général : « j'ai envie de fumer ». Compris ? Bien entendu, j'improvise. Le thème général est goût 1925 !

Et soudain, il se prit à chanter, d'une voix grêle et agréable, en s'accompagnant au piano, avec des fantaisies, des accords, des guirlandes et des arabesques :

> Sous le pont de Tolbiac
> L'aube luit, telle une ablette.
> J'ai ma pipe et mon tabac !
> Tout Paris pour une allumette !

Puis il poursuivit, sans ralentir le mouvement :
— Première variation, écoutez Mamouchka ! C'est Schubert. *La belle marinière*, poème de Duchnocker :

> Un frais ruisseau turquoise
> S'enfuit vers Charenton...
> Une allumette suédoise
> Ferait bien mieux mes oignons.

Et maintenant Schumann ! Versez une larme, Mamouchka. Cela me déchire la fibre :

> Je fume encore, mais j'ai le cœur brisé !

Non, vous aimez mieux Wagner, Mamouchka ?
Alors, c'est l'incantation du briquet récalcitrant :

Loge, viens ! Viens, je le veux !
Jadis tu brillais ; sur ce briquet stérile,
Fais jaillir le torrent de tes flammes subtiles !
        Et patati et patata.
Ich grolle nicht ! Mehr Licht, mehr Licht !

Il hoquetait, tirant de son médiocre larynx des
sonorités caverneuses, expédiant, comme au hasard, vers le piano, des coups de poing furieux qui
frappaient miraculeusement juste et faisaient
pousser à l'instrument des soupirs et des cris de
douleur. Puis il vira de bord, invoquant Mélisande
et Carmen, affirmant, avec des sanglots, qu' « il
n'était pas heureux ici », que, « s'il était Dieu, il
aurait pitié du cœur des hommes qui fument »,
« qu'il était temps encore de se sauver avec lui ».
Puis il se lamenta, toujours chantant et grimaçant,
sur l'air des adieux de Boris, pendant que les clo-
ches du Kremlin grondaient dans la caisse de
palissandre. Puis on vit flotter, sur ce torrent de
bruits disparates, les strophes populaires de « J'ai
du bon tabac ». Puis l'espèce de clown quitta le
piano en exécutant, par-dessus la banquette, une
ahurissante cabriole. Il était de petite taille, vif,
avec des yeux vairons, un nez de goupil et très peu
de cheveux sur son crâne bossué. Il s'empara de la
guitare, poussa Mme Pasquier sur l'ottomane et,
pendant qu'elle protestait en suffoquant et en
pouffant, il commença de chanter, un genou en
terre, quelque chose qui ressemblait en même
temps à la romance de Chérubin et à la belle
Hélène. Lucien riait aux larmes, affalé dans une
bergère. Il était question, dans cette fantaisie

échevelée, tantôt d'un «cœur qui soupirait» et
tantôt d'un «roi qui s'avançait bu..., qui s'avançait bu...». Les deux auditeurs riaient si fort que
l'on n'entendait presque plus le trouvère ni sa
guitare.

A ce moment la porte s'ouvrit et Joseph Pasquier entra dans la pièce, de ce pas lourd et pressé
qui était son pas naturel. La démarche même qu'il
aurait, plus tard, pour pénétrer, sans ralentir,
dans les ombres de l'éternité.

Déodat Ricamus, après une hésitation qui n'alla
certes pas au delà de la demi-seconde, pivota sur
son genou. La romance à Madame s'achevait par
un compliment étourdissant de sang froid, par un
compliment que Joseph reçut en pleine figure et
qui fit remuer ses gros sourcils gris.

— Eh bien ! Eh bien ! disait-il en mâchonnant
les mots d'un air contrarié, c'est tout à fait charmant, n'est-ce pas, ma chère ? Tout à fait charmant.

Il se tut un instant, perplexe et comme arrêté
dans son élan, dans cette course prodigieuse à
travers le temps et l'espace, dans cet espèce d'envol
qu'avait toujours été sa vie. Il se tut un instant et
parut réfléchir. Cette scène, ce canapé, cette guitare, tout cela lui rappelait des souvenirs confus
et ces souvenirs venaient le troubler au milieu de
son étonnante algèbre. Cependant le musicien avait
rejeté la guitare et il s'avançait, la main prudemment tendue, un sourire sinueux sur ses lèvres de
jeune bête intelligente. Il disait, d'une voix très
douce :

— Mon cher maître...

Joseph n'entendit malheureusement pas. Il

allait prendre Hélène par la main et le hasard de la
gesticulation fit qu'il la saisit un peu au-dessus, par
le poignet. Il ne changea pas la prise, pour déso-
bligeante qu'elle parût, et il dit, à mi-voix :

— Une minute, ma chère, il faut que je vous
parle.

Il l'avait entraînée dans l'embrasure de la porte
et il poursuivait à voix basse :

— Vous n'allez quand même pas le retenir à
dîner.

— C'est ce qui vous trompe, dit tranquillement
Hélène. Je ne laisserai pas repartir ce garçon, à
l'heure qu'il est. Si je ne le retenais pas, Lucien, qui
est son ami intime, demanderait à le garder.

— Il y a de très bons trains, murmurait Joseph
d'un air rétif. Vous savez, ma chère, qu'à la rigueur,
je peux le faire reconduire en auto.

Depuis trois ou quatre ans, Joseph avait proposé
que le tutoiement fût abandonné dans les rapports
qu'il entretenait tant avec sa femme qu'avec les
trois enfants. Cette mesure surprenante et tardive
avait été accueillie avec satisfaction par tout le
monde, sauf par le jeune Jean-Pierre. Joseph,
chose étrange, ne se pliait point sans faux pas à
cette discipline qu'il avait proposée lui-même.

Il reprit donc, l'air rogue et gêné :

— Ce garçon ne me plaît pas, je dois te l'avouer,
Hélène. C'est tout, je ne dis rien de plus. A Paris
ça m'est égal. La vie de Paris est telle. Mais ici, à
Montredon ! Nous sommes là pour nous reposer.
Et que vient-il faire au juste, si ce n'est pour te
distraire ?

— Ce serait déjà quelque chose, fit Hélène avec
calme. Mais il est ici, ce soir, pour une affaire qui

vous concerne, justement, vous, Joseph. Il est
envoyé par l'*Intransigeant* et doit vous inter-
viewer.

— Il aurait pu le dire tout de suite, fit Joseph
d'un air bourru.

Il haussait les épaules, mais son visage manifestait d'évidents symptômes d'intérêt.

— C'est bon, dit-il, je vais le prendre. Tout de
suite, avant dîner. Et puis, ma foi, nous le garde-
rons, puisque les choses sont arrangées ainsi.
Après le dîner, je travaillerai avec Obregon, parce
que, vous comprenez, tu comprends, ma chère,
je suis ici pour me reposer. Oui, on ne le dirait pas.
Obregon repartira par la voiture, environ dix heures
du soir. Ricamus peut repartir avec lui. C'est ça !
Ils repartiront ensemble, cela distraira Obregon à
qui je vais laver la tête.

Il se mordit la lèvre supérieure et ajouta quelque
chose qu'il disait vingt fois par jour, presque sans
y penser, d'une voix de maniaque bougon.

— Deux personnes de plus ! On dirait que, pour
vous tous, la dépense ne compte pas.

Puis, tout de suite, il se tourna vers le jeune
musicien.

— Venez, venez, Ricamus, articulait-il d'une
voix soudain cordiale. Il fait beaucoup trop chaud
ici. Vous brûlez encore du bois, Hélène ! Et il y a
déjà des feuilles aux arbres. Prenez un manteau,
monsieur Ricamus. Nous allons aller sur la terrasse.
J'ai besoin de respirer. Dépêchons-nous, mon cher.

Ricamus lança, d'une voix nette et perçante qui
voulait trouver une oreille :

— A vos ordres, mon cher maître.

Cette fois, le mot ingénieux parvint en bonne

place et fit son effet. Le visage de Joseph se détendit d'un seul coup.

— Au fait, non, claironna-t-il. Nous n'irons pas sur la terrasse. Vous devez prendre des notes. Vous avez besoin de voir clair et il commence à faire sombre. Allons dans la bibliothèque. Il est d'abord bien entendu que vous ne soufflerez pas mot au sujet de ma candidature. Vous voyez ce que je veux dire. Nous en parlerons, mais, plus tard. Pour le moment, de la discrétion, du tact. Non, pas un mot de l'Institut.

Joseph avait pris le bras du jeune homme et l'entraînant impérieusement dans l'escalier :

— Nous ne parlerons que de peinture, dit-il. Ce n'est pas d'aujourd'hui que date mon goût pour les arts plastiques en général et la peinture en particulier. Jeune encore, dans la propriété de mes parents, j'avais commencé une collection de petits maîtres. A propos, Ricamus, la prochaine fois que vous viendrez, je vous conduirai sur la tombe de Van Gogh et de son frère Théo. Ils sont enterrés tous les deux à une portée de fusil d'ici, dans le cimetière d'Auvers. Si vous n'avez pas d'encre dans votre stylo, je vais vous en faire donner. Surtout, dites bien que, sur Van Gogh, je prépare un ouvrage qui comportera des révélations sensationnelles et des renseignements scientifiques...

Hélène et Lucien se regardaient sans rien dire. Le bruit de la conversation ne tarda point à se perdre dans le silence des profondeurs.

CHAPITRE IV

JOSEPH avait déclaré qu'à neuf heures et demie toutes les affaires seraient réglées, coûte que coûte, et qu'à dix heures moins le quart il serait, lui Joseph, dans son lit, avec une pipe de tabac anglais au bec, ses lunettes sur le nez et un bon magazine entre les mains fleurs, — jardinage, potager, propriétés rurales — pour s'endormir vite et faire des rêves innocents. Des « rêves géorgiques », avait ajouté Déodat Ricamus.

Par malheur, cet horaire bénin ne semblait pas devoir être respecté. Dès le commencement du repas, Joseph s'était aperçu que, dans la précipitation de son départ et pour fuir au plus vite les fâcheux, il avait oublié, chez lui, rue Taitbout, un dossier contenant des papiers sans lesquels toute discussion sérieuse allait demeurer impossible. Il avait fait apporter sur la table un appareil téléphonique relié à la muraille par un long câble souple et, tout en plongeant dans son assiette une cuiller furibonde, il avait « demandé Paris ». Il avait donc obtenu Paris et enjoint à Blaise Delmuter de prendre la petite voiture pour apporter « coûte que coûte » les papiers à Montredon. « Coûte que coûte » était une expression favorite de Joseph Pasquier. Cela ne manifestait nullement une hautaine résolution d'accepter toute dépense imaginable en vue de certain résultat. Cela signifiait que Joseph Pasquier entendait obtenir un résultat tel, quelque peine qu'il en pût coûter à ceux qui servaient sous ses ordres.

Après une brève empoignade, assez mal intelligible pour les convives de Mme Pasquier, auditeurs involontaires, Joseph avait remis l'appareil au croc et il s'était jeté sur la nourriture avec une belle voracité· Puis il avait entraîné le señor Obregon dans son cabinet de travail en ordonnant qu'on leur y servît le café.

En attendant l'arrivée de Blaise Delmuter, qui avait à sa disposition une voiture suffisante, qui ne pouvait, à cette course, mettre plus de cinquante minutes, et qui ne devait, à cette heure, trouver que des routes désertes, Joseph commença donc de gronder à propos du Michoacan.

L'orage se déroulait toujours selon le même rite et avec le même déploiement de luxe vocabulaire. « Le Michoacan n'était malheureusement pas une affaire comparable aux autres : c'était une plaie dans le flanc de Joseph Pasquier. C'était une affreuse épine dans la chair de Joseph Pasquier.

C'était un boulet à sa cheville. C'était un rocher en travers de sa route. Et qu'était-ce donc encore, tonnerre de sort ! Un cauchemar qui finirait par empêcher Joseph Pasquier de dormir, de respirer, de vivre. Il en avait jusque-là ! Il en avait par-dessus la tête. Il allait, un jour ou l'autre, bazarder l'entreprise, telle quelle, toute ronde, toute montée. Ce serait une perte épouvantable ; mais ce serait aussi, d'ailleurs, une fameuse délivrance. »

Les poings aux poches, une cigarette éteinte entre ses lèvres violacées, Joseph se promenait de long en large. Le señor Obregon demeurait placide au fond d'un fauteuil de cuir. Il soupira :

— Venez au Mexique, Monsieur Pasquier. Vous verrez vous-même vos chantiers. Vous verrez messieurs les ingénieurs. Vous verrez les bureaux. Vous verrez surtout votre avocat. Et vous ferez un beau voyage.

— Vous êtes formidable ! s'écria Joseph. Est-ce que vous vous imaginez, par hasard, que j'ai le temps de faire du tourisme ? Est-ce que vous croyez qu'il est absolument nécessaire d'avaler des milliers de kilomètres et d'aller, comme vous dites, sur place pour gagner son argent ? Je suis le principal actionnaire du Tasman-Palace-Hôtel, à Melbourne. C'est une affaire qui s'est traitée, simplement, comme toutes les affaires, dans mon bureau de la rue du Quatre-Septembre. Je n'ai jamais mis les pieds à Melbourne et je n'y mettrai jamais les pieds. Je contrôle une plantation de ficus, à Pnom-Penh, et vous pensez bien, quand même, que je n'irai pas à Pnom-Penh, pour y attraper le choléra ou quelque autre cochonnerie de ce genre. J'ai même un grand vignoble à Hammam-Lif,

depuis 1922. Çà, je devrais y aller. Deux jours de
voyage, ce n'est pas loin et ça me changerait un
peu les idées. Mais le Mexique ! Monsieur Obregon,
vous voulez rire ! Aller au Mexique ! Je n'en ai pas
la moindre envie. Notre affaire est en route depuis
exactement vingt-cinq mois. Ce n'est pas une
affaire, Monsieur Obregon, c'est une maladie. Je
la porte là, dans le foie. Elle me ronge, elle m'épuise.
Elle me fera, peut-être bien, crever.

Le señor Obregon semblait résigné à supporter
les doléances et les accès de fureur de Joseph
Pasquier. Il souriait, non sans constance. Il articula :

— Je suis bien tranquille, Monsieur Pasquier.
Vous ne tomberez pas malade avec le Michoacan,
mais vous deviendrez très riche. Vous deviendrez
fabuleusement riche. Encore un peu de patience,
et vous posséderez, à vous seul, — le dixième que
vous avez dû concéder à Sir Oliver Ellis, vraiment,
ça ne compte pas — vous posséderez une affaire qui,
dans deux ans, dans trois ans, vous fera marcher
de pair avec le Mexican Eagle.

Joseph avait bu son café. Il venait de se verser,
dans un verre à dégustation gros comme une citrouille, une honnête dose d'armagnac. Il buvait
et, soudain, il faillit s'étrangler :

— Et le procès, monsieur Obregon ! Et le procès ! Et, chaque mois, un pépin, comme vous dites
en bon français ! Et les échéances qui tombent !
Et, à l'heure actuelle — je n'ai pas encore fait le
versement de mai — soixante-douze mille dollars
que j'ai sortis de ma poche et qui sont peut-être
fichus, Obre... monsieur Obregon !

Le Mexicain n'admettait pas d'être traité fami-

lièrement et Joseph n'avait pas laissé de le comprendre, pour distrait qu'il fût toujours par mille et
mille soucis. En général, Joseph avait l'habitude,
à compter du second colloque, d'appeler ses parte-
naires, sans précautions oratoires, par leur patronyme, tout sec, ou même par leur prénom, ou
encore par un surnom. Il ne pouvait s'empêcher de
revenir à cette pratique avec le señor Obregon ;
mais il voyait passer une ombre sur le visage
verdâtre. Alors il battait en retraite et se corri-
geait aussitôt.

— Soixante-douze mille dollars, fit sereinement
le Mexicain. Quatre vingt-deux mille dollars tout
à l'heure : c'est une très petite somme, Monsieur
Joseph Pasquier, si vous devez, dans deux ans, et
vous le devez sans aucun doute, tirer du Michoacan
un million de dollars par an, deux, ou même trois,
ou même quatre millions de dollars par an.

A ce point de l'entretien, et comme pour mettre,
à cette enchère, une fin décente, parut le jeune
Blaise Delmuter. Il descendait de voiture, le col de
son pardessus relevé, l'air glacial et glacé, le nez
tuméfié par un rhume qu'il déclara aussitôt avoir
pris dans « cette voiture » pendant « cette course
nocturne ». Joseph écoutait à peine. Il s'excusa
d'un mot, au vol, remercia brièvement Blaise en
lui arrachant des mains la serviette pleine de paperasses et il cria, tout à trac :

— Asseyez-vous là, au bureau. Je vais vous
dicter une lettre.

— J'ai froid, souffla le jeune homme.

— Vous ne voulez quand même pas, répondit le
bourru, que j'allume le chauffage central à la Pen-
tecôte. Vous ne savez pas ce que ça coûte. Vous avez

votre stylo ? Bien. Buvez de l'armagnac. Une
bonne dose d'armagnac, c'est excellent pour la
grippe. Et maintenant, attendez.

Joseph se rua dans le dossier comme un sanglier
dans une emblavure. Il avait un flair admirable
pour, d'une bourrée de papiers, tirer tout de suite
les deux ou trois phrases essentielles et utilisables,
le chiffre révélateur. Il avait l'air de labourer le
dossier avec son nez, de le retourner avec sa
mâchoire. Et il poussait, de temps à autre, un grognement qui s'exhalait du plus épais de la tripe.

Le señor Obregon venait d'allumer un cigare.
Il dit au jeune Delmuter, pour engager la conversation, il dit entre haut et bas :

— Il faisait froid, dans la voiture ? Vraiment ?

Comme le secrétaire ne répondait rien, le Mexicain ajouta :

— Chez nous, les businessmen ne travaillent
plus après six heures de la soirée.

Joseph poussa un « hum » terrible. Tous les
verres à dégustation se prirent à vibrer ensemble,
sur le plateau. Un peu plus tard, et comme le
señor Obregon commençait de bâiller, Joseph se
mit debout et marcha dans le bureau en agitant
quelques feuillets qu'il tenait dans sa main gauche.
Il disait, l'air perplexe :

— Ecrivez, mon petit Blaise. C'est une lettre à
l'avocat. Comment s'appelle-t-il, déjà, cet avocat ?

— Le señor Alonzo Zaldumbide, répondait le
Mexicain, de sa voix en même temps rauque et
suave.

— C'est trop long ! C'est trop difficile à prononcer ! Entre nous, je dirai Zaldum. Et le diable
emporte le bide ! Ecrivez, mon petit Blaise. Vous

me ferez taper cela en deux exemplaires, demain matin. Vous reviendrez ici avec l'un des exemplaires et vous laisserez l'autre au dossier. Ecrivez... Je signerai et cela partira tout de suite : il y a un bateau après-demain. Ecrivez... Vous regarderez ma lettre de près, mon petit Blaise. Pas une paille, hein ? Pas une faute, sinon, je fais tout recommencer. Et maintenant, écrivez, bon sang !

— Monsieur le Président, fit le jeune homme avec beaucoup de douceur, j'ai oublié de vous dire que, juste avant mon départ, il y avait eu un téléphone de M. du Thillot. En sortant de la maison, il est allé directement au ministère, voir M. Fourdillat. Et il l'a trouvé. Et même il a été reçu.

— C'est magnifique ! s'écria Joseph en s'arrêtant net au milieu de sa course véhémente. C'est magnifique ! Et alors ?

— Par malheur, le ministre ne veut rien savoir pour une augmentation de contingent. Il a tempêté. Il criait, paraît-il : « A aucun prix ! »

Joseph fit entendre une sorte de barrissement et se reprit à courir.

— « A aucun prix ! » répétait-il. Eh bien, c'est ce qu'on verra. Je vous en reparlerai plus tard. Je vous en reparlerai demain matin. Arrivez sans faute avant midi. Vous déjeunerez ici, avec nous. Vous m'entendez, mon petit Blaise ? Et maintenant, écrivez : *Au señor Alonzo Machin... Truc... Zaldumchose...* Enfin, vous voyez ce que je veux dire. Je continue :

Bien que le señor Alonzo... oui... soit susceptible de se transporter sur les lieux et ait actuellement en mains toutes les pièces du procès, je tiens à lui

*exposer moi-même, par la présente, mon opinion
sur le développement de l'affaire.*

La mauvaise volonté, *d'une part, de la Napht
Oil Cie et, notamment, de son agent directeur,
M. Herbert-Doyster* — c'est bien cela, monsieur
Obregon ? — *d'autre part, du señor Cristobal...* —
comment l'appelez-vous, celui-là ? Cienfuegos ?
Vous dites Cienfuegos ? Ce sont des noms, pardonnez-moi, des noms à coucher à la porte... —
*du señor Cristobal Cienfuegos agissant au nom d'une
entreprise qui se dit mexicaine, mais qui est à moitié
yankee, à moitié mexicaine et, en vérité, mexicaine
seulement pour la forme et en raison des susceptibi-
lités actuelles du gouvernement mexicain...* — vous
arrangerez tout cela, mon petit Blaise ; que ce soit
impeccable dans la forme, parfait dans le style,
mais énergique, énergique, enfin, tapé aux pommes. Je reprends : — *la mauvaise volonté de ces
messieurs Tel et Tel a été sensible dès Avril* 1923,
*quand nous avons commencé d'établir le chevalement
pour le premier puits appelé Puits Joseph. Ce puits
a donné deux cents barils par jour, ce qui n'était pas
phénoménal...* — Vous ne mettrez pas phénoménal. Vous chercherez quelque chose de distingué... — *Mais ce qui était quand même assez...
assez... prometteur.* — Trouvez-moi un autre mot
pour faire sentir qu'il y avait de l'espoir... — *Dès
ce moment, les sieurs Machin et Chose...* — ils m'aga-
cent avec leurs noms impossibles... — *ont prétendu
s'opposer au transport de mon huile à travers une
certaine partie de leurs concessions où je peux
affirmer...* — n'est-ce pas, Monsieur Obregon ? —
*qu'il n'y a que de la pierraille et des plantes épineuses
et, bien entendu, aucune construction ; enfin, rien.*

— C'est bien ce que vous m'avez toujours dit, Monsieur Obregon ? Je continue : — *Bien que la loi mexicaine m'assure une servitude sur le terrain de la N. O. C. et sur celui de Cristo... Cristomoche Tartempion, j'ai dû engager un procès devant le tribunal de Mexico et verser une provision. La première, hélas ! Je me suis vu contraint de faire forer le second puits, dit Puits Laurent, plus près de la route, beaucoup trop près sans doute. Et il n'a rien donné. Et on l'a quand même conduit jusqu'à trois cents pieds de profondeur. Et le señor ingénieur Lopez de Quevedo a parlé de pousser le puits à six cents pieds, ce qui suppose un débours imprévu de dix mille dollars.* Je pense, mon petit Blaise, que vous n'allez pas vous endormir.

— J'ai froid, répondit le jeune homme.

— Alors, vous avez de la chance. Moi, j'ai trop chaud. Ecrivez toujours. Ce n'est que le commencement. Ici, vous rappelerez en trois mots que tous les puits creusés jusqu'à ce jour ne donnent l'huile que par l'action des pompes, ce qui représente un terrible surcroît de dépense, au titre du matériel.

— Mais, dit le señor Obregon, l'accent tranquille, notre avocat sait tout cela ; en outre, tout cela ne peut en rien émouvoir le tribunal. Il s'agit de difficultés particulières à l'entreprise.

— Je vous demande pardon. C'est à mon avocat que je parle. J'ai ma façon à moi de traiter les affaires et de parler aux avocats. Vous avez froid, mon petit Blaise ? Vous vous mouchez, mon petit Blaise ? Eh bien, reprenez une goutte d'armagnac. Pas trop, quand même. C'est vous qui allez conduire, pour vous en retourner à Paris, et M. Obregon est très inquiet, enfin, je veux dire

qu'il a ses idées à lui sur la vitesse en auto. Bien,
je vous disais : l'avocat ! Il doit tout connaître de
ma façon de penser, l'avocat. Il doit savoir qu'à
ce moment-là, c'est-à-dire janvier 1924, j'avais
déjà décaissé deux redevances semestrielles, c'est-
à-dire deux fois dix mille dollars, plus quinze mille
dollars de premiers frais, plus trois fois dix mille
dollars pour le creusement des trois premiers
puits, et encore deux mille dollars de provision.
Ça, il le sait mieux que personne, puisque ces
dollars-là, c'est lui qui les a palpés. Ne dites pas
que j'exagère, tous les chiffres sont là, dans ma
tête.

— Mais, dit avec flegme le senor Obregon, vous
avez gagné votre procès, et tout va relativement
bien.

— Comment ! gronda Joseph Pasquier.
Comment ! vous dites que j'ai gagné, alors que les
deux bonshommes au nom indigeste, le Mexicain
et le Yankee, ont tout de suite été en appel, que
nous y sommes encore, que j'ai dû reboucher le
Puits Laurent, que j'ai dû envoyer encore cinq
mille dollars et que le quatrième puits, le Puits
Jean-Pierre, n'a rien donné du tout.

— Vous êtes impatient, murmura le señor
Obregon. Je vous ai déjà conseillé d'interroger les
spécialistes. Ils vous diront que Deterding et
Rockefeller ne sont pas des hommes nerveux. Ils
vous diront qu'il est tout naturel de forer des puits
pour rien. Le bon puits paye pour le mauvais, et
il paye au centuple. Vous savez bien que tous les
renseignements sont favorables : ceux de votre
consulat, ceux du ministre des travaux publics,
ceux des ingénieurs-conseils et, surtout, ceux de

Sir Oliver Ellis, en qui tout le monde a confiance.
D'ailleurs, le puits nº 5 a donné près de quatre
cents barils par jour. Comment l'appelez-vous ?

— Le puits Lucien. Oui, mais le puits Hélène a
donné de l'eau salée. Et je vais vous verser tout à
l'heure une somme de dix mille dollars, ce qui fera
quatre vingt deux mille dollars ! C'est, comme
disent les Anglais, faire courir du bon argent après
du mauvais argent. Est-ce que vous dormez,
Blaise ?

— Non, Monsieur le Président.

Joseph s'arrêta, le pied en l'air, une demi-
seconde. Depuis quatre ou cinq ans, tous les gens
de son entourage l'appelaient « Monsieur le Président ». Il en avait eu du plaisir pendant une bonne
saison. Maintenant, il commençait de rêver à
d'autres caresses verbales. Ricamus venait, le jour
même, de l'appeler « mon cher maître ». Cela lui
avait agréablement chatouillé le tympan. Cela lui
avait paru de bon augure pour « l'histoire du
quai Conti », comme il soufflait tout bas à ses familiers. Il avait une soudaine envie de dire à Blaise
Delmuter : « Dorénavant, vous m'appelerez cher
maître ». Il balança quelques instants à donner
ou à ne point donner cet ordre étrange, résolut
d'attendre une occasion plus frappante et se reprit
enfin à dicter la fameuse lettre. C'était, en vérité,
une lettre interminable, dans laquelle, avec
d'étonnantes parenthèses, il racontait les difficultés, les déboires qu'il avait rencontrés dans
l'affaire du Michoacan, une lettre au long de
laquelle il accablait d'invectives lyriques ces
gêneurs, ces empêcheurs de gagner en rond, tous
les Herbert et les Cristobal, tous ces inconnus qui

prétendaient lui dénier le droit de faire paisiblement ses petites affaires, une lettre tissue de roueries subtiles et de remarques naïves à force d'être naturelles, une lettre qui, somme toute, avec, pour fioritures, diverses menaces inventives à l'adresse de l'adversaire, était, tout prêt, tout dressé, le canevas d'un très habile et très audacieux plaidoyer.

Le señor Obregon bâillait sans retenue en fumant cigare sur cigare. Joseph s'arrêtait parfois pour mûrir une pensée. On entendait alors, à la cantonade, un friselis de guitare et des éclats de rire. Le visage de Joseph se contractait nerveusement. La commissure gauche de sa bouche lui entrait dans la joue jusqu'à la pommette et il secouait sa crinière grise comme un cheval piqué des taons. Puis la querelle reprenait flamme. Le Mexicain ne se lassait pas de répéter : « Si pour quatre vingt-deux mille dollars, en comptant le versement de ce jour, si vous avez une belle affaire de pétrole à vous — car Sir Oliver Ellis peut très bien vous recéder ses droits — vous me permettrez de dire, Monsieur Pasquier, que ce sera quand même un succès, que ce sera une affaire scandaleusement profitable. »

— Pourquoi « scandaleusement » ? retorquait Joseph, l'air surpris. Le scandale n'est pas que l'affaire réussisse. C'est quelle rate.

Et il repartait à rouler dans l'espace de la chambre comme un orage qui cherche la place où tonner et se répandre.

Un peu après onze heures et quart, la lettre étant dictée jusqu'au dernier mot, Obregon reçut le chèque de dix mille dollars, ce qui n'alla pas sans une extraordinaire comédie pendant laquelle Joseph, la voix mouillée d'une émotion dont nul n'aurait su dire si elle était feinte ou réelle, annonça qu'au prochain « pépin », comme disait si bien le señor Obregon, il prendrait la résolution de se débarrasser de l'affaire, de la revendre, même à perte, parce que c'était la première fois de sa vie que... parce que jamais il n'avait supporté que... parce qu'il n'avait, lui, Joseph Pasquier, qu'une seule superstition, celle de la guigne et que dans ces conditions...

A onze heures et demie, Obregon montait en voiture avec Déodat Ricamus. Lucien parut soudain, portant son chapeau et son pardessus. Il s'empara de la quatrième place et déclara qu'il allait coucher à Paris, mais qu'il rentrerait dès le lendemain matin.

— C'est inimaginable ! s'écria Joseph Pasquier, reprenant ainsi sans même y penser une expression de feu son père. C'est inimaginable ! On vous emmène à la campagne pour vous refaire une santé et, dès le deuxième soir, tu vas coucher à Paris ! Ça ne me plaît pas du tout.

— Papa, fit posément le jeune homme, vous oubliez que j'ai vingt-trois ans.

Il fit, sur ces mots, claquer la portière et la voiture s'ébranla. Mme Pasquier senior n'était point sur la terrasse à côté de son époux : on voyait de la lumière aux fenêtres de sa chambre. Une minute, Joseph Pasquier demeura seul dans les ténèbres. Il entendit, au bout de l'allée, la grille de fer gémir pour se refermer. Un peu plus tard, la lueur des phares apparut entre les arbres, sur le chemin en lacets qui gagne le fond du val.

Joseph ne rentra pas tout de suite au château. Il suivit une allée qui cheminait à travers les pelouses et les bouquets d'arbres. La nuit était fraîche et transparente. Tête basse, Joseph avançait, regardant le gravier du sol. Il retenait son haleine sous l'effort de ses pensées et il la libérait ensuite à grands coups de gorge, comme font les tâcherons. Puis les allées commencèrent de monter assez raide et, bientôt, Joseph se trouva sur le plateau. Alors Joseph leva la tête, vit le ciel et poussa un long soupir. Jamais il ne songeait à regarder le ciel. Joseph considéra pendant longtemps, avec ébahissement, les étoiles qui étaient nombreuses et vives. Les étoiles ! Oui, c'étaient bien là les étoiles ! Des souvenirs confus, naïfs, scolaires, se pressaient dans l'esprit de Joseph. Il revit un livre de « leçons de choses », avec le dessin de la grande ourse. Puis il pensa, furtivement, à une marque de pétrole, puis au drapeau américain. Les étoiles ! Joseph soupira longuement et ce soupir ne sortait pas seulement de sa poitrine, mais du plus intime de toutes ses fibres charnelles. Puis Joseph, de nouveau, regarda vers la terre. Il aperçut d'abord l'espace rectangle du tennis, entouré de rosiers grimpants dont on devinait, dans l'ombre, le feuillage printanier. Enfin, il aperçut, plus loin, la masse du château.

C'était un édifice imposant, construit à la fin du XVIIIe siècle, une demeure vraiment seigneuriale, un peu trop élevée, sans doute, puisque, outre le rez-de-chaussée où se trouvaient les pièces de réception, elle comportait deux étages de chambres et une aile à trois étages où étaient logés

les enfants et les amis des enfants quand ils ame-
naient des amis.

C'était une belle maison. Joseph en admira la
silhouette imposante, toute blanche dans la nuit
de Mai. Ce n'était pas un de ces biens de famille,
dont on connaît chaque pierre, chaque chevron,
chaque ardoise. Ce n'était pas non plus, comme les
propriétés que, depuis quinze ans, Joseph possédait au Mesnil-sur-Loire, ou à Beaulieu, dans le
midi, un domaine longuement convoité, acquis à
force de patience. Joseph n'en était plus au temps
des longues patiences. Montredon, pour Joseph,
était comparable à une proie magnifique. Il avait
entrevu cette proie, au vol, il y avait maintenant
un peu plus de quatre ans. Il s'était jeté sur cette
proie, soudain, comme un aigle, serres ouvertes.
Il est des hommes qui travaillent toute leur existence pour posséder l'objet de leur convoitise.
Joseph lui, n'aimait plus que les victoires con-
sommées en une heure de fièvre, à la façon d'un
attentat.

Cette maison noble, somptueuse, enlevée donc
de haute lutte, après une chamaille terrible, chez
un notaire hébété, Joseph, par la suite, se l'était
quand même appropriée en y dépensant trois
millions pour l'arranger à son goût. Elle lui plaisait
tellement qu'il en venait à négliger ses autres
domaines et qu'il se trouvait sans cesse des raisons
d'y faire séjour, fût-ce contre le gré d'Hélène et
des trois enfants qui préféraient toujours Paris,
la montagne ou la mer et cherchaient toujours
quelque prétexte pour tirer chacun dans leur sens.

Seul dans la nuit, Joseph se reput, pendant de
longues minutes, de ce spectacle et de cette posses-

sion. Puis il redescendit, sans plus consulter les constellations, à travers les boqueteaux et les pelouses étagées.

La maison était, maintenant, tout à fait silencieuse. Joseph tira le lourd trousseau de clefs qui sonnaillait toujours dans sa poche et tenait à sa ceinture par une chaînette d'acier, puis il ferma les portes. Eteignant derrière soi toutes les lampes, il gagna son cabinet de travail. Une vapeur de cigares éteints, mêlée aux relents de l'alcool, attaqua son odorat purgé par l'air nocturne. Il ouvrit un moment les fenêtres. Un peu plus tard, il vint pensivement s'asseoir devant la longue table empire dont il faisait son bureau. D'une main qui se trouvait, en même temps, distraite, lasse et nerveuse, il fouillait les tiroirs. Il finit par en sortir deux feuilles de papier à lettres. L'une portait, gravée dans l'angle supérieur gauche, l'inscription suivante : Montredon par Butry (Seine-et-Oise), Tél. 43. L'autre feuille était vierge, d'un blanc bleuté, parfaitement neutre.

Ce fut cette dernière feuille que Joseph posa devant lui, soigneusement, sur le buvard. Puis il tira de sa poche un bout de papier flétri sur lequel on apercevait quelques lignes écrites au crayon et qu'il plaça devant soi.

Avec une application d'écolier qui copie son modèle, Joseph commença d'écrire :

Monsieur le Secrétaire perpétuel,
J'ai l'honneur de poser ma candidature au siège laissé vacant par le décès de M. Petit-Belair...

Ici, minute de perplexité. Joseph se demandait s'il était plus convenable d'écrire Monsieur, en

toutes lettres, ou de mettre un M et un point.
« Le marquis est étonnant, songeait encore Joseph
Pasquier. Moi, j'aurais écrit : « au siège laissé
vacant par le décès de votre distingué et regretté
confrère Monsieur Petit-Belair... » Enfin, il paraît
que le mieux c'est la simplicité totale. Marchons
pour leur sacrée tradition ! » Là dessus, hochant
les épaules, Joseph continua d'écrire :

*Je vous serais reconnaissant de bien vouloir en
informer les membres de la compagnie...*

Joseph s'arrêta de nouveau. Il avait d'abord
pensé qu'à ce point d'un message aussi notable, il
n'eût pas été déplacé ni même superflu de donner
un coup de cymbales, de se livrer à une manifestation éclatante et sonore, de proclamer, par
exemple, le titre de ses ouvrages de critique
et de ses deux brochures consacrées à l'art pic-
tural, d'annoncer, par exemple, en termes pudi-
ques mais nets, qu'il était, en matière de peinture moderne, tenu pour l'un des premiers collec-
tionneurs de l'ancien continent, et même de
mentionner qu'il présidait une vingtaine de
sociétés dont trois au moins se consacraient à la
pure philanthropie... et encore... et même... Malheureusement, M. de Janville, en dictant la for-
mule consacrée, avait affirmé qu'elle était tout à
fait suffisante et que les effusions surérogatoires
risquaient d'être mal accueillies. Avec un soupir de
regret, Joseph reprit donc le stylo et écrivit encore
quelques mots en secouant la tête sans bonne humeur :

*et de me croire, Monsieur le Secrétaire perpétuel,
votre respectueux et dévoué*

                              Joseph Pasquier.

Voilà ! C'était bien sec. Ajouter, à ce point précis du message, quelque chose de simple et d'évident, ajouter, par exemple : « commandeur de la Légion d'honneur », était-il vraiment possible que ce fût de mauvais effet ? Eh bien, non, il ne fallait point succomber à cette tentation : le marquis de Janville avait fait observer au candidat que le secrétaire perpétuel n'était lui-même qu'officier de l'ordre national et que, d'ailleurs, « cela ne se faisait pas ».

Joseph haussa les épaules, plia la lettre et la glissa dans une enveloppe dépourvue, comme la feuille blanche, de toute espèce d'inscription. Puis il saisit l'autre feuille, celle qui portait orgueilleusement l'adresse de Montredon, et il commença de laisser courir sa plume sans la moindre retenue.

Mon cher Laurent, écrivait-il, *je veux, sans plus tarder, te dire ce que je viens de faire et même te demander quelque chose comme un service. Je pose ma candidature au siège laissé vacant par la mort du sinistre Petit-Belair, que tu as peut-être rencontré, jadis, chez M. Chalgrin. Je sais, je crois savoir que tu seras élu à l'Académie des Sciences quand tu voudras t'y présenter. On l'a dit dans les journaux, ce qui ne signifie pas grand'chose ; mais je l'ai appris par certains de tes amis qui sont des gens très bien renseignés, et j'en suis tout à fait heureux pour toi. J'ignore quelles sont tes intentions à ce sujet, mais je te serais reconnaissant de ne pas te présenter avant que mon élection ne soit une chose accomplie, ce qui ne tardera peut-être pas. Je sais bien que je ne me présente pas à la même académie que toi. Je crois toutefois que, pour l'Institut, deux Pasquier d'un*

seul coup, ce serait un peu trop voyant et cela paraî-
trait, au regard de ceux qui ne nous aiment pas, un
peu glouton. Laisse-moi passer le premier, mon cher
Laurent, d'abord parce que ton élection à toi, sera,
quelque temps plus tard aussi bien qu'aujourd'hui,
une affaire tout à fait sûre. Il n'en est pas de même
pour moi et je dois saisir la chance favorable sans
hésiter. N'oublie pas non plus que je suis ton aîné.
Six ou sept ans, cela compte, cela donne, malgré tout,
un droit de préséance. Enfin, c'est un service que je te
demande. Tu me comprendras, tu ne voudras pas
faire la moindre peine à ton vieux frère qui t'em-
brasse bien cordialement.

Joseph.

P. S. *Je doute si peu de tes sentiments que, par ce*
même courrier, je fais partir ma lettre de candidature.
N'empêche que ta réponse est attendue avec une
réelle impatience.

Joseph avait écrit d'un seul mouvement cette
lettre qui lui semblait beaucoup plus facile que
l'autre à jeter sur le papier. Il la mit également sous
enveloppe, les timbra toutes deux et les laissa bien
en évidence au milieu du bureau. Puis il regarda
sa montre. Il était une heure moins le quart. Alors
il se leva, s'étira longuement, à plusieurs reprises,
ouvrit un placard, y prit des pantoufles de feutre,
les chaussa et sortit de son cabinet à pas étouffés.
Un silence parfait se condensait entre les murs de
la maison endormie. Joseph n'alluma point l'élec-
tricité ; mais il mit en action une petite lampe de
poche dont l'ampoule répandait une lumière
exténuée.

Avec les gestes lents d'un voleur aux écoutes,

Joseph Pasquier descendit l'escalier qui conduisait jusque dans les entrailles de la maison. Il passa l'étage des cuisines, où tout était silencieux et immobile, puis l'étage des caves à vin. Il atteignit enfin une porte de fer et l'ouvrit au moyen d'une petite clef de forme étrange. Il poussa la porte, fit un pas dans l'ombre et referma la porte derrière soi. Alors seulement, à tâtons, il atteignit un commutateur. Une lumière éblouissante tomba tout aussitôt de trois gros plafonniers.

Ce n'était pas une cave. C'était quelque chose de comparable aux mastabas des Egyptiens : une grande chambre rectangulaire, creusée dans le rocher du plateau, une cavité saine et sèche dont les parois avaient été garnies partout d'un revêtement de brique rose. D'énormes armoires de chêne garnissaient un des côtés. Le long de la muraille opposée, s'entassaient des bahuts, des paniers, des malles de cuir, des caisses de fer. Au fond, se voyait la plaque d'un coffre-fort noyé dans le béton.

Depuis le jour où cette retraite avait été construite et aménagée par une équipe d'ouvriers italiens venue on ne savait d'où et disparue tout de suite, personne jamais n'avait pénétré dans cette chambre mystérieuse. Joseph y descendait seul et presque toujours de nuit. Comme il était très vigoureux, quand il apportait un paquet, même lourd et encombrant, il le coltinait tout seul.

Au milieu du rectangle, dans l'espace libre, il y avait un fauteuil, un fauteuil de paysan, au siège de paille, et une petite table.

Joseph commença par ouvrir les portes des armoires. Nulle odeur de moisissure : tout était net et propre. Pas un grain de poussière, pas une goutte d'humidité. Alors Joseph s'assit dans le fauteuil et regarda droit devant soi. Les armoires étaient bondées d'une multitude chaotique d'objets précieux, rangés sur les rayons selon le hasard des achats, des occasions, des affaires. Il y avait là une quantité prodigieuse d'argenterie, de porcelaines délicates, de vases, de cristaux ouvragés, d'ivoires, de bronzes. Il y avait des fioles pleines de liquides étranges, des figurines de jade, des statuettes, des lacrymatoires, des travaux chinois, des émaux, des laques, des brûle-parfums, des coupes, des éventails, des chandeliers, des pots, des aiguières de vermeil et d'or, des ciboires, des croix, des calices et des icones caparaçonnées d'argent ou même ornées de pierres fines. Sur chaque pièce, était collée une étiquette avec une date, un chiffre, parfois une remarque écrite à la main, de la grosse écriture scolaire de Joseph Pasquier.

Il était là, dans son fauteuil, devant ses armoires béantes. Il avait envie d'aller jusqu'au coffre, d'en faire jouer la mécanique et de contempler les bijoux, les colliers, les anneaux, les perles, les pendeloques, les bracelets, les boucles, les joyaux et les barres de métal rare, les pierres nues dans de petits sachets. Il avait envie d'ouvrir les bahuts, les caisses, les huches de noyer, les cantines de fer et d'en tirer les trésors qu'il avait presque oubliés et qui, pourtant, étaient là : les broderies, les reliquaires, les écritoires d'or, les couronnes... Il avait grande envie de revoir toutes ces richesses ; mais, cette nuit-là comme les autres, chaque fois qu'il descendait dans ce réduit, il se sentait saisi d'une incompréhensible lassitude, et il partait à somnoler, un fil de salive à l'angle des lèvres, les grosses mains abandonnées, avec leurs bouquets de poils, sur les genoux engourdis.

Une à une, et non sans regret, Joseph referma les portes des armoires. Il reprit sa lampe de poche, s'assura, d'un regard pesant, que tout était bien en ordre dans ce royaume de lui seul, dans cette secrète tanière. Puis il éteignit les plafonniers et ferma la porte à clef, soigneusement, pesant chaque geste.

A peine dans l'escalier, il redescendit les marches pour s'assurer, une fois encore, que la porte était bien close et le verrou de sûreté, comme il se devait, à double tour. Il se tenait devant cette porte, pétrifié, soudain très lourd, le cœur battant rudement dans sa poitrine musculeuse.

Il finit par remonter, à pas d'ours, étage par étage, jusque dans son cabinet. Alors, saisi d'une inspiration subite, il décrocha le téléphone et sonna, pendant longtemps, en tournant une manivelle.

Une voix d'homme retentit enfin, à travers l'épaisseur de l'espace nocturne. Elle disait : « Quel est votre numéro ? Que demandez-vous ? » Joseph répondit, inquiet de percevoir, dans le silence, le bruit qui sortait de sa gorge. Il disait : « Ici, le 43, à Butry. Donnez-moi Trinité 53-79. » Des propos paresseux voltigèrent dans l'étendue. Puis ce fut une grêle sonnerie qui se répétait sans relâche, quelque part, au bout du monde. Enfin, une voix de femme, une voix ensommeillée parvint jusqu'à l'oreille velue de M. Joseph Pasquier. Cette voix disait : « Qui est là ? Que demandez-vous ? » Il répondit, domptant sa gorge toni-

truante : « C'est moi ! je te dis que c'est moi.
Pardonne-moi, Miotte. Je m'ennuyais un peu de
toi. Alors, l'idée m'est venue de te demander
quelque chose... » Il y eut un silence profond et la
voix lointaine reprit : « Que veux-tu, mon pauvre
Joseph ? Je dormais, pourquoi m'as-tu réveillée ? »
— « Pardonne-moi, reprit l'homme, je voulais
surtout t'entendre, être sûr que tu es là. » — « Où
veux-tu donc que je sois ? » — « Dis-moi quelque
chose, Miotte, dis-moi... que tu penses à moi. »

Il bredouillait, lamentable soudain, cherchant
ses mots comme un écolier honteux. La voix lointaine dit encore : « Allons, va te coucher, mon
pauvre Josi. Et laisse-moi quand même dormir. »

Au bruit qui retentit dans le creux de l'appareil,
Joseph Pasquier comprit que la mystérieuse partenaire venait de rompre l'entretien. Il remit le
cornet en place et se leva, titubant. Il se trouvait
tout à coup debout, devant une haute horloge qui se
prit à sonner. Il était deux heures du matin. Un
coq chanta, dans le village, du côté de la rivière.
Joseph n'avait pas encore dormi. Un nouveau
jour déjà s'avançait dans l'éternité.

CHAPITRE V

CONSULTATION D'UN EXPERT. DES NOUVELLES DU
MEXIQUE. LE PUITS DELPHINE ET SA MARRAINE.
UN MINISTRE FERME SUR SES POSITIONS. PÈRE ET
FILS. MONOLOGUE DE JOSEPH SUR LES HOMMES
INCORRUPTIBLES. PROJET DE CONTRAT. CONSIDÉ-
RATIONS SUR LES LENTILLES DU CANTAL. SENTI-
MENT DE JOSEPH SUR LES SERVITEURS DE LA
RÉPUBLIQUE. LE SALUT DE BLAISE DELMUTER.
JEUNE GARÇON ET JEUNE FILLE. UN HOMME TER-
RIBLEMENT OCCUPÉ. VISITE DE CANDIDATURE.
DIALOGUE DE L'ÉPOUX ET DE L'ÉPOUSE. SUCCÈS,
GLOIRE ET GRANDEUR DE M. JOSEPH PASQUIER.

CE n'était pas un admirable Utrillo ; c'était un
délicat et même un charmant Utrillo. Joseph
posa la toile sur une chaise, en bonne lumière, et
l'examina méticuleusement. Cela représentait une
rue de banlieue avec, à gauche, une maison d'un
blanc calcaire, à droite un bureau de tabac, puis
des murs par-dessus lesquels des arbres étendaient
leurs verdoyants rameaux. Sur le pavage de la rue,
deux femmes cheminaient que l'on apercevait de
dos ; elles étaient dessinées toutes deux de façon
un peu sommaire, avec leur derrière bombé, les
manches à gigot de leur corsage et leurs chapeaux
à grands bords comme on en portait à Paris, environ
l'année 1905.

— Tu as acheté cet Utrillo, répétait Joseph entre ses dents... Quelle idée !

— Mais, papa, fit Lucien, vous ne pouvez pas trouver drôle que je commence une collection, moi aussi.

Joseph ne répondit pas tout de suite. Il semblait surpris et rétif.

— Tu as acheté cet Utrillo, reprit-il enfin. Je me demande avec quel argent.

— Ça, fit le jeune homme en clignant imperceptiblement de l'œil, ça, c'est mon affaire. Ce n'est sûrement pas avec votre argent à vous, papa ; vous ne le laissez pas traîner.

Joseph secoua la tête :

— Alors, avec quel argent, mon cher ?

— Avouez qu'il n'est pas mal.

Joseph allongea les lèvres d'un air maussade.

— Il n'est pas mal. Il est même bien. C'est un paysage. Cela vaut vingt-cinq mille francs.

— Papa, dit le garçon avec vivacité, je vous le revends pour quinze mille : attention, il est encore tout frais. Il n'est même pas signé.

Joseph secoua la tête d'un air soupçonneux.

— Non, non, grognait-il. J'achète moi-même, à mes marchands ou aux artistes. Pourquoi n'est-il pas signé ?

— Bah ! répliqua Lucien avec un sourire, nous allons le demander au peintre.

Ce disant, il quitta la pièce en courant. On perçut, à la cantonade, le bruit d'une brève querelle. Puis Lucien reparut, poussant devant lui, non sans peine, le très honteux et rougissant Jean-Pierre Pasquier.

— Lucien, disait le jeune garçon en se crampon-

nant à la porte, Lucien, tu m'avais promis de ne
rien dire à papa.

— Qu'est-ce que tout cela signifie ? gronda
Joseph, le poil soudainement hérissé, l'œil rouge,
le nez de travers. Qu'est-ce que cette plaisanterie ?

— Cela signifie, papa, que voilà l'auteur du
tableau.

Sans mot dire, Joseph saisit la toile et la jeta par
terre, très loin, d'un geste furieux.

— Allons, papa, gloussait Lucien, la bouche en
croupion de poule, soyez beau joueur. Avouez que
vous avez marché.

Joseph ne répondit pas tout de suite. Il arpen-
tait la chambre en répétant obstinément, avec sa
tête, le signe de la dénégation. Il dit enfin, sans
regarder personne, il dit, la voix tremblante de
rage :

— Est-ce que tu espérais vraiment, Lucien, me
tirer un peu d'argent avec cette espèce d'escroque-
rie ?

Lucien eut un rire désinvolte.

— Certainement non, papa. Je vous demanderai
de l'argent bientôt, mais je m'y prendrai d'une
toute autre manière.

Joseph haussa les épaules et bougonna entre ses
dents :

— Mon cher, tu peux y venir, et tu trouveras à
qui parler. Quant à ce petit faussaire...

— Ah ! non, papa ! Laissez Jeanpi tranquille.
Il n'est pour rien dans la comédie. Faussaire !
Faussaire ! Mais la toile n'est pas signée.

— Alors, qu'est-ce que tu voulais, mon cher ? Te
moquer de moi, peut-être ?

— Même pas. Je voulais seulement vous montrer

que Jeanpi a du talent, à sa manière, et vous forcer à le reconnaître.

— Ah ! vraiment ! c'est ce que tu voulais ! C'est ce que vous vouliez tous deux sans doute...

Joseph était allé ramasser la toile qui, par chance, n'avait pas souffert dans la bagarre et il commençait de l'agiter à bout de bras, avec véhémence, quand la porte du cabinet de travail s'ouvrit. Blaise Delmutcr parut. Il était vêtu, comme de coutume, de cette jaquette noire qu'il appelait « son uniforme ». Il dit, l'accent calme et glacé :

— Des nouvelles du Mexique, Monsieur le Président. Veuillez prendre l'appareil. Monsieur Obregon va vous parler.

Joseph posa le tableau sur une console, fit un bond jusqu'à son bureau et décrocha le récepteur du téléphone. Pendant une ou deux minutes, il écouta, l'œil fixe, le visage injecté de sang. Il disait d'instant en instant : « Oui... oui... très bien... parfait... » Il dit encore : « Je vous attends ce soir, pour les détails. » Puis il remit l'appareil en place, passa sur son front une large main velue et cria sans pouvoir refréner sa jubilation :

— Blaise, mon cher, trouvez-moi Mlle Delphine.

— Je vais, dit le jeune homme, me mettre à la recherche de Mlle Delphine. Je rappelle à M. le Président qu'il doit, dans une heure vingt, se présenter, avenue Hoche, chez M. Faugerolle, membre de l'Institut, qui lui a donné rendez-vous et qu'en outre M. le Président doit prendre aujourd'hui même connaissance du discours qu'il prononcera demain pour la cérémonie du centenaire de l'Ecole des Arts graphiques.

La fin de cette phrase fut à peine perceptible.

Joseph, d'un air mécontent, poussait vers le vestibule le jeune homme à la belle jaquette. Et, tout de suite, la porte refermée, il se tourna vers ses deux fils. Il était soudain souriant et goguenard. Il parlait posément, pesant tous les mots.

— Il y a, fit-il, au Louvre, un quarteron de crève-la-faim qui sont parfaitement capables de copier Raphaël ou Léonard ou Véronèse ou n'importe quel autre et qui n'ont pas plus de génie qu'une mouche. Tu me comprends bien, Jean-Pierre ?

Jean-Pierre cacha son visage dans le pli de son coude et se prit à pleurer.

— C'est exaspérant ! disait Joseph Pasquier en haussant les épaules. J'étais tout à fait calme, tout à fait de sang froid, et voilà les larmes ! Toujours les larmes ! Et tu sais que rien ne m'exaspère davantage que de te voir pleurer. Mais, malheureux, passe tes deux bachots, je ne te demande pas autre chose pour l'instant. Ensuite, nous parlerons peinture. Si tu as du génie, mon cher, nous finirons bien par le savoir. Pour l'instant, laisse-moi tranquille, et prépare tes examens. Tu vois, j'étais très content, pour des raisons personnelles... Enfin, j'étais très content. Et tu vas me mettre en colère. Tu vas gâcher ma journée. Ah ! c'est toi, Finette. Mais oui, j'ai à te parler. Entre une minute, Finette. Qu'est-ce que tu as à la main ?

Delphine se tenait dans l'ouverture de la porte, élevant jusqu'à ses yeux, pour les protéger, une boîte plate, nouée d'une faveur, qu'elle serrait entre les doigts de la main gauche. Elle balbutia :

— Ce n'est rien, papa, une petite chose de toilette.

Delphine avait alors vingt-deux ans. Ses traits n'étaient pas sans agrément ; mais elle était de petite taille, dodue et lourde en toutes ses parties. Elle souffrait en outre d'une grande myopie, se refusait à porter des lunettes et semblait toujours éblouie, effarouchée par la lumière.

— J'ai à te parler, Finette, reprit Joseph Pasquier d'un ton qu'il souhaitait tendre et qui était encore passablement rugueux. J'ai à te parler. Oui, je sais, tu veux que je t'appelle Delphine. Je m'y ferai. Un peu de patience. Allons, n'aie pas cet air inquiet. Ce que j'ai à te dire est plutôt une bonne nouvelle, et même une très bonne nouvelle.

Delphine regardait son père avec anxiété, comme quelqu'un qui n'ose pas même imaginer, dans le secret de son cœur, ce que pourrait être une bonne nouvelle. Alors, Joseph Pasquier dit d'une voix triomphante :

— Le puits Delphine donne de l'huile sous pression. On va me câbler les évaluations provisoires ; mais c'est sûrement quelque chose d'important.

Et comme la jeune fille ne cachait même pas une expression d'indifférence et de désappointement, il grogna, s'efforçant de sourire :

— Je pensais que cela te ferait plaisir. Et tu n'as pas même l'air de comprendre que tu es la marraine de ce puits épatant. Ah ! voilà monsieur Blaise qui vient peut-être nous annoncer encore quelque chose de bon.

— Je ne crois pas, Monsieur le Président, fit le jeune secrétaire apparu soudainement à l'une des portes de la pièce. M. du Thillot a téléphoné. Il ne semblait pas tenir à vous parler à vous-même. Il m'a seulement prié de vous dire que M. Fourdillat avait répondu à toutes les démarches au sujet de l'augmentation du contingent, par un « non » catégorique et qu'il y aurait peut-être danger à insister pour l'instant; qu'il jugeait, lui, M. du Thillot, plus sage de s'abstenir, au moins provisoirement, car le ministre était buté.

— S'abstenir provisoirement ! Il est extra-ordinaire, ce vieux rat ! s'exclama Joseph Pasquier. Et qu'est-ce qu'il pense que je vais faire des cent tonnes de bonne camelote qui attendent à Saint-Nazaire et de tout ce qui est en route. S'abstenir provisoirement ! Vous allez me rappeler du Thillot, que je lui secoue les puces ! Qu'est-ce que tu veux, Lucien ? Vous êtes encore là, vous autres !

— Avant de téléphoner à du Thillot, papa, fit Lucien, laissez-moi vous parler cinq minutes en particulier.

— Pourquoi ? Cinq minutes, c'est énorme ! Il faut que je lise, enfin que je corrige ce laïus pour demain et que j'aille voir ce vieux crocodile de Fougerolle et que je reçoive, ici ou rue du Quatre-Septembre, une dizaine de palotins qui vont faire l'impossible pour me ronger un peu de lard, pour me grignoter un orteil, pour me boulotter une fesse, pour me dévorer le foie ou les rognons. Cinq minutes ! C'est introuvable.

— Tant pis pour vous, papa. Vous regretterez peut-être de n'avoir pas trouvé ces cinq malheureuses minutes ; mais, si vous me les donnez, que, surtout, ce soit avant de téléphoner à ce vieux du Thillot, afin de n'avoir peut-être pas lieu de téléphoner à du Thillot.

— Hein ? Quoi ? gronda Joseph qui venait de s'arrêter soudain et regardait son fils aîné d'un air

défiant et ombrageux. Eh bien! sortez, sortez,
vous deux. Sors, Finette. Et ne prends pas cet air
malheureux un jour où tu devrais allumer des lam-
pions. Toi, Jean-Pierre, je te reverrai. Tu mar-
cheras droit, mon bonhomme, ou nous aurons la
vie dure. Blaise, vous ferez venir la voiture devant
le perron. Oh! j'ai encore une grande heure.
Seulement, il ne faut pas que tout le monde m'embête. Alors, explique-toi, Lucien. Tu demandes :
« en particulier ». Nous sommes en particulier.
Dis-moi ce que tu as à me dire, mon garçon.

Lucien était assis dans un fauteuil de cuir, les
jambes croisées, une cigarette égyptienne au bec.
Il tira de son portefeuille un papier plié en quatre
et l'éleva devant ses yeux comme il eût fait d'un
papillon rare. Cependant, il articulait d'une voix
précise et calme :

— Est-ce que vous y tenez beaucoup à cette
affaire Fourdillat ?

— Quoi ? Le contingent de cryo ?

— Oui, le contingent de cryo.

— Naturellement, j'y tiens. Mais qu'est-ce que
ça peut bien te faire ?

— Cela m'intéresse beaucoup. Je répète ma
question. Est-ce que vous tenez beaucoup à
obtenir du ministre une grosse augmentation de
votre contingent ?

— Mon cher, je me demande quand même comment tu connais mes affaires. Je ne t'en parle
jamais.

— C'est en quoi vous avez tort. Vous ne m'en
parlez jamais, papa, mais vous en parlez aux
autres. J'ai l'oreille fine.

— Marchons, mon garçon, marchons. Suppose

un peu que j'y tienne, à ce surcroît de contingent...

— Exactement trois cents tonnes.

— Ah ! tu sais cela aussi. C'est tout simplement monumental. Eh bien, suppose donc, mon cher, que j'aie besoin d'obtenir ces trois cents tonnes de supplément...

— Que le ministre vous refuse.

— Ah ! tu sais cela aussi.

— Mais on vient de le dire tout haut, il y a une minute, devant moi.

— Mon ami, tu n'es pas sourd.

— Sûrement, je ne suis pas sourd. Je suis seulement étonné de vous voir utiliser comme tiers un bonhomme inutilisable, ce du Thillot, ce vieux niais, ce fantoche qui a l'air de descendre d'un cerisier.

— Mon cher, le meilleur ami du ministre...

— Bah ! si votre meilleur ami venait vous demander de faire une entorse à vos principes.

— Moi, je n'ai pas de meilleur ami. Et alors, Fourdillat ?

— Alors, répondit le jeune homme d'un ton moqueur, Fourdillat est incorruptible.

— Ça, dit Joseph, c'est une autre histoire.

Il se promenait les mains aux poches, la joue gauche fendue jusqu'à l'oreille par cette grimace convulsive qui lui tordait la bouche. Il dit, entre haut et bas :

— Des hommes incorruptibles, eh bien, gn'y en a pas. Moi, je n'en ai jamais vu. Le tout, c'est de trouver le joint des prétendus incorruptibles. Gn'y en a, c'est l'argent ; mais ça, c'est l'enfance de l'art. D'autres, c'est leur famille. D'autres, ce sont les honneurs. Des bouffis ! Des baudruches !

D'autres, c'est l'orgueil, la gloriole ! Gn'y en a, c'est
drôle à dire, on les a par la vertu. On leur dit « vous,
vous êtes incorruptible ». Ils commencent à baver
et, pendant ce temps-là, on leur tire les vers du nez,
ou ils donnent une signature, ou ils trahissent leurs
copains, enfin, ils tournent en eau de boudin.

— Fichtre ! papa, fit le jeune homme, vous avez
sur l'humanité des vues plutôt pessimistes, plutôt
amères.

— Moi ? fit Joseph d'un air scandalisé, moi, pas
du tout. Moi, je respecte l'humanité. Je ne lui
demande qu'une chose, c'est qu'elle me foute la
paix. Et alors, Fourdillat ?

— Je vous dis qu'il est incorruptible, siffla
moqueusement Lucien.

— Lui, c'est peut-être les femmes, rêvassait
Joseph, l'œil au lointain. Avec les femmes, on
fait beaucoup, même chez de très vieux zèbres.

— Non, dit Lucien d'une voix nette, Fourdillat,
ce n'est pas... les femmes.

— Comment le sais-tu, mon garçon ?

— En fait de femmes, il est garni, papa. Il a,
comme tous les ministres de quelque importance,
une demoiselle de la Comédie Française. Elle
absorbe jusqu'ici toutes les réserves d'énergie du
personnage.

— Tiens, vraiment ? Et qui est-ce ?

— Je vous le dirai un autre jour. Papa, écoutez-
moi bien. Si vous voulez obtenir le contingent
exceptionnel, moi, je peux vous le faire avoir.

— Toi ! dit Joseph en regardant son fils d'un
œil globuleux et fixe. Toi ! C'est inimaginable.

— C'est tout à fait imaginable. Seulement,
attention, papa. Mon truc est un truc épatant, et

je ne le donne pas pour rien. Papa, lisez ce petit papier.

Lucien venait de déployer, avec des gestes délicats, la feuille qu'il tenait depuis un moment entre le pouce et l'index. Il la tendit à son père.

Joseph tira ses grosses lunettes de leur fastueux étui. Puis il considéra d'un air étonné le papier sur lequel se voyaient quelques lignes d'une écriture fort nette :

Je soussigné, Joseph Pasquier m'engage, si mon fils Lucien Pasquier trouve une solution pratique au problème du contingentement des appareils « cryogène », à lui verser, à titre de commission, trente mille francs pour l'achat d'une voiture de son choix et qui sera réservée à son usage personnel.

Joseph s'appliqua, sur la cuisse, une claque majuscule.

— Admirable ! criait-il, riant et suffoquant. Trente mille francs ! Ce n'est pas donné, mon petit gars. Trente mille francs, ni plus, ni moins ! Voilà trente mille francs, Lucien, que tu n'auras pas payés trop cher. Tu me dirais cinq cents francs ou mille francs, ou, à l'extrême rigueur, tu me dirais deux mille francs ! Mais trente mille francs, c'est à mourir de rire. Trente mille francs, pas un sou de moins.

— Pas un sou de moins, papa, c'est vous-même qui le dites.

— Et si je ne te donne pas ces fameux trente mille francs...

— Eh bien, fit Lucien d'une voix ronde et cordiale, eh bien, vous ne saurez rien et vous ne ferez pas l'affaire.

Joseph venait de s'arrêter au milieu de la pièce, debout sur ses jambes écartées, les mains dans les poches de son pantalon, des mains de plomb, qui semblaient, à cette heure, peser chacune un quintal. Il se prit à parler avec lenteur et sa voix chevrotait un peu, ce qui ne laissait pas de lui arriver, dans les minutes pathétiques, lorsqu'il débattait ses affaires et qu'il essayait, tour à tour, toutes les gammes de son clavier.

— Tu ne sais probablement rien, dit-il. Mais supposons un moment que tu saches quelque chose, quelque chose d'intéressant, quelque chose qui pourrait être utile à ton vieux père, à l'homme qui t'a élevé, à l'homme qui te nourrit, et tu ne m'en diras rien, si je ne donne pas... dix mille francs.

Lucien fit un beau sourire et remua tranquillement la tête de gauche à droite et de droite à gauche.

— Mais non, mais non, papa. Je n'ouvrirai pas la bouche si vous ne me donnez pas trente mille francs. J'ai bien écrit trente mille francs. Vous faites erreur sur le chiffre.

— Tu ne sais probablement rien d'utile, fit encore Joseph en sortant les mains de ses poches.

Il éleva les bras lentement et les laissa tomber le long de son corps, d'un air découragé. Il grommelait.

— Tu te moques de moi. C'est indigne et c'est scandaleux. Tu prétends me faire te donner une somme considérable en échange d'un renseignement sans aucune valeur pratique.

— Papa, fit le jeune homme d'une voix sèche et moqueuse, papa, c'est vous qui vous moquez du monde en ce moment. Je vous propose un marché. Vous savez mieux que personne ce que c'est qu'un marché. Je vous donne mon tuyau et, alors, de deux choses l'une : ou bien l'affaire est ratée et vous ne me devez rien. Ou bien l'affaire se conclut à votre satisfaction, et vous me devez trente mille francs. Je vous ferai remarquer, papa, que l'affaire est de tout repos. Je pourrais demander une provision, exiger une provision, un gage, des arrhes...

Joseph répétait, hochant la tête d'un air abasourdi.

— Un gage ! Des arrhes ! Tu pourrais... C'est prodigieux !

— Mais non, ce n'est pas prodigieux. C'est seulement naturel. Si j'étais agent d'affaires...

— Tu n'es pas agent d'affaires. Tu es étudiant en droit.

— Aucune importance. Papa, rendez-moi le papier.

— Mais non, laisse-moi réfléchir.

— Si vous réfléchissez trop longtemps, vous finirez par manquer le rendez-vous de Faugerolle, qui est une langue d'aspic, le plus venimeux de tous vos futurs collègues.

— Non, pas collègues... on dit confrères.

— Confrères, si vous voulez. Ça m'est bien égal. Allons, rendez-moi le papier.

— Non, mon cher, je vais le signer. Mettons-nous seulement d'accord sur un chiffre plus modeste. Quinze mille francs, par exemple.

— Non, rendez-moi le papier. Je dirai à mon agent...

— Tu as un agent, maintenant ?

— Pourquoi non ? Je sais de qui tenir, peut-être.

Je dirai à mon agent de s'adresser à d'autres, à la compagnie du Frigo... à la société des Glacières électriques.

Joseph fit entendre une sorte de meuglement. Il se prit à crier :

— J'ai engendré un monstre. Je vais signer ton papier. D'ailleurs, je ne m'engage à rien.

— Si, si, vous vous engagez, mais seulement à payer en cas de succès complet.

— Voilà, mon garçon, je signe. Je signe Joseph Pasquier. Lisiblement, comme toujours.

— Attention ! Attention, papa. Le texte n'est pas tout entier de votre écriture. Ecrivez : *lu et approuvé.*

— Décidément, tu es très fort. Tu vas me donner des leçons. Et maintenant, voyons le truc. C'est sûrement une blague.

— Bien, rendez-moi le papier. Ce n'est pas une blague, comme vous dites, et je suis bien sûr d'avoir ma voiture avant la fin du mois. Fourdillat, voyez-vous, papa ? est un homme incorruptible. Rien à faire avec l'argent, rien à faire avec l'amitié, rien à faire avec les femmes. Il n'aime pas les objets d'art. Il n'est pas collectionneur...

— Oui, oui, et alors ?

— Mais, tout ministre qu'il soit présentement, il a été élu député du Cantal avec une très petite majorité. Cinquante-deux voix exactement.

— Ah ! tu sais cela. Et alors ?

— Fourdillat n'a peur de rien, c'est entendu. Mais il a une trouille noire de n'être pas réélu.

— Je vois ton truc. C'est une affaire de chantage à l'élection. Compliqué ! Scabreux ! Scabreux !

— Mais non, vous ne voyez rien du tout. Vous allez acheter des lentilles.

— Ah ! peut-être. C'est à voir. Pourquoi ?

— Patience ! Je vais vous le dire. Vous allez acheter trois cents tonnes de lentilles du Cantal.

— C'est possible. Explique-toi.

— Les agriculteurs du Cantal ont fait la culture des lentilles sur les conseils de Fourdillat qui ne savait qu'inventer, pendant la dernière législature, pour galvaniser tous ces bougres. Ils ont produit une quantité énorme de lentilles qui sont actuellement stockées par les coopératives. Fourdillat a promis d'en assurer l'écoulement. Or, c'est de la petite lentille. C'est à peu près invendable.

— Qu'est-ce que tu veux que j'en fasse ?

— Ah ! non, laissez-moi parler, papa. Vous n'êtes pas raisonnable. Vous avez une façon de traiter les affaires qui est très décourageante.

— C'est ça, donne-moi des leçons. Et qu'est-ce que je ferai des lentilles ?

— Eh bien, vous les revendrez.

— Mais puisqu'elles sont invendables.

— Si vous voulez, allons par ordre. Vous achetez, aux gens du Cantal, leurs trois cents tonnes de lentilles. En échange, Fourdillat vous fait obtenir une licence d'importation pour trois cents tonnes de cryogène, à titre de contingent exceptionnel.

— Attends un peu. Et la Chambre syndicale des Importateurs de réfrigérateurs... Oui... Non... Ça, je m'en chargerai. Je les connais, ces gars-là.

— Vous m'interrompez tout le temps. Je vous présenterai dès demain, ici, monsieur T***.

— Qu'est-ce que c'est que ce monsieur T*** ?

— C'est mon conseil.

— Ton conseil ! Mon garçon, tu me bouleverses.

— Comme vous avez dû, je pense, bouleverser, il y a trente ans, le docteur Pasquier, mon grand-père.

— Mais non, lui n'y connaissait rien.

— Si vous m'interrompez encore, vous allez manquer Faugerolle. Ah ! voici Blaise Delmuter.

Joseph se retourna d'une seule pièce et d'un seul bond.

— Qu'est-ce que vous voulez, mon petit ?

— Monsieur le Président, c'est monsieur Sanasoff.

— Bon ! Dites-lui qu'il me foute la paix. Je veux être un moment tranquille. C'est positivement énorme.

— Bien, Monsieur le Président.

La porte se referma sur le secrétaire impeccable. Alors, aussitôt, Lucien, sautant de son fauteuil comme un pagure de sa conque :

— Monsieur T*** vous dira que la lentille du Cantal n'est pas appréciée en France. Nous ne mangeons, nous autres, que la belle et grosse lentille du Chili. Vous payerez la lentille du Cantal 2 fr. 50 le kilo. Et vous la revendrez 1 fr. le kilo. Seulement, outre la licence d'importation pour le cryogène, vous recevrez, à titre de compensation accessoire, une licence d'importation pour des lentilles du Chili. Le bénéfice réalisé par la vente de ces lentilles bouchera une partie du trou. Pour le reste...

— Ça va, ça va, j'ai compris. Qu'est-ce qui t'a montré tout ça.

— Personne, papa, c'est de naissance. Mais vous ne nous regardez jamais, nous autres, vos enfants.

— A l'avenir, je me méfierai. C'est phénoménal !
Et tu as vingt-quatre ans !

— Non, non, seulement vingt-trois.

— Qu'est-ce que c'est que ce monsieur T*** ?

— Vous êtes bien pressé, papa.

— Qu'est-ce que ça peut te faire ? puisque j'ai
signé ton papier.

— Il s'appelle Trintignan.

— Bon, dit Joseph en tirant son carnet de
poche. Qu'il vienne rue du Quatre-Septembre,
demain matin, à neuf heures.

— Oh ! vous me verrez avec lui !

— Si tu veux, mon cher, si tu veux. Ecoute
encore, une minute. Et si je ne te les donnais pas,
après tout, les trente mille francs. Tu es mon fils.
Je t'entretiens. Tu me coûtes les yeux de la tête.

Joseph regardait le jeune homme, du coin de
l'œil, en souriant.

— Oh ! fit le garçon en sortant son miroir de
poche, vous n'êtes pas sérieux, papa. Vous me
les donnerez sûrement.

— Tu en es si sûr que cela ?

— Mais oui ! Vous savez mieux que personne
qu'on ne blague pas avec les gens qu'on a des chances de retrouver. Ça va pour aujourd'hui. Maintenant, il faut que je file et vous êtes pressé, vous
aussi. Dites donc, papa, pourquoi perdez-vous
votre temps avec ces vieux de l'Institut ? Vous
pourriez être ministre. Ça, c'est du sérieux.

Joseph gonfla les joues et se redressa brusquement.

— Ministre ! Ministre ! Ne dis donc pas de
bêtises. Non, mon cher, je suis député, simplement, pour avoir un pied dans la boîte, un pied

solide. Mais ministre ! Est-ce que tu penses que
j'ai le temps de faire des corvées du matin au soir
et du soir jusqu'au matin ? Mais non, mon petit
gars, les ministres, je m'en sers quand j'en ai
besoin. Et puis, je les enquiquine. Tu sais, mon
garçon, qu'on ne m'épate pas facilement. Eh bien,
tu viens de m'épater avec cette histoire de lentilles. Compliments ! J'attends la fin. Mais le
commencement promet.

— A propos, dit encore Lucien, à l'instant de
passer la porte, si vous avez besoin de tuyaux,
pour votre candidature, particulièrement au sujet
de Puichaud et de Pujol. Ce sont de fameuses
ganaches, mais je connais leurs fils qui sont des
copains à moi.

— Ah ! non ! Ah ! non ! grondait Joseph. Ne
va pas te payer ma tête. Et surtout n'exagère pas.
Tu sais, les trente mille balles, tu ne les as pas
encore. Vingt dieux ! Il est cinq heures moins cinq !
Et l'autre coco qui m'attend. Dis au chauffeur
que j'arrive.

Une minute plus tard, Joseph montait dans sa
voiture conduite, en cette circonstance, par le
chauffeur assisté du valet de pied. Blaise Delmuter,
demeuré sur le perron, fit un salut qui consistait,
les bras collés le long du corps, à fléchir modéré-
ment la colonne vertébrale dans la région lombaire en bloquant toutes les articulations du dos
qui devaient rester roides et comme plombées.
Certains inférieurs saluent seulement de la tête,
d'autres du col. Il en est qui mettent en mouvement toutes les jointures du tronc, depuis le crâne
jusqu'au croupion. Le salut de Blaise Delmuter
était un salut étudié, un salut savant qui ne ména-

geait pas la flexion, mais qui la plaçait très bas
dans l'échelle des vertèbres.

Cet exercice exécuté non sans une certaine rigueur, Blaise fit demi-tour, pénétra dans la maison,
monta rêveusement tout un étage et s'engagea
dans les couloirs pour gagner son bureau particulier qui jouxtait le cabinet de M. Joseph
Pasquier.

La maison, tout à coup, semblait déserte et le
jeune homme, absorbé dans ses pensées, marchait
les yeux au sol, quand une ombre blanche surgit
de l'embrasure d'une porte et vint à sa rencontre :

— Je vous ai fait peur, balbutiait Delphine.
Pardon !

— Mais non, fit le jeune homme avec flegme.
Vous ne m'avez pas fait peur. Je ne suis pas peu-
reux du tout.

— Je le sais bien, répondit la jeune fille avec
élan. Je voulais seulement dire... Puis-je entrer
dans votre bureau ?

— Monsieur le Président n'aime pas cela.

— Oh ! papa est sorti.

— Il est sorti ; mais il ne restera pas plus de
trente minutes dehors.

— Trente minutes ! Comment pouvez-vous cal-
culer ainsi ?

— Dix minutes pour aller avenue Hoche. Dix
minutes pour en revenir. La visite de M. Faugerolle ne peut durer plus de dix minutes. Monsieur le
Président sera reçu sans chaleur. Il sera donc, au
retour, d'une humeur massacrante. Avis !

— Prenez ! fit la jeune fille en tendant au jeune
homme, avec résolution, la petite boîte plate,
nouée d'une faveur, qu'elle tenait à la main une

heure plus tôt, en pénétrant chez son père. Prenez.
J'ai fait cela pour vous.

— Qu'est-ce que c'est ? demanda Blaise d'une
voix paisible et mesurée. Encore une cravate
peut-être ? Et si elle allait ne pas me plaire ?

— Ce n'est pas une cravate, cette fois, murmura
Delphine en rougissant. Ce sont des pochettes de
soie. Je les ai brodées moi-même.

— Si bien que vous allez encore vous fatiguer les
yeux.

— Non, non, j'ai mis mes lunettes.

— Elles ne vous vont pas du tout. Vous avez
l'air d'une institutrice.

— Alors je ne les mettrai plus.

Il y eut un silence prolongé. Delphine, à la
dérobée, jetait sur le jeune homme un regard
brûlant, chargé d'une tendresse qui ressemblait à
la gourmandise. Elle dit tout bas :

— Vous me parlez toujours très durement.

— Mais non, mais non, petite fille, dit-il, l'air
ennuyé. Vous n'êtes pas obéissante.

Il avait allongé la main, sans hâte, et la posait
avec un geste de sultan sur la tête de Delphine.
Elle se saisit de cette main avec avidité et se prit à
la caresser gauchement. Elle disait :

— Papa m'a présenté, la semaine dernière, deux
messieurs : un Belge et un garçon du Midi, un
grand marchand de savon.

— Et lequel allez-vous épouser ? Prenez le
marchand de savon.

— Non, je n'épouserai ni l'un, ni l'autre. Si
j'épouse jamais quelqu'un, vous savez qui ce sera.

Le jeune homme fit un sourire empreint de sou-
veraine froideur.

— Je suis touché, Mademoiselle. Mais ce sont là de dangereux enfantillages, auxquels M. le Président ne donnerait certainement pas le visa.

— Pourquoi donc appelez-vous papa Monsieur le Président ?

— Parce que cela lui fait plaisir.

— J'ai vingt-deux ans. Je peux me passer de l'autorisation de papa.

— Quelle témérité ! Vous ne connaissez pas Monsieur votre père.

— Oh ! mon père ! Ce que penserait mon père, ce serait quand même sans importance.

Delphine rougit, fit un mouvement de recul, serra ses deux mains l'une contre l'autre avec désolation et murmura :

— Vous ne m'aimez pas. Vous ne pouvez pas m'aimer.

— Je vous demande pardon, fit le jeune homme d'une voix sereine et majestueuse, il n'est pas impossible que je vous aime un jour.

— Je ne vous plais pas, balbutiait Delphine.

— Vous ne me déplaisez pas absolument. Vous êtes sans doute un peu trop petite et trop grosse.

— Je le sais, fit la jeune fille avec une humilité désarmante. Je le sais, papa me le dit toujours.

— Monsieur votre père est un fin connaisseur. Puis-je vous conseiller, petite fille, de ne pas pleurer, ce qui risquerait de vous fatiguer les yeux plus encore que la broderie ?

— Non, non, ne craignez rien, articula Delphine avec une étrange énergie. Vous ne m'avez jamais vue pleurer. Moi, je ne pleure jamais.

— Toutes mes félicitations, fit Blaise Delmuter

en tendant de nouveau la main vers la tête de la jeune fille pour lui effleurer les cheveux d'une caresse imperceptible.

Cette scène cruelle fut interrompue par la sonnerie du téléphone. Le jeune homme, sans hâte, décrocha l'appareil et commença d'écouter. De seconde en seconde, il lâchait des mots, des bribes de phrases : « Parfaitement... Parfaitement... Dix mille dollars tout de suite... Je vais le dire à M. le Président... Oui, oui, M. le Président va faire sans tarder le nécessaire. M. le Président se réjouira sûrement des bonnes nouvelles que je vais lui transmettre... »

Blaise Delmuter, un instant plus tard, remit l'appareil au croc et se leva, rectifiant d'un geste furtif la tenue de sa belle jaquette.

— J'avais oublié, disait-il, d'une voix imperturbable, de vous féliciter à propos du puits Delphine. C'est un beau succès.

— Ne me parlez pas de cela, répondit la jeune fille, l'air sombre. Qu'est-ce que vous voulez que ça me fasse ?

— Voilà un noble désintéressement que M. votre père trouverait sans doute incompréhensible. Et maintenant, petite fille, il serait sage et prudent de regagner vos appartements.

— J'y vais, merci, fit l'enfant.

Et elle sortit de la pièce avec une résolution farouche, une brusquerie dans laquelle un spectateur attentif aurait peut-être retrouvé quelque chose des vertus légendaires de son honorable père, le señor Joseph Pasquier.

Celui-ci, deux minutes plus tard, descendait de voiture devant le perron de l'hôtel et, par trois

ou quatre vigoureux coups de gosier, appelait
aussitôt le chef de son secrétariat.

Contrairement aux prévisions, le Président
Pasquier n'était pas d'une humeur massacrante.
Il semblait content. Le mot de content paraît
même quelque peu faible et c'est le mot de guilleret
que le narrateur, toute réserve abandonnée, eût
été tenté d'écrire à cet instant de la chronique.
Dédaignant l'ascenseur, Joseph Pasquier monta
l'escalier quatre à quatre en criant :

— Où est Madame ?

— Madame Joseph Pasquier n'est pas encore
de retour, fit Blaise Delmuter qui ne pouvait suivre
l'allure du maître sans qu'un léger dérangement se
manifestât dans l'ordonnance de son costume.

Il dit encore :

— Monsieur le Président a peut-être oublié
qu'il y a une loge de six places pour l'Opéra
Comique.

— L'Opéra Comique ? Est-ce que vous croyez
que j'ai le temps de m'amuser ? Vous donnerez
la loge à Madame.

— Monsieur le Président sait qu'il dîne au Cercle
interallié. Le dîner de la *Quinzaine économique.*
D'ailleurs, Monsieur le Président a, pour ce soir
même, deux autres invitations : la légation du
Mexique et les Gastronomes de la rive droite.

— Diable ! Il y a de quoi perdre le nord. J'irai
à la légation du Mexique. Dites que l'on prépare
mon habit. Téléphonez aux Gastronomes qu'il n'y
a rien de fait pour ce soir. Si j'ai le temps, je pas-
serai vers dix heures et demie au Cercle interallié.
J'arriverai pour les discours. Moi, je n'en fais pas,
de discours ?

— Non, Monsieur le Président, pas ce soir. Mais le dactylogramme du discours pour demain est sur le bureau de Monsieur le Président, en trois exemplaires.

— Merci, mon petit Blaise. Vous savez que Faugerolle, eh bien, ça s'est très chiquement passé... Vous alliez dire quelque chose : vous avez la bouche ouverte.

— Je voulais dire que le secrétaire de M. Obregon a téléphoné de nouveau. Le puits Delphine donnera plus de huit cents barils. Seulement, M. Lopez de Quevedo réclame d'urgence une somme de dix mille dollars.

— Ils sont extravagants, s'écria Joseph en levant les bras au ciel ! Des dollars ! Toujours des dollars ! Comme si les dollars se trouvaient sous le pas d'un cheval. Et les premières ventes du pétrole, pour en voir quelque chose, c'est une gymnastique chinoise et des comptes de boutiquier. Ah ! ils veulent que j'aille au Mexique. Eh bien, je finirai par y aller, au Mexique, entre deux bateaux, et je leur taperai sur les doigts. Des dollars ! Des dollars ! Bien sûr, j'en ai des dollars. La dégringolade du franc est à peu près inévitable, avec tous les Fourdillat et tous les gens de cette espèce. Des dollars, j'en ai. Moi, je ne suis pas un endormi, un abruti, un imprévoyant. Mais, si ça continue comme ça, ils vont me les dévorer, mes dollars. Vous appellerez Obregon à l'appareil, tout à l'heure, dans un instant, pendant que je serai dans le bain. Je vous disais que Faugerolle avait été presque épatant... Mais je vois que vous aviez encore quelque chose à me raconter. Si, si, parlez, mon cher.

— Monsieur Simionescault se présente à l'Institut contre Monsieur le Président. La candidature est officielle.

Joseph rougit soudainement. Un jet de sang chaud qui fit paraître ses sourcils plus blancs et les lobules de ses oreilles couleur d'aubergine mûre. Il se prit à hurler :

— Simionescault ! Un métèque ! Un rasta ! Un type dont les grands-parents gardaient les moutons en Bessarabie. Naturellement, à la deuxième génération ! L'Escault n'est pour rien dans son affaire. Ces gens-là s'appelaient Simonesco en 1880. Vous savez qu'il est très malade, en plus. Un souffle de vie. Et il se présente contre moi. Eh bien, je le battrai, je le battrai. Après tout, ce sera drôle. Je vous disais que Faugerolle a été très gentil, malgré toutes les prévisions. Il faut ajouter qu'à mon arrivée, leur maison, aux Faugerolles, était sens dessus dessous. Ils avaient une fuite d'eau dans le vestibule, et pas de robinet d'arrêt. J'ai d'abord cru qu'il allait me prier de changer le rendez-vous. Il était là, lui-même, les mains sales, avec la bonne et les torchons. Leur plombier ne pouvait pas venir, la concierge était en courses. Enfin, c'était ridicule. J'ai pris leur téléphone et j'ai appelé mon plombier, mon plombier à moi, Villard. Et puis, j'ai attrapé un marteau, un bout de bois et j'ai maté la conduite. Il était épaté, Faugerolle. Il a vu ce que c'est qu'un homme, et un débrouillard ! Villard est arrivé tout de suite, en trois minutes, et j'ai donné des ordres. Le vieux ne savait comment me remercier. Je vous dis qu'il votera pour moi. Voyez-vous ? mon petit Blaise, j'ai toujours traité mes adversaires comme des bêtes à la chasse, quoi ! comme des gens qu'il fallait battre à la course, d'abord, et ensuite en combat régulier. Mais avec ces vieux de l'Institut, il faut changer toutes les méthodes. Certains jours, ça m'amuse. Le plus souvent, ça me dégoûte... Je vais d'abord me laver les mains. Mes poignets sont tout mouillés. C'est la fuite d'eau à Faugerolle... Et puis je vais prendre un bain. Ah ! vous voilà enfin, Hélène... Mon petit Blaise, demandez que l'on prépare mon bain et laissez-moi seul avec Madame.

Joseph venait de retirer son veston et ses boutons de manchette. Il relevait ses poignets de chemise, montrant des avant-bras puissants.

— Hélène, dit-il, vous allez à l'Opéra-Comique. Il y a une loge de six places. Moi, je ne peux y songer. J'ai trois dîners en ville. Je ne sais où donner de la tête. Demandez aux enfants si ça les amuse.

— Je ne le crois pas, fit Mme Pasquier senior. Finette passe la soirée chez son oncle Laurent. Lucien est sorti sans même dire où il allait. Jeanpi est seul dans sa chambre. Il faudra le montrer au médecin, Joseph. Il m'inquiète un peu. Il maigrit. Il pleure comme un enfant, à tout propos, et il n'est plus un enfant. Vous le traitez rudement, Joseph.

— Hélène, dit le président Pasquier, si je vous écoutais, je ferais de ce garçon une moule, un incapable. Je vous demande pardon, mais je dois changer de linge. Pour l'Opéra-Comique, débouillez-vous, Hélène, si vous tenez à y aller.

— J'irai avec des amis.

Joseph fit quelques pas autour de son bureau, la tête basse et l'air gêné.

— Avec quels amis pensez-vous y aller, ma chère ?

— Je ne suis pas encore fixée. Peut-être avec Ricamus. Je vais téléphoner tout à l'heure.

— Vraiment ? Vraiment ? disait Joseph entre ses dents, le front bas, le nez plissé. Vous allez encore sortir avec ce garçon ! Il ne me plaît pas. Je pensais vous l'avoir déjà dit.

— Vous me l'avez déjà dit, mais je ne comprends pas bien. Il a publié sur vous un article remarquable, avec de belles photos de Montredon. C'est le plus intelligent des amis de Lucien. Moi, je le trouve charmant.

— Comment vous dire que cette façon qu'il a de vous appeler Mamouche ou Mamichka...

— Eh bien ?

— Ça ne vous va pas, Hélène. Vous êtes, ma chère, tout le contraire de... enfin, ça ne vous va guère et ça ne me plaît pas beaucoup. Ce sont des enfantillages. Vous pourriez me comprendre à demi mot.

— Vous m'étonnez beaucoup, Joseph. Si vous n'étiez pas si bourru, ce garçon, qui est plein d'esprit et qui a de l'imagination, vous appellerait peut-être aussi Papichka ou Papiche.

— Qu'il s'en garde bien ! Ah ! non ! voilà des familiarités qui ne me conviennent pas du tout. Je vous ai dit, sur ce point, tout ce que j'avais à vous dire. Vous mettez toutes vos émeraudes pour une simple promenade en ville ? Quelle idée !

— Si je les ai, fit Hélène avec sang-froid, ce n'est pas pour les garder dans un coffre-fort, mais pour en jouir à mon gré.

Joseph hocha la tête d'un air rétif et mécontent.

Hélène était couverte de bijoux. Elle s'était longtemps refusée à ce genre de folie. Joseph l'y avait
contrainte, depuis la guerre, en lui répétant sur
tous les tons : « C'est une fortune qui tient très peu
de place. Et si jamais nous perdons tout, nous ne
perdrons peut-être pas ça. » Enfin séduite, enfin
convaincue, Hélène avait pris, des joyaux et des
pierres, un goût qui devenait, de jour en jour,
immodéré et même tyrannique.

Elle dit encore :

— Qui a envoyé la loge ?

— Les Marigot, répondit Joseph en haussant les
épaules. Il ajouta presque aussitôt : « Ils sont assez
gentils, mais ils ont l'esprit nouveau riche... Maintenant, je vous demande pardon : je vais me
baigner d'abord et puis passer mon habit. »

Joseph réservait la qualification de nouveaux
riches à ceux dont le succès était postérieur à la
guerre. Ceux qui, comme lui, avaient eu de l'argent dès les premières années du siècle, il les considérait comme des riches de vieille souche, comme
des nobles dont la noblesse remontait presque aux
croisades, comme des gens, par conséquent, très
honorables et très sûrs.

Hélène s'en fut en sifflant une danse américaine.
Siffler est un exercice assez malaisé d'ordinaire
pour les personnes du sexe féminin, un exercice
dont pourtant Mme Pasquier senior se tirait avec
de la virtuosité et avec beaucoup de succès.

Joseph passa dans le cabinet de toilette et fit
bientôt le bruit que fait un buffle quand il entre
dans un fleuve. Il poussait de grands soupirs et
grognait à propos du linge, du robinet, du savon.
Il n'était pas dans la baignoire depuis une minute

que Blaise frappa nettement à la porte, poussa le battant et commença de parler. Il disait :

— M. Trintignan se présentera demain matin à neuf heures avec M. Lucien Pasquier. Le rendez-vous est confirmé... M. Obregon demande que les ordres pour les dix mille dollars soient donnés au plus tard avant demain matin, dix heures... Monsieur le Président de la Chambre prie M. Joseph Pasquier à déjeuner, mardi prochain, une heure, à la Tour d'Argent...

Joseph poussait des cris, donnait des ordres, envoyait des paquets d'eau dans toutes les directions et s'agitait comme un monstre aquatique. Blaise disparaissait une minute et revenait tout de suite en disant : « C'est la rue du Quatre-Septembre qui demande trois rendez-vous. C'est M. Mairesse-Miral qui voudrait voir Monsieur le Président demain matin à neuf heures, rue de Petrograd, avec les entrepreneurs... Ce sont les wagons-lits qui téléphonent pour le *single* : jeudi soir à dix heures. J'irai retirer les billets... »

Telle était la vie de Joseph, au printemps de l'année 1925.

Il en est qui, pour gagner leur fortune, font sortir du sol d'immenses villes usinières, construisent des bâtisses gigantesques, des ateliers, des entrepôts, des tours, des voies ferrées, assemblent et gouvernent un peuple indocile d'ouvriers et vivent jour et nuit en état d'alerte sur les lieux mêmes de leur difficile succès, dans le halètement des forges, sous l'haleine empestée des fourneaux et des cokeries.

Il en est qui possèdent ou qui louent durement à

bail de grandes plaines agricoles. Ils ont des fermiers sournois, une tribu de tâcherons au poil roussi par le soleil, des multitudes de ces bestiaux dont chacun est un trésor mais dont on ne sait jamais s'ils ne vont pas prendre un mal et crever comme des moustiques, des machines compliquées avec lesquelles on laboure, on emblave, on moissonne et on sépare le grain. Ceux-là vivent de soucis, entre le sec et l'humide. Ils doivent, pour ne pas s'égarer, être chimistes, astronomes, biologistes, et quoi donc encore ? économistes, sans nul doute, et devins, au bout du compte.

Il en est qui ne produisent rien par eux-mêmes, ni des sommiers métalliques, ni de la miroiterie, ni de la batterie de cuisine, et non plus du froment, des betteraves et du colza ; mais ceux-là trouvent expédient d'être les fardiers des autres, de transporter, à la surface de cette planète misérable et prodigieuse, tout ce qu'arrachent au sol, tout ce que fabriquent ingénieusement, tout ce que font pousser jour après jour les hommes obstinés. Ceux-là ont des camions innombrables, des péniches, des trains, des bateaux de fer, rangés, tels des cornichons, dans les bassins des grands ports. Ceux-là se débattent avec les tempêtes en mer et ils soutiennent toute l'année d'affreux procès contre les compagnies d'assurances.

Il en est qui se contentent de vendre ce que les autres ont produit et transporté. Ces rusés-là sont obligés parfois de faire jeter à l'eau trois ou quatre mille tonnes d'oranges que la moisissure a saisies dans les resserres, ou de bazarder à perte cinquante mille fourneaux de fonte dont le type est démodé parce qu'un modèle nouveau vient d'être lancé par une maison concurrente sur tous les marchés du monde.

Pendant longtemps, pendant deux ou trois lustres, peut-être, Joseph avait fait en sorte d'éviter, astucieusement, tous les pièges de la chance. Mais le succès a des exigences redoutables et le succès de Joseph était un très magnifique succès.

CHAPITRE VI

LAURENT PASQUIER ÉCRIT A SA SŒUR CÉCILE. LA
VIEILLE MADAME PASQUIER RETOURNE A SES
COMMENCEMENTS. UNE VISITE DE JOSEPH. RE-
MARQUE SUR LES COUPS DE SONNETTE. UNE
EXPÉDITION COMMÉMORATIVE AU CIMETIÈRE DE
NESLES. LE CULTE DES VALEURS SPIRITUELLES.
EXAMEN D'UN TOMBEAU ET INTERPRÉTATION DES
SIGNES. ÉLOGE POSTHUME DU DR. PASQUIER. UNE
FIGURE DE VITRAIL. QUELQUES PRÉCISIONS HISTO-
RIQUES. RETOUR A PARIS. UN SAINT ET UN MARTYR
DE L'ARGENT. LE RONDO EN LA MINEUR DE MOZART.

Laurent Pasquier à Mme Cécile Pasquier,
Pensylvania Hôtel,
New-York.

CHÈRE Cécile, ta lettre nous a réjoui le cœur.
Line me l'a lue à voix haute. Je devrais écrire
« nous l'a lue », car Michel écoutait, bouche bée,
comme lorsque tu lui joues de la musique pour lui
seul, lorsque tu joues, tout bas, pour le petit Michel
et sans doute aussi pour tes ombres familières.

Je suis heureux de savoir que ton quatrième
voyage en Amérique te gagne de nouveaux amis,
heureux de savoir que ces milliers et ces millions
d'hommes qui vivent loin de nous et que nous
connaissons quand même assez mal peuvent aimer

ce que nous aimons et communier avec nous dans l'admiration des génies prodigieux auxquels tu as dévoué ta vie. Tu me rends évidente et sensible, sœur, une certaine forme de cet « universel humain » auquel je serais parfois tenté de ne plus croire. Grand merci pour cette œuvre de charité.

Tu veux savoir des nouvelles « des tiens ». A t'entendre parfois, chère Cécile, j'imagine que les « tiens », les véritables « tiens » s'appellent Bach et Debussy, Mozart, Haendel ou Fauré. Mais non, c'est de nous autres que tu veux savoir des nouvelles ! Et c'est justement de nous autres que je voulais te parler. Je trouve enfin, ce soir, les deux heures de loisir dont j'ai besoin pour m'abandonner un peu et reprendre notre entretien.

Je crois sentir, dans toutes tes lettres, chère Cécile, une certaine inquiétude et même un certain scrupule au sujet de maman. Que je te rassure pleinement en ce qui concerne et l'inquiétude et le scrupule. C'est moi qui ai détourné maman du dessein qu'elle avait formé de vivre seule dans leur petit appartement du boulevard Pasteur. A voir l'état où elle est maintenant, tu reconnaîtras que je n'ai pas eu tort. Tout naturellement, j'ai prié maman de venir habiter chez moi, d'abord parce que cela me plaisait ainsi, ensuite parce que je ne voyais pas fort bien qu'il pût en être autrement. Maman ne pouvait aller, au lendemain de son veuvage, que chez toi, Cécile, ou chez moi. Mais tu es toujours en voyage ! Ta maison est fermée une bonne moitié de l'année. Le petit problème était résolu sitôt que posé. Maman est donc venue chez moi. Je m'imaginais, au début, que c'était l'affaire la plus simple du monde et que cela ne soulèverait

aucune complication. Ouais ! Il paraît que rien
n'est simple, dans le clan Pasquier. Je m'aperçois,
à mille petits signes, que Ferdinand et Claire ne
sont pas contents. Tu l'as peut-être compris comme
moi, chère Cécile : Ferdinand et Claire étaient
farouchement résolus, depuis toujours, à ne laisser
personne — même pas la pauvre maman —
troubler l'intimité de leur extravagant duo. Ils ne
voulaient à aucun prix accepter une responsabilité
de cette sorte. L'idée qu'il se trouvait quelqu'un
pour assumer joyeusement cette responsabilité
aurait dû les soulager. Eh bien, pas du tout !
Je finis par croire que cette idée leur causait plus
de trouble que d'allégement. Tu n'as pas été sans
le remarquer, nous sommes en froid, les Ferdinand
et moi. Ça les agace de me voir faire une chose
qu'ils redoutaient beaucoup de se sentir obligés de
faire. Je vois très peu Ferdinand, sauf quand ils
changent de médecin et qu'il vient alors me demander conseil. Car, pour cela, lui et Claire me
demandent encore conseil. C'est le couple parfait
de malades imaginaires — un cas auquel Molière
n'avait quand même pas songé. — Je suis allé, la
semaine dernière, leur porter des drogues qu'ils
m'avaient demandé de leur avoir à prix réduit. Je
suis arrivé de bonne heure. Ils sortaient à peine du
lit. Claire se lamentait, de l'autre côté de la cloi-
son : « Oh ! là là ! ce que je souffre ! » Et lui, Ferdi,
répondait : « Tu souffres ! Et moi, donc ! » Ils
devraient se détester, à ce compte. Mais non, ils
se donnent la réplique, ils s'écoutent mutuelle-
ment, ils s'épaulent quand même et finissent par
se soutenir.

Pauvre maman ! Elle disait, autrefois, quand

nous étions tout petits, elle disait à Mademoiselle Bailleul : « Si Raymond va en enfer, j'aime encore mieux y aller avec lui. J'aime mieux cela que de monter dans le ciel où je serais toute seule... » Hélas, papa est mort — je ne crois d'ailleurs pas qu'il soit en enfer : il a raconté une histoire à saint Pierre et il a eu un billet de faveur, comme toujours et comme partout — papa est mort, et la vieille maman vit quand même. Nous avions toujours pensé que, sans lui, elle serait dépareillée, perdue, qu'elle ne saurait plus vivre. Eh bien, il est mort depuis trois ans, et elle, elle est là qui attend, comme quelqu'un que le bateau a laissé sur le quai. Elle change beaucoup. Elle marche très difficilement, en poussant des plaintes tantôt hennissantes et tantôt chevrotantes. Ce n'est pas trois enfants que nous avons, Line et moi, mais quatre enfants. Matin et soir, Line la peigne, la lave et la poudre, lui fait toutes sortes de petits soins et de petits pansements avec une adresse allègre, avec beaucoup d'imagination dans la gentillesse et la simplicité. Hélène, qui assistait, un jour, par hasard, à l'une de ces séances a dit tout uniment : « On voit que vous aimez ça, ma chère ! Chez vous, c'est plus qu'une vocation, c'est une passion. » Hélène, ce jour-là, est partie tout à fait rassurée. Elle dit à qui veut l'entendre : « Les Laurent pourraient prendre une infirmière. Nous serions tous d'accord. Mais Jacqueline adore soigner les vieillards et les enfants. C'est son plaisir. D'ailleurs, elle s'y prend très bien. »

Pendant que Line manie l'éponge et la houppette, maman, si elle est bien éveillée, raconte pour la millième fois toutes les histoires de sa vie. Ce

serait un tort de croire qu'elle les raconte toujours
de la même façon. Elle fait, par exemple, de papa,
un portrait assez surprenant : « Il était beau —
ça c'est entendu — Il était noble, désintéressé
et... » tiens-toi bien, chère Cécile !... « il était ver-
tueux, sérieux, fidèle... » Quand elle est seule avec
Line, elle fait ainsi un sincère effort de transfigu-
ration légendaire ; mais quand je suis présent,
maman est plus réservée, plus prudente dans le
choix des termes. Elle voudrait tout effacer des
misères anciennes. Alors, je détourne les yeux,
d'abord pour ne pas la gêner, ensuite parce que je
ne suis pas encore fait à cette sublime imposture.

Le soir, quand elle est fatiguée, elle devient
soudain très vieille. Elle retourne à ses commencements. A ces heures-là, si elle dit « chez nous »,
je comprends, chose extraordinaire, qu'elle ne
parle plus de son ménage, de sa maison de femme
et de mère, de cette vie bouleversée et boulever-
sante qui a duré plus d'un demi-siècle. Non, à ces
heures-là, « chez nous », cela veut dire la maison où
elle a été élevée, la maison de ses oncles Delahaie.
C'est, je le répète, un signe de grande lassitude.
Le reste de la journée, elle joue au mieux son rôle
de reine-mère. Elle est Pasquier avec une si belle
intolérance que nous autres, les héritiers du nom,
nous avons l'air d'amateurs un peu tièdes.

Chaque fois que Joseph vient nous voir, ce qui,
fait à noter, n'est point trop rare, il trouve à me
dire quelque chose de désobligeant sur la façon
dont notre mère est installée et traitée. Un jour, je
lui ai répondu, froidement : « Si tu veux faire mieux,
rien ne t'en empêche ; tu as la place, le personnel et
l'argent ! » C'était une boutade, chère Cécile. Pour

rien au monde, je ne voudrais voir la pauvre maman
échouer chez Joseph. C'était donc une boutade et
Joseph l'a prise très mal. Il grondait : « Pense à ce
que tu dis ! Avec la vie que je mène, ce serait complètement impossible. Les affaires, les réceptions !
Le genre de monde que je reçois ! Cette pauvre
maman n'est presque plus présentable, elle serait
perdue au milieu de tout cela. Et puis, Hélène a
bien des qualités ; mais elle n'a pas la vocation,
comme ta femme. A part cela, c'est quand même
notre mère à tous et j'ai quand même le droit de
donner mon avis et de faire des observations, il
me semble. »

Je n'ai rien répondu. Qu'aurais-je pu répondre ?
Joseph est ainsi. Tous les trois mois, il vient me
voir pour, comme il dit, régler les affaires de
maman. Cela signifie qu'il essaye de me tirer un
peu d'argent. Il dispose d'un admirable luxe de
motifs et de prétextes. Il doit payer des assurances,
honorer le notaire, acquitter périodiquement la note
du marbrier qui a fait et qui entretient le monu-
ment de Nesles. Papa avait laissé ici et là des
dettes non médiocres et qui se découvrent encore
chaque jour. Joseph me passe les dossiers et grogne :
« Puisque tu l'as prise en charge, fais le nécessaire.
Mais n'en dis rien à maman. Elle a bien mérité
le repos. De la discrétion ! Du calme ! »

A me lire, chère Cécile, tu pourrais croire que les
propos de Joseph m'inspirent de l'amertume. Non,
ma foi, non. Joseph m'occupe, il va sans dire. Il
me fait rire parfois et il arrive qu'il me mette en
colère. Mais je suis arrivé à l'exclure de ma vie
intime.

Je dois pourtant parler encore de lui. C'est en

songeant à lui que j'ai commencé cette lettre. Car il m'inquiète un peu, chère Cécile. Je ne veux plus souffrir de Joseph, souffrir à cause de Joseph ! Je ne saurais malgré tout l'observer froidement. Le temps est fini où une réplique de Joseph me faisait perdre l'équilibre et me donnait un véritable accès de désespoir. Mais je dois sans cesse être en garde et me défendre. Je me dis parfois que le plus simple serait de ne plus le voir, de faire même, à son endroit, un sincère effort d'oubli. C'est impossible, tant que maman sera parmi nous. Et même après... je ne sais ce qu'il me sera donné de faire. J'ai, pour les querelles de famille, une très profonde aversion. Comme je n'ai pas une horreur moindre pour la dissimulation et la lâcheté, force m'est, parfois, de relever le gant et d'accepter le combat. Et puis, il y a Hélène. C'était, il y a vingt-cinq ans, une fille intelligente et sensible. J'ai eu, pour elle, quelque chose comme de la tendresse. Le changement, vu à l'accéléré, vu en raccourci, est assez effroyable. Ce n'est pas impunément que l'on vit vingt-cinq ans de suite dans la société de Joseph. Hélène a gagné tous les défauts de Joseph et ils se sont si bien acclimatés chez Hélène qu'on se demande parfois si Joseph est seul coupable du tour que prend son existence. Hélène, aujour-d'hui... Eh bien, non, je ne te parlerai pas d'Hélène. J'aurais quand même trop de choses à t'en dire. Et il faudrait aussi parler de leurs trois enfants, de Finette, qui est assez touchante, assez secrète d'ailleurs, et que nous voyons beaucoup, de Jean-Pierre qui me plaît et m'intéresse et qui doit être malheureux parmi ces forcenés, de Lucien... Non, non, laissons Lucien de côté pour ce soir.

Joseph est venu me voir, la semaine passée. Je t'ai dit, dans ma dernière lettre, qu'il m'avait écrit, il y a quatre ou cinq semaines, un billet au sujet de sa candidature à l'Institut de France. Je te parlerai plus loin de cette fameuse candidature. Reprenons l'entretien à son commencement. J'ai donc entendu sonner et j'ai tout de suite pensé : « Voilà Joseph ! » Notre sonnette est une très banale sonnette électrique. Avec la vieille sonnette à cordon, il n'était pas impossible de se faire une opinion préalable sur le visiteur. Avec le timbre, il est très difficile, sans toutefois être impossible, de savoir quelque chose au sujet du survenant. Quai de Montebello, nous avions un timbre et, malgré ce qu'il y a d'indifférent et de froidement impersonnel dans un tel appareil, je faisais parfois d'assez bons diagnostics. Place du Panthéon, notre sonnette — peut-être ne l'as-tu point remarqué, chère et distraite Cécile — est une sonnette électrique. Eh bien, j'arrive en général à m'imaginer le visage et l'âme de celui ou de celle qui se présente à ma porte. Je me dis : « c'est un timide », ou « c'est un fantaisiste ». Parfois même, « c'est un effronté. » Ce jour-là, je n'ai pas hésité une seconde, j'ai pensé : « C'est Joseph ! ». Et, naturellement, c'était Joseph.

Il m'a dit, en entrant :

— Je sais que, le jeudi, tu ne vas pas au laboratoire. Alors, je viens te chercher et je t'emmène.

J'ai commencé par refuser tout net. Quand Joseph m'aborde, je sais qu'il va me prendre quelque chose. Autrefois, c'était de l'argent. Maintenant, je me défie, pour l'argent. Alors, Joseph me prend du temps, de l'attention, de l'admiration. —

Oui, il veut qu'on l'admire. — Enfin il lève toujours son impôt. J'ai donc déclaré tout de suite que j'avais beaucoup de travail et que j'entendais passer mon après-midi chez moi. Alors, Joseph :

— Non, Laurent, tu vas me suivre : nous allons au cimetière de Nesles.

Et, pour me couper toute retraite, il a dit encore :

— Il y a quand même trop longtemps que tu n'y as pas été.

J'ai haussé les épaules, non sans humeur.

— Que veux-tu, Joseph ? Moi, je n'ai pas de voiture.

Il a grondé :

— C'est parce que tu n'en veux pas. La voiture est, aujourd'hui, à la portée de toutes les bourses. Moi, comme j'ai une voiture, je suis venu te chercher. Nous en avons pour deux heures et demie, aller et retour. Et nous n'aurons fait que notre devoir.

Car Joseph parle toujours du devoir. Il ne redoute pas les grands mots. Il a dit ensuite :

— Prépare-toi, je vais embrasser maman.

J'étais tout préparé, j'ai suivi Joseph chez maman. Le protocole des visites ne change guère. Joseph entre et maman s'écrie : « Tiens, voilà Joseph ! » Il embrasse la vieille dame et s'assied en face d'elle. Il lui tapote le dos de la main, d'un air distrait et bonhomme. Il essaye d'adoucir sa grosse voix pour débiter des fadeurs cordiales, des gentillesses de gendarme. Il retrouve des plaisanteries de notre enfance. Il gronde : « Si tu ne prends pas tes médicaments, tu sais, maman, je me ferai pompier ou marin. » Maman joue encore le jeu. Elle répond d'un air épouvanté : « Non, non, mon

Joseph ! Pas cela ! C'est trop dangereux. » Alors il éclate de rire : « Aie pas peur, maman. Ni pompier, ni marin, ce n'est pas assez bien payé. »

Maman regarde avec une tendre admiration son cher fils aîné, son cher petit garçon, et le petit garçon est un gaillard taillé en monstre, avec une crinière blanchissante, un teint cuit, des mains de gorille, un complet d'étoffe anglaise, d'énormes chaussures à semelles de crêpe et une rosette de la Légion d'honneur grosse comme une tomate, avec le trottoir d'argent qui caractérise son grade. Trottoir est un mot à lui.

Tu vas penser, chère Cécile, que je manque d'indulgence. Eh bien, oui, c'est qu'après cette visite à maman nous sommes montés en voiture et que Joseph a commencé de m'agacer, de m'horripiler même, enfin de me faire amèrement regretter de l'avoir suivi dans cette expédition commémorative. J'étais, au départ, à l'endroit de Joseph, dans une période de rémission et de détente. Je me sentais pénétré de tolérance. Par malheur, il est parti tout de suite sur ce qu'il appelle, sur ce qu'il ose appeler les problèmes intellectuels.

Toute sa vie, Joseph a marqué le plus insultant mépris pour les choses, les êtres, les idées auxquelles nous avons, nous autres, voué le meilleur de notre effort. Maintenant que le voici grand collectionneur d'art, auteur de trois ou quatre bouquins — Tu sais que ce n'est pas le jeune Blaise Delmuter qui fait les livres de Joseph. Delmuter ne lui fait que ses discours. Pour les livres, je ne connais pas le nègre de Joseph. — Maintenant, dis-je, qu'il s'est mis en tête non seulement d'être un des hommes les plus riches de France, ce qui pourrait lui suffire, mais encore d'être un manieur d'idées, maintenant qu'il a eu la pensée non pas extravagante, mais très audacieuse et très rusée de poser sa candidature à l'Institut, — tu vois bien cela ? Joseph Pasquier, membre de l'Institut ! — Joseph parle des choses de l'intelligence, de l'art, de la science et de la philosophie de manière à nous humilier tous. Il a une manière à lui de s'emparer des mots dont il connaît à peine le sens réel et il s'en sert avec un toupet qui devrait me faire sourire et qui m'inspire une gêne insurmontable. Il dit : « Mes enfants ont été élevés dans le culte des valeurs spirituelles. » Alors, je baisse les yeux et je détourne la tête comme si j'avais honte. Et, en effet, j'ai honte.

Cependant, il conduit sa voiture avec une habileté sauvage. Je connais assez mal les choses de l'automobile et, pourtant, chaque fois que je vois un homme installé au volant de sa machine, il me semble que je découvre tout ce qu'il y a de plus secret dans les profondeurs de sa nature. Joseph, quand il conduit, montre avec éclat qu'il est très brutal, très égoïste, très habile et, malgré tout, prodigieusement naïf, comme le sont tous les artificieux, tous les roublards de carrière.

Je n'avais pas, ce jour-là, l'intention de me quereller avec Joseph. J'ai fait de sincères efforts pour détourner l'entretien, pour éteindre mes réflexes, pour m'absorber dans la torpeur. C'est une tactique ancienne, que Joseph connaît très bien et qui ne réussit parfois qu'à l'exaspérer un peu plus.

Pour aller au cimetière de Nesles, nous avons passé devant la maison des Baudoin, devant cette

maison où Suzanne a fait, en 1921, ce séjour mystérieux dont elle ne parle jamais et qui l'a, pour
autant que j'y comprenne quelque chose, profondé-
ment changée et attristée. Joseph a bougonné
des phrases assez vagues : « Tiens ! voilà la maison
de ces hurluberlus... J'ai cru que Suzanne allait
épouser le fils aîné. C'est un peintre de talent, mais
qui n'est pas coté... Et puis, Suzanne a sa carrière... »

Il bougonnait ainsi, entre ses dents. Mais déjà
nous arrivions au cimetière. A peine devant la
tombe, Joseph a mis en action ce que je pourrais
appeler son nez de policier. Il disait : « Tiens, c'est
bien surprenant : les Ferdinand ont passé. Si, si,
ce vase-là, c'est leur vase, et cette plante-là, c'est
une plante dans leur style, c'est quelque chose qui
ne peut venir que d'eux. Toi, tu n'as pas amené de
fleurs. Tu n'y as pas pensé. Ça, c'est ma corbeille.
Des fleurs de la Châtaigneraie ou de Montredon.
J'ai donné des ordres. Ça, ce pot de géranium, je
ne sais pas d'où cela peut venir... Etrange,
étrange... »

Je savais d'où pouvait venir le géranium, du
moins j'avais de très sérieuses présomptions. Mais
je n'écoutais Joseph que d'une oreille. Et même
je ne l'écoutais pas du tout. J'étais en train de
rêver. J'étais donc en train de penser à papa avec
un profond désir de justice, avec un sincère et
profond élan d'oubli, oui, d'oubli, et même avec
un certain besoin de gratitude. Je déteste les mensonges et les légendes. Alors je faisais un honnête
effort pour m'arranger avec la vérité et avec mes
souvenirs.

Par malheur, Joseph s'est mis à parler. Il a

beaucoup de mal à s'empêcher de prononcer des
discours, dans les moments solennels. Il a donc
entrepris un monologue et les mots qu'il prononçait ont fini par toucher mon oreille après avoir
traversé une bonne épaisseur de rêverie.

Il disait : « Regarde, Laurent ! Notre place est
marquée là. Un jour, notre nom sera gravé sur
cette plaque de marbre. Un jour futur, qui, je
l'espère, est encore bien lointain, nous reposerons,
toi et moi, Laurent, à côté de ce grand honnête
homme... Je dis toi et moi ; je te mets d'abord,
mais c'est par politesse. » — Tu voudras bien
remarquer, chère Cécile, que Joseph, maintenant,
comme la plupart de nos contemporains, jette le
mot « grand » dans toutes les sauces. Quand il est
bien avec un type quelconque, il dit tout de suite,
« c'est un grand monsieur », ou « c'est un grand
bougre ». Pas de milieu pour Joseph : d'un côté les
canailles et les mazettes, de l'autre, les « grands
quelque chose ». — Il a continué, prenant sa voix
d'enterrement, celle qu'il manifeste quand il va
figurer aux obsèques d'un de ses futurs confrères
de l'Institut : « Pense un peu, Laurent, à tout ce
que nous devons, les uns et les autres, à cet homme
admirable. Ah ! c'était une personnalité ! » — Car
Joseph parle comme les journaux. Il appelle les
personnes des personnalités. Il trouve que ça fait
mieux, que c'est plus fort.

Je ne répondais rien. Ce que nous devons, les
uns et les autres, à papa, je le connais fort bien,
je le connais par l'intérieur, et les discours de Joseph
me semblent superflus. Comme je ne répondais
rien, il a recommencé de palabrer non sans jeter
autour de lui un regard inquisiteur. Je n'ai pas

bien démêlé s'il voulait s'assurer que le cimetière
était vide, ou si, plutôt, il ne cherchait pas quelque auditoire, en un geste quasiment professionnel.
Il disait : « Non, tu ne sauras jamais le mal que je
me suis donné pour la lui faire avoir... » J'en étais
à me demander à quoi pouvait bien se rapporter
cette phrase étrange, quand Joseph a développé
sa pensée : « La Légion d'honneur, Laurent, il la
méritait plus que beaucoup d'autres. Il la méritait
sûrement plus que toi et plus que moi... » —
Joseph, quand il se livre à un exercice d'humilité,
s'assure toujours de quelque compagnie. — Il
continuait, parlant de plus en plus haut : « Ah !
j'en ai fait des démarches pour qu'il l'ait, son
ruban ! Et pourtant, il est parti sans avoir obtenu
cette juste satisfaction. La vie est amère ! N'importe ! On reconnaîtra plus tard que le docteur
Raymond Pasquier a été l'un des plus grands
philosophes de notre époque. J'ai lu ses mémoires,
ses papiers secrets. C'est admirable ! Et quelle
pureté de cœur ! Quel exemple de repentir et même
de noble vertu. Maman a bien raison ! Si papa,
dans sa jeunesse, a pêché par un peu de légèreté,
il nous a, dans la fin de sa vie, donné un magnifique exemple. Il faut y songer, Laurent. »

J'avais écouté le début de ce laïus d'une oreille
vraiment distraite, sincèrement voilée. La fin a
commencé de me chatouiller le cœur. Papa !
Papa ! Mais il était ce qu'il était. Avec le temps, je
sens que son image, l'image de lui que je porte dans
mon cœur commence à s'adoucir et même à s'ame-
nuiser. Elle a beaucoup de chance d'être un jour
aimable et peut-être charmante. Alors qu'on la
laisse en paix et qu'on ne commence pas de la

retoucher à force de mensonges. Chez maman,
c'est naturel et je n'ai rien à objecter contre cette
chimie transfiguratrice. Mais Joseph ! Quel but
peut bien viser ce redoutable bavard, en s'efforçant ainsi de maquiller nos souvenirs. Comme il me
prenait nommément à partie, j'ai répondu, de
manière assez brutale. — « Je vis, lui ai-je dit, je
vis en bons termes avec l'ombre de mon père. Je
trouve tout à fait inutile d'en faire une figure de
vitrail dont il ne serait pas si content, s'il pouvait
t'entendre, Joseph. »

Je devais, malgré moi, parler d'une voix plutôt
sèche, car Joseph, sentant venir la chamaille, a
dit : — « Sortons du cimetière. Si tu dois parler
irrespectueusement, que ce ne soit pas ici. »
Irrespectueusement ! Avoue Cécile qu'il y avait
de quoi perdre la sérénité. Nous sommes sortis du
cimetière et nous avons fait quelques pas sur le
chemin charretier qui monte vers le plateau. Je
ne pouvais plus me contenir. C'était peut-être
inconvenant, mais le mensonge m'est odieux,
même en présence de la mort. Nous avons fait
quelques pas et j'ai dit à Joseph un certain nombre
de choses qu'il doit quand même savoir, puisqu'il
commence à mentir sans mesure, sinon sans raison.
Je me demande même pourquoi nous avions, toi
et moi, pris si grand soin de ne pas lui en souffler
mot. En substance, voilà ce que je lui ai dit, il
n'est pas inutile que tu le saches, s'il venait à t'en
parler. « Joseph, tu étais en Egypte ou en Syrie,
je ne sais plus trop, quand papa est mort. Il n'est
pas mort dans son lit, boulevard Pasteur, comme
tu le crois, Joseph ; mais il est mort rue du Cotentin, chez Marie Puech, la deuxième de ses maî-

tresses. Il avait installé Marie Puech rue du
Cotentin, pour n'avoir pas à faire de trop grands
trajets à pied. Il l'avait installée là, à deux pas de
sa maison, au risque d'éveiller les soupçons de
maman. Mais maman ne voyait plus que ce qu'elle
acceptait de voir. Marie Puech, ce n'est pas celle
avec laquelle il était parti en Algérie, en 1924...
Non, non, Marie Puech, c'était une de ses deux
maîtresses régulières... L'autre, c'était toujours
Paula Lescure, car tu n'as pas absolument tort,
Joseph : le pauvre père, il était fidèle, à sa manière.
Et ce pot de géranium que tu as vu tout à l'heure
sur la tombe, eh bien, il y a beaucoup de chances
qu'il vienne de Paula Lescure. Ce que tu ne sais
pas, Joseph, toi qui pourtant sais tout, c'est que
nous avons été prévenus à temps, Cécile et moi,
par Marie Puech elle-même. Nous sommes allés
rue du Cotentin... Cécile, qui ne conduit jamais sa
voiture, mais qui a son permis de conduire, est
venue avec moi, la nuit. Nous avons, aidés de la
concierge de la rue du Cotentin et de Marie Puech,
nous avons fait une chose folle. Nous avons roulé
papa, mort, dans un vieux pardessus et nous
l'avons descendu dans la voiture. Cécile tremblait
de tout son corps en conduisant et moi, j'étais à
côté du cadavre... » Je lui ai dit tout cela, Cécile,
tu me pardonnes. Ce sont des choses que, je le
répète, Joseph doit quand même savoir, puisque
c'est fini, puisque c'est dans le fond du passé. Il
doit savoir ces choses, puisqu'il ne peut s'empêcher
de bâtir des romans, des fables, des légendes.

Il écoutait, tête basse, l'air furieux. Je lui ai dit
comment nous avions monté le cadavre jusque
sur son lit, sur leur lit du boulevard Pasteur. La

suite, il la connaissait, c'est le mensonge officiel : papa trouvé mort dans la rue, à quinze pas de sa maison.

Quand je pense que maman n'a jamais demandé par quel hasard toi, Cécile, tu te trouvais là et avec ta voiture encore ! Bref, Joseph écoutait, l'air furibond et il a tout de suite trouvé son faux-fuyant. Il s'est répandu en reproches : « Pourquoi ne m'as-tu pas dit cela, alors. Je suis l'aîné des enfants. Je dois tout savoir le premier. D'ailleurs, j'interrogerai Cécile ! » Tu es prévenue, Cécile. Tiens-toi bien. Il avait pris sa voix de juge d'instruction et j'ai vu le moment où il allait me demander des comptes.

Je ne lui en aurais pas donné. J'étais soudain très triste et très las. Je n'étais pas sûr d'avoir agi sagement en lui contant cette histoire, pas sûr de n'avoir pas cédé à la rancune et à l'amertume, pas sûr de n'avoir pas fait une chose parfaitement inutile. Car, Cécile, je te le dis encore une fois, je vis en paix avec l'ombre de mon père et même je l'aime et même je le respecte dans le souvenir. Je ne respecte pas ses défauts qui nous ont tant fait souffrir ; mais je respecte ce qui, en lui, était respectable.

Nous sommes remontés en voiture et nous avons commencé de rouler. Dans la côte, nous avons croisé la voiture du tripier. C'est une vieille Ford toute bringuebalante. Elle tanguait et roulait. Il y avait des poumons de bœufs gonflés d'air qui pendaient dans la carrosserie à claire-voie et qui se balançaient à droite et à gauche avec les cahots de la voiture. C'était macabre et comique pourtant. Joseph a fait arrêter la voiture du tripier, qui est quelque chose comme conseiller municipal, et il s'est lancé dans une conversation à n'en plus finir. Joseph souhaitait de briller dans le pays de ses ancêtres. Eh bien, il y est parvenu. Tout le monde le connaît. On voudrait le nommer maire. Il n'accepte pas encore, pour des raisons qu'il ne dit pas. Mais il ira présider la distribution des prix et il prononcera un discours. Il prononce des discours presque tous les jours. Il ne donne que peu d'argent. Peu ou pas. Mais il ne refuse pas de prononcer des discours.

Il a voulu passer par la Châtaigneraie, pour parler à ce type qu'il appelle son majordome. Nous avons perdu là encore un grand quart d'heure. Il voulait ensuite s'arrêter à Montredon et j'ai eu toutes les peines du monde à l'en empêcher. Il savait pourtant bien que j'avais hâte de rentrer et de me remettre au travail.

Dans la voiture, pendant les trois quarts d'heure que dure la route, il s'est assombri soudainement. Il me parlait de sa candidature à l'Institut. Il paraît que Simionescault, qui est un homme de valeur, se présente contre lui. Joseph le traite ouvertement de fripouille, de métèque, et... je ne comprends pas très bien... de faisan ! Il se propose de déclancher ou de faire déclancher contre son rival une campagne de presse, pas dans son journal à lui, *le Moniteur*, mais dans des feuilles où il a des intérêts. Il dit encore : « Simionescault est très malade. Il va casser sa pipe. Alors ? » Il ajoute en souriant : « Moi, quand un type me gêne, je songe tout de suite : il va mourir. Et le plus drôle, c'est que, souvent, ces gars-là meurent. J'ai toujours eu beaucoup de chance dans la vie. »

(sic). Il ajoute : « Le type de génie, c'est celui qui me fout la paix. »

Il a parlé, sans rire, de ses livres, de ses collections. Et soudain, l'air sombre, il a crié : « Si vous croyez, vous autres, que c'est drôle, d'avoir de l'argent dans un moment pareil ! » Il a laissé passer deux ou trois minutes et il a recommencé de se lamenter : « Les gens de ton espèce, parce qu'ils ont des difficultés avec les microbes, par exemple, ils s'imaginent que la vie des gens comme moi est toute rose. Eh bien, ils ne savent pas ce que c'est. » Et, soudain, bien que j'observasse un profond silence : « L'argent : tu dis l'argent ! Mais moi, je suis un saint de l'argent, un martyr de l'argent. Ne ris pas. Tu aurais le courage de rire ! Mais tu ne comprends donc pas que je n'ai jamais de bon temps, jamais de repos et que je finirai par en crever ! »

Comme je continuais à garder le silence, il a dit encore : « Autrefois, je croyais, oh ! je ne m'en cache pas, je croyais que l'argent était immortel. Mais non, mais non, l'argent n'est pas immortel. L'argent meurt, comme tout. L'argent meurt pour un rien. Et il faut toujours l'empêcher de mourir. »

Il a ajouté au bout d'un instant : «Je suis fatigué.»

« Voilà, ai-je répondu, un mot que papa n'aurait jamais prononcé. »

Il a haussé les épaules.

Un peu plus tard, il est reparti dans les jérémiades. Et puis il a éclaté de rire et m'a parlé du pétrole. Il paraît que son affaire du Mexique est en train de se développer de manière triomphale. (Le mot de triomphe est de lui.) Il m'a parlé avec lyrisme. La crise de dépression était terminée. Il

entremêlait tous ses discours de formules à lui
« Je sais ce que je dis... Je sais ce que je fais...
Faut vouloir ce qu'on veut... etc... » Il n'a pas pu
s'empêcher de me parler de ses affaires et de ses
ambitions. Il est tout à fait possible qu'il soit
nommé membre de l'Institut. Ce sera du moins une
affaire réglée. A part cela, il est président d'à peu
près vingt sociétés. Il est député de Paris. Il traite,
en son hôtel de la rue Taitbout, une multitude
d'affaires toutes plus embrouillées les unes que les
autres. Le plus gros du reste se passe dans les bureaux de la rue du Quatre-Septembre. Enfin, ce
que tu ne sais pas, ce que Lucien m'a dit l'autre
jour, c'est que Joseph possède aussi, rue de Petrograd, une sorte d'officine assez pauvre, où trône
l'inénarrable Mairesse-Miral, et où il reçoit les
gens qui pourraient se trouver effarouchés par le
luxe de la rue du Quatre-Septembre ou par le
faste de la rue Taitbout.

Chère Cécile, il est temps d'arrêter ici cette
lettre vagabonde. Joseph m'inquiète, malgré tous
ses succès actuels, et c'est, au fond, la seule chose
que je voulais te dire. Je me suis laissé aller, librement, comme je faisais jadis en écrivant au cher
et malheureux Justin. Pense, Cécile, qu'il y
aura, le mois prochain — 15 Juillet — sept ans
que Justin est mort, en Champagne, pendant la
seconde bataille de la Marne, mort pour notre salut à
tous. Mort pour la fortune et le triomphe de Joseph.

Au revoir, ma sœur. Joue pour moi, un soir,
pendant un de tes concerts, le rondo en la mineur,
de Mozart, celui de notre enfance. Joue-le pour
moi tout seul et je t'entendrai.

                                        Ton Laurent.

CHAPITRE VII

L'ENFANT INQUIET. APPARITION ET DISPARITION
DE MADAME PASQUIER SENIOR. JOSEPH PREND UN
REPAS FROID. BLAISE DELMUTER OU LE CONFIDENT
DU MAITRE. PROMENADE HYGIÉNIQUE. MÉDITATION
SUR LE LUXE. UN SOUVENIR DU DOCTEUR PASQUIER.
ASCENSION SYMBOLIQUE. LA SYMPHONIE EN VERT.
MIOTTE OU LA CONVERSATION INTERROMPUE.

A peine a-t-elle franchi la rue de la Victoire et
la rue de Châteaudun, la rue Taitbout commence de sentir la colline de Montmartre et
s'élance pour la gravir. Moins heureuse que ses
voisines qui, d'une seule haleine, gagnent le boulevard de Clichy ou le boulevard Rochechouart, la
rue Taitbout rencontre alors la petite rue d'Au-
male et elle renonce aussitôt à poursuivre son
aventure. Dans cette dernière partie de son
parcours, la rue Taitbout oublie le tumulte de ses
origines, la vie fiévreuse des Boulevards, les cy-
clistes audacieux qui viennent à certaines heures
assiéger les bureaux du *Temps*, les boutiques et les
bars, la foule hurlante des voitures. Elle devient
soudainement provinciale et taciturne. Elle est

bordée d'hôtels moroses, de bâtisses au front
fumeux, de murailles et de jardins où verdoient
des bouquets d'arbres.

Debout devant la fenêtre, Jean-Pierre apercevait d'abord la cour au pavé moite, sur lequel
jouaient deux chiens, puis le portail et la rue
déserte. Il vit soudain s'arrêter au bord du trottoir
un taxi couleur coccinelle. Madame Pasquier senior
en sortit, claqua la porte d'un geste qu'à distance
on devinait nerveux, presque brutal, paya, puis
congédia le chauffeur et traversa la cour d'un pas
vif.

Jean-Pierre, tiré de la torpeur, jeta tout autour
de soi des regards anxieux. Cette chambre spacieuse et claire, dans laquelle il se trouvait, était
la chambre de sa mère. Il était venu là, au terme
d'une journée exténuante, comme pour chercher
un refuge, pour demander assistance et protection. Il n'avait trouvé personne et il avait attendu,
toutes ses pensées dénouées, le cœur ivre de mélancolie, le front collé à la vitre où son haleine,
malgré la tiédeur orageuse du soir, épandait une
buée palpitante.

Hélène poussa la porte et pénétra chez elle
d'un bond. Elle portait, posé un peu de travers sur
ses cheveux coupés courts, un petit chapeau cloche
qu'elle arracha tout de suite et qu'elle jeta sur la
coiffeuse. Le visage apparut, très rouge, mal
poudré, avec de fines gouttes de sueur aux ailes du
nez et aux tempes. Du même geste dont elle avait
enlevé son chapeau, du même geste impatient,
Hélène retira la jaquette de son tailleur, cette
jaquette coupée droit et croisée comme un veston
d'homme. Soulevée par une respiration précipitée,

la poitrine de Mme Pasquier senior était contenue dans une chemisette de soie blanche qui semblait à demi dégrafée. Hélène s'apprêtait visiblement à la dégrafer tout à fait quand elle aperçut Jean-Pierre, debout devant la porte de la salle de bains, avec son air inquiet et perplexe.

— Tiens ! dit-elle, tu es là, Jeanpi ! Qu'est-ce que tu fais ici, mon chou ?

Le ton était, à l'accoutumée, tendre et badin, mais Hélène faisait, pour retrouver le calme, un effort laborieux : elle respirait encore trop vite. Deux ou trois rides ondoyaient sur son beau front autrefois si poli, si clair. Des plaques roses naissaient et mouraient sur sa gorge. Elle eut un moment d'hésitation puis s'approcha de Jean-Pierre et lui mit un baiser sur la joue. C'était un baiser qui voulait être furtif ; mais le garçon, avec un brusque élan, saisit sa mère par le col et se prit à parler bas. Il disait :

— Vous savez que j'ai passé l'écrit.

— Tiens ! C'était donc aujourd'hui ?

— Mais oui, maman, je vous l'ai dit hier soir. Je vous l'ai dit plusieurs fois.

— Et alors, tu es content ?

Il attendit une bonne minute avant de répondre :

— Non, pas content, pas content du tout.

— Pauvre Jeanpi ! dit Hélène en haussant cordialement les épaules. Et qu'est-ce qui n'a pas marché ?

Le garçon avait tiré d'une poche un feuillet de papier tout froissé. Il bredouillait :

— C'est la version, comme toujours. J'ai montré le texte à Blaise qui s'y connaît encore assez bien.

Il m'a souligné mes contre-sens. Il y en a beaucoup. *Senserunt hostes de profectione*. Il paraît
que cela veut dire « L'ennemi s'aperçut de la
retraite ». Moi, j'ai mis quelque chose de très diffé-
rent. Je ne sais même plus quoi.

— Pauvre Jeanpi, répétait Mme Pasquier senior
d'une voix distraite. Eh bien, tu recommenceras
en Octobre. Ce ne sera jamais que la quatrième
fois.

Ce disant, elle essayait, d'un geste obstiné, de
dénouer l'étreinte du garçon qui la tenait encore
par le cou. Ce fut lui qui, soudainement, s'écarta.
Il semblait respirer sur le visage maternel une
odeur inconnue et, sans trop en avoir l'air, il hu-
mait le parfum d'une narine alarmée. Il dit enfin :

— Qu'est-ce que c'est que cette odeur, maman ?

Elle s'écarta d'un geste vif et répondit, l'air
détaché :

— C'est ma nouvelle poudre. Elle ne te plaît
pas ?

Il remuait lentement la tête.

— Non, non ! Je ne connais pas encore cette
odeur. Non, je ne l'aime pas.

— Jeanpi, fit Mme Pasquier en prenant du
champ, il faut me laisser une seconde, mon chou.
Je vais changer de toilette.

Elle commençait de dénouer ses chaussures, ce
qui lui mettait un flot de sang au visage. Le garçon, debout devant elle, dit d'une voix faible :

— Vous allez sortir encore ?

— Encore ? Pourquoi encore ?

Sans répondre à cette question posée dans un
éclat de rire, il poursuivit :

— Vous ne dînerez pas avec moi ?

— Non, Petrouchka, je dîne en ville, je dîne chez des amis.

Il soupira :

— Ne m'appelez pas Petrouchka.

— Tiens ! Pourquoi ? C'est très joli.

— Pardon, maman. Petrouchka, Mamichka, je n'aime pas ces noms-là !

Elle se redressa, hocha la tête de manière moqueuse et tendre, puis vint vers le garçon pour le pousser à la porte. Il était maintenant inerte, sans élan, l'air désemparé et sombre. Elle eut soudain un mouvement de pitié, un mouvement maternel et lui prit le menton pour lui relever la tête. Elle sentait, sous la peau mince, les muscles agités de tremblement, et, de place en place, la boule fine et glissante d'une glande. Elle murmura :

— Nous irons chez le médecin, Jeanpi. Tu es trop maigre.

— Non, non, mère, je ne suis pas malade. Seulement...

— Seulement quoi ? Qu'est-ce que tu veux, mon chou ?

— Rien, rien, maman. Je ne sais pas.

Il dit brusquement, reprenant le tutoiement de son enfance :

— Reste avec nous, maman.

— Pour dîner ? C'est impossible.

— Non, pas pour dîner.

— Alors, que veux-tu dire ? Je ne comprends pas.

— Reste avec moi, comme autrefois, comme toujours.

Il s'efforçait de sourire et il n'y parvenait pas. Elle l'embrassa et, non sans mouvement d'humeur, finit par le mettre à la porte. Elle cria, pendant qu'il s'éloignait dans le couloir :

— Où est ton père ? Sais-tu s'il est rentré ?

— Non, fit le garçon. Le train doit avoir du retard. Au revoir, maman, je vais me coucher.

Hélène écoutait à peine. Debout devant le miroir, elle se dévêtait en hâte, sans appeler la femme de chambre. Un quart d'heure plus tard, elle sortait de l'hôtel. D'un pas allègre, elle descendit jusqu'à la rue de Châteaudun, fit arrêter un taxi, dit une adresse à mi-voix et disparut dans un remous du tourbillon parisien.

Joseph n'arriva qu'à sept heures. Il fut reçu par le fidèle Blaise Delmuter. Jeanpi s'était allé coucher. Delphine était à Montredon pour une retraite de trois jours. Elle y allait souvent ainsi, seule, pour vivre assez farouchement, dans une solitude sur laquelle la jeune fille se gardait de fournir la moindre clarté. Lucien était à son club. Joseph demanda simplement :

— Où est Madame ?

Le jeune homme à la belle jaquette répondit :

— Monsieur le Président sait pourtant bien que, le mercredi, Madame dîne toujours en ville.

Joseph avait l'air agacé. Il arrivait de Londres où il allait une fois par mois. Il avait un bureau dans la Cité et des affaires qu'il fallait surveiller attentivement. En outre, il avait passé quatre jours chez les Suckling, les magnats de la métallurgie. Il dit, en traversant le vestibule :

— Il y a une dalle de marbre qui bouge sous mon pied. Toujours la même ! Ça me porte sur les nerfs. Vous téléphonerez à Chevrel qu'il vienne la sceller, une fois encore. Quand il y a, dans une maison, un détail qui cloche et quand on le laisse clocher, toute la maison fout le camp. De l'ordre ! De la perfection ! Il n'y a qu'une chose qui compte : la per-fec-tion ! Je vais manger un morceau. Vous resterez près de moi et nous travaillerons. Ensuite vous serez libre de votre soirée. Mais j'ai encore besoin de vous pendant une heure.

Le dîner de Joseph était tout prêt et il n'avait qu'à s'asseoir. Il s'assit. On lui servit un bouillon de viande, un consommé chaud dans lequel il versa, d'emblée, une grande bolée de vin rouge. Il expliqua :

— C'était une coutume de mon père. Un champoreau, comme il disait. Il paraît que ce n'est pas élégant. Je me demande pourquoi ? Ceux qui disent de pareilles bourdes boivent des cocktails dans lesquels ils mélangent tout : le gin, le jus de tomate, le vitriol, l'élixir parégorique et cinquante autres saletés. Asseyez-vous, mon petit Blaise. Attendez ! je prends une miette de saumon, une noisette de beurre et je vous écoute.

Joseph disait volontiers : « Moi, je n'ai pas de besoins. Je vivrais, s'il le fallait, avec cinq francs par jour. Seulement, dans ma position, un homme doit avoir une bonne table, tenir un certain train de maison, enfin surveiller la façade. A part cela, je n'ai jamais faim, jamais soif. Je ne sens pas mon corps. » Ainsi parlait Joseph et, pourtant, quand, la fourchette et le couteau en mains, il attaquait la nourriture, il avait l'air de monter à l'abordage. Il étendit plusieurs tranches de saumon fumé sur de larges tartines beurrées, mit sa mâchoire en action et dit, pour la seconde fois : « Mon petit Blaise, je vous écoute. »

— Monsieur le Président, commença le jeune homme, de sa voix égale et froide, les nouvelles sont excellentes. J'ai accompagné M. Trintignan au ministère et j'ai eu l'honneur d'assister à l'entretien que M. Trintignan a obtenu de M. Fourdillat. Le ministre a été cordial et même empressé. Il a été convenu que vous achetiez les trois cents tonnes de lentilles actuellement stockées par les coopératives du Cantal. En échange de quoi, le ministre vous assure, premièrement, une licence d'importation pour trois cents tonnes de lentilles du Chili. M. Trintignan se charge, à moins que vous n'ayez d'autres vues sur cette marchandise, de revendre les lentilles du Cantal à un de ses amis qui est courtier en grains, qui habite Anvers et qui peut les écouler en Espagne.

— Attendez, attendez, fit Joseph en avalant, d'un majestueux coup de gosier, une dernière tranche de saumon. Attendez, pour le type d'Anvers. La décision n'est pas urgente. Les lentilles, ça se conserve.

— M. Trintignan accepte également, si vous ne voulez pas utiliser vous-même la licence d'importation pour les trois cents tonnes de bonnes lentilles, de la reprendre pour une maison qu'il connaît et qui verserait soixante pour cent du bénéfice à obtenir sur la vente des lentilles du Chili...

— On verra ça, fit Joseph en tirant à lui un plat sur lequel étaient disposés les membres d'une dinde froide et les larges tranches de blanc que l'on découpe dans la poitrine de la bête. On verra ça. Abandonner quarante pour cent, comme ça, sans examen ! Ce n'est pas dans mes habitudes. Trintignan est trop malin et il n'ouvre pas la bouche assez grande. Mais venez-en au principal. Et mes cryo ?

— Ça, c'est le deuxièmement. Deuxièmement, donc, le ministre a fait accorder, séance tenante, une licence d'importation pour trois cents tonnes de réfrigérateurs, sans aucune précision quant au calibre des appareils. Le reste est à débattre avec la Chambre syndicale des Importateurs de réfrigérateurs.

— Ça, je m'arrangerai, je m'arrangerai. Et le papier ? Où est le papier ? Vous avez le papier ?

— Le papier, monsieur le Président, est entre les mains de M. Trintignan.

Joseph éclata de rire.

— Lucien est épatant, l'animal, il tient ses trente mille balles.

— Plaît-il ?

— Rien. C'est une réflexion comme ça. Et cette vieille noix de du Thillot qui me répétait en pleurnichant : « Fourdillat est incorruptible ! » Imbécile ! Il fallait seulement penser aux lentilles du Cantal. En somme, l'affaire est cuite. Dites donc, vous, là-bas, vous, Arthur, approchez-moi la gelée. La dinde froide, ce n'est pas mauvais, mais c'est quand même un peu sec. Et ça ? Qu'est-ce que c'est ? De l'épaule farcie. Ça m'est égal, je n'ai pas faim. Donnez-moi de l'épaule farcie. Continuez, mon petit Blaise.

— M. Obregon s'embarquera lundi prochain, au Havre, sur le « Niagara », de la compagnie Transat. Il a quitté Paris, hier, parce qu'il a des affaires au Havre où il doit passer deux jours. Les nouvelles du Mexique sont tout à fait brillantes. Rien que pour le puits Delphine, on compte déjà

sur mille barils. M. Obregon doit voir le señor
Alonzo Zaldumbide et obtenir à tout prix la liqui-
dation du procès. Il semblait, au départ, M. Obregon, très satisfait des résultats acquis.

— Bien ! Bien ! ronronnait Joseph. Vous, Arthur,
donnez-moi de la moutarde et aussi des cornichons. Si je mange froid, du moins, qu'on me
donne des cornichons. Et alors ? Continuez.

— M. Lescaroux est revenu, au sujet de l'île
Mairan. Il dit qu'il faut prendre l'île tout entière :
cinquante hectares, avec la petite usine qui est
encore en bon état et les sept maisons des ouvriers
qui connaissent la fabrication de l'iode et qui
habitent sur place avec leur famille. Trente-cinq
personnes en tout.

— Oui. Quand veut-il une réponse ?

— Demain.

— Je lui répondrai demain. Donnez-moi les
fromages et repassez-moi le beurre. Arthur, vous
savez que j'aime le livarot. Arrangez-vous pour
que j'aie toujours du livarot. Je travaille assez,
quand même, pour me passer un caprice. Vous me
trouverez du livarot. Et ensuite, mon petit
Blaise ?

— Monsieur le Président sera peut-être content
de savoir que l'élection aura certainement lieu
avant les vacances. M. le marquis de Janville a
téléphoné samedi soir, en sortant de l'Académie.

— Ah ! vous auriez pu me dire ça tout de suite,
gronda Joseph en appliquant sa large paume sur
la table. C'est une très bonne nouvelle. Est-ce que
l'article est paru ?

Blaise Delmuter baissa les yeux et dit, d'une
voix imperceptible :

— L'article est paru, dans le *Cri*. Les amis de M. Simionescault pensent que c'est un coup très dur et qu'il ne s'en relèvera pas... Monsieur le Président n'oublie sûrement pas qu'il reçoit demain soir, à dîner, M. Pujol et M. Teyssèdre, membres de l'Institut, ainsi que plusieurs autres personnes.

— Oui... une minute. Le café est froid, Arthur ! Ce n'est pas une raison parce que je suis toujours un peu sacrifié dans ma propre maison, ce n'est pas une raison parce que je dîne d'un simple casse-croûte, ce n'est pas une raison pour que l'on me serve des pêches trop mûres et du café froid. Vous m'avez compris, Arthur. Vous disiez, mon petit Blaise : le dîner de demain soir ? Combien serons-nous, en tout ?

— Treize, Monsieur le Président. C'est très malheureux, mais cela fait exactement treize.

— Mon cher, vous prendrez un smoking et vous viendrez à table.

— Monsieur le Président, je devais dîner chez ma sœur.

— Ah ! tant pis, mon cher, tant pis ! Si quelqu'un se décommande, vous irez dîner chez votre sœur. Sinon, vous dînerez ici. Arthur, dites en bas qu'on mettra, demain, trois vins et le Champagne, pour finir. Des vins honorables, rien de plus. Pas mon Clos de Tart, ni la Romanée Saint-Vivant. Tous ces gens-là, qui vont venir dîner chez moi, ils ne comprennent rien au vin. Alors, pas de gaspillage. Et maintenant, Blaise, est-ce que vous avez fini ?

— Je voulais encore dire à Monsieur le Président que M. Sanasoff est venu deux fois depuis samedi.

— Il faut le foutre à la porte. Maintenant, je vais m'en aller. Vous êtes libre, mon cher.

— Oh ! Monsieur le Président, ce soir, je reste ici. J'ai du travail. Je dois corriger l'article du *Moniteur*. S'il m'était absolument nécessaire d'atteindre Monsieur le Président, où pourrais-je téléphoner ?

Joseph prit Blaise par le bras, sortit de la salle à manger et dit, baissant la voix :

— Si vous aviez quelque chose de très urgent à me dire, alors, ce serait... Trinité 53.79. Mais seulement si c'était quelque chose de très grave.

Blaise fit un léger signe de tête et disparut dans l'escalier. Dix minutes plus tard, Joseph sortait de chez lui, seul, à pied, un jonc dans la main droite et une gabardine sur le bras, car le temps était pluvieux. Il avait allumé un cigare et marchait paisiblement, comme un homme qui fait, le soir, sa promenade hygiénique. La nuit d'été commençait. Joseph marchait sans hâte, s'arrêtant d'un air distrait à la devanture des boutiques et regardant à tout instant derrière soi. Il semblait, en même temps, soucieux et libéré. Il remontait, par les petites rues, la pente de la colline. De temps en temps, il prenait une respiration profonde, appliquait avec vigueur de larges semelles de crêpe sur le bitume du trottoir et s'abandonnait à des pensées vagabondes, à des pensées tout doucement incohérentes et voltigeuses, à des pensées qu'il ne cherchait même pas à contrôler ou à contenir : « Ces Anglais, songeait-il, quels gaillards ! Oui, nous autres, nous pensons que nous avons les plus beaux meubles, les plus belles étoffes, les plus beaux bijoux ! Pff... nous ne sommes que des enfants. Les Suckling, quand même, ils m'ont épaté. Leur manière de recevoir ! Et leur maison des South Downs ! Tout y était impeccable. Tout était plus beau que chez moi, plus riche que chez moi, plus cossu que chez moi, même les draps de leurs sacrés lits, même le papier des water. Ça, c'est du luxe. Ah ! nous ne sommes que des apprentis... » Un peu plus loin, il dit, entre ses dents : « Suckling, le père ! Il n'a même pas l'air de faire une différence entre ce qui est à lui et ce qui n'est pas à lui. C'est peut-être ça le plus calé. C'est peut-être ça le plus difficile. »

A ce moment, Joseph aperçut son image dans le miroir d'une boulangerie, sous la lueur d'un lampadaire, et sa rêverie changea de sens. « Non, mais j'ai l'air d'un phoque ! J'ai l'air d'un éléphant de mer. Est-ce que je deviendrais trop gros, quand même ? C'est dégoûtant ! Si je penche la tête en avant, voilà le menton qui gonfle, et si je redresse la tête, alors c'est la nuque qui se plisse. Pas à sortir de là. »

Ainsi rêvassait Joseph en abordant la petite rue Ballu qui est bien l'une des plus discrètes de cette région de Paris. Il avait, pour arriver là, replié son itinéraire, à plusieurs fois, non sans regarder à chaque tournant pour s'assurer qu'il n'était pas suivi. Soudain, il se prit à rire. Il venait de se rappeler une phrase de son frère Laurent, pendant leur grande querelle à la sortie du cimetière de Nesles. « Père, avait dit Laurent, père installait toujours ses maîtresses à deux pas de sa maison, pour n'avoir pas à faire de trop longs trajets... » Joseph se prit donc à rire, en cheminant, à rire pour lui seul. « C'est drôle, songeait-il, c'est drôle !

Voilà que je fais comme papa. Oh ! ce n'est pas à
cause de la fatigue. Moi, je suis en pleine vigueur.
C'est parce que je suis pressé. Je ne veux pas prendre ma voiture, parce que je serais trop visible.
Alors, je prends mes jambes. Et comme je n'ai
jamais une minute à perdre... »

Il rit encore, à petits coups, toussa pour s'éclair-
cir la voix et, après avoir jeté un dernier coup
d'œil autour de lui, pénétra dans une maison dont
la concierge, au passage, lui fit un léger signe de
tête.

Il y avait un ascenseur. Joseph ne prit pas
l'ascenseur. Il sentait encore le besoin, pour assou-
vir sa rêverie, d'un instant de solitude. Maintenant le génie de l'argent venait de reprendre
flamme et vigueur. Joseph songea : « Trois cents
tonnes de cryogène tout de suite, et ce n'est que le
commencement. Fourdillat l'incorruptible aura
cent cinquante voix de plus aux prochaines élections. Ah ! Ah ! c'est magnifique : deux tonnes de
contingent exceptionnel pour une voix de paysan
producteur de lentilles. Et maintenant, les Auver-
gnats vont tous en faire pousser, de ces lentilles
invendables. Fourdillat est une andouille ! D'ailleurs, il ne sera plus ministre quand j'aurai, de
nouveau, besoin d'un coup d'épaule. Pour son
successeur, faudra trouver un autre truc. On le
trouvera. Et le Michoacan, qui est en train de
devenir une affaire de premier odre ! Ça, c'est,
pour l'année prochaine, une grande masse d'argent, et pour dans cinq ou dix ans, une montagne
d'argent, un Himalaya d'argent, à ne pas savoir où
le mettre, à ne pas savoir qu'en faire. Mais moi, je
saurai toujours. L'île Mairan, je l'achète, avec la

fabrique d'iode, avec les sept maisons et les trente-cinq Bretons, leurs gosses, leurs chiens et leurs chats. Avant dix ou douze mois, ils seront cent cinquante là-dessus, à cuisiner leur camelote. Et puis, je vais voir pour le 53 de la rue Machin, de la rue Chose. Ça m'est bien égal, à moi, que ce soit une maison de passe. Je touche mes loyers et je me bats l'œil du reste... »

La pensée de Joseph allait plus vite que ses jambes, car, à ce point de sa rêverie, il n'était encore parvenu qu'au palier du premier étage. Il aborda les degrés de l'étage suivant et sentit que, tout naturellement, avec l'altitude, sa méditation prenait de l'ampleur et de la noblesse : « L'élection aura lieu dans une douzaine de jours. Le marquis se trouve en quelque sorte engagé d'honneur : il ne me lâchera pas, et, s'il ne me lâche pas, j'aurai la majorité. Qu'est-ce que penserait papa, s'il pouvait, dans l'autre monde, voir enfin où son fils aîné s'élève par la force des principes et par la constance du travail ? Une très palpable fortune... hum ! motus ! et les plus grands honneurs. Monsieur Joseph Pasquier, membre de l'Institut ! On ne met pas, sur ses cartes, Joseph Pasquier, possesseur de onze immeubles à Paris, de quatre cents hectares dans le Calvados, de sept usines, de puits de pétrole, etc..., etc... Mais on met très bien sur ses cartes : membre de l'Institut. Après, dame, après, il faudra trouver autre chose. La Légion d'honneur, c'est trop galvaudé. Les présidences : j'en ai jusqu'au menton. Il faudra trouver autre chose. Le monde n'est pas si petit... »

Joseph s'arrêta de nouveau, car il était au second étage. L'ascension du troisième étage fut con-

sacrée tout entière à une rêverie glorieuse, mais
confuse. Les idées et les mots du succès, de la
victoire, du triomphe, retentissaient aux oreilles
de Joseph comme des trompettes éclatantes, des
trompettes d'argent et d'or. C'est au milieu de ce
concert que le conquérant parvint au troisième
étage. Alors les trompettes se turent soudainement. Joseph, après s'être essuyé les pieds sur un
confortable tapis brosse, heurta le battant de la
porte. Trois coups nets et rapprochés, suivis, à
quelque distance, d'un battement solitaire. Pas
un de plus, pas un de moins. Un signal bien étudié.

La porte ne tarda pas à s'ouvrir et Joseph entra
de plain-pied, avec une tranquille aisance, dans
un univers mystérieux, assourdi, étouffé par des
tapis épais comme des toisons, par des tapis feu-
trés comme des prairies, par de ces tapis qui ren-
dent n'importe quelle pièce un peu trop basse de
plafond. Joseph entra, d'un pas naturel mais dis-
cret, dans un monde où ne brillaient que des lampes
voilées et multicolores. Joseph murmura dès l'antichambre : « Où est Madame ? » Et une voix répondit : « Madame attend Monsieur dans le studio. »

Deux heures plus tard, Joseph, drapé dans un
kimono vert tendre racontait, en soupant, son
voyage et son séjour chez les Suckling. Miotte
avait fait monter du caviar, des asperges et du
champagne nature. Joseph dévorait avec l'appétit
d'un homme qui a, depuis le matin, vu deux villes
immenses, parcouru deux pays, franchi la mer,
aperçu des milliers de visages, traité des affaires
étranges et difficiles, signé des contrats, fait percer
des puits de pétrole, corrompu des hommes poli-
tiques, acheté une île avec sa population et vendu

des cargaisons de marchandises sans les avoir
jamais vues. Joseph mangeait avec la fringale
magnifique d'un seigneur qui vient de faire, à
Vénus, un sacrifice honorable et qui peut demander
à la vie les faveurs les plus douces et les plus brillantes. Miotte mangeait avec un peu plus de réserve, mais avec non moins de décision. C'était
une belle personne à la chevelure blonde et soignée, assez grande et bien en chair. Elle n'avait
guère plus d'une trentaine d'années, mais son
regard était attentif, plein d'expérience, presque
rigoureux. Le regard d'une maîtresse de maison,
impeccablement exigeante. Le studio présentait,
dans l'ameublement, les tentures et les œuvres
d'art, un admirable et délicat échantillonnage de
verts, depuis le vert jade jusqu'au vert Bosphore,
en passant par le vert émeraude, le vert lumière,
le vert océan et le vert bouteille. De sa voix juste
et bien timbrée, car elle cultivait le chant et ne
désespérait pas de se manifester dans les grands
concerts, Miotte disait parfois à Joseph : « Quand
tu seras membre de l'Institut, tu me rendras visite,
un jour, avec ton uniforme et c'est moi, c'est moi
seule qui aurais choisi la nuance des broderies. »
Quand elle chantait l'air du Chasseur, dans la
Belle Meunière, elle disait avec conviction : « Le
vert est ma couleur. »

Joseph était, pour les principes et les décisons
de Miotte, d'une tolérance admirable. Il dit, en
suçant à pleines lèvres les asperges délicatement
vertes comme tout ce qui l'entourait, il dit : « Il
n'y a que chez toi, Miotte, que je suis bien soigné.
Il n'y a qu'ici que j'ai tout ce qui me plaît. »
Miotte remuait doucement la tête sans répondre.

Alors Joseph but un trait de vin, regarda vers les profondeurs vertes de la chambre, vers un point de ce monde si merveilleusement vert et mystérieux et il dit encore : « On m'a fait, à mon retour de voyage, dîner d'une manière lamentable. Je travaille comme un forçat et on ne s'occupe même pas de moi. »

Miotte laissa passer et repasser le pronom impersonnel sans même le saluer au passage d'un battement de la paupière. Alors Joseph pencha la tête jusqu'à la laisser tomber sur l'épaule de Miotte et il murmura d'une voix dolente : « Moi, pour donner toute ma mesure, moi, j'ai besoin d'être aimé. »

Miotte n'eut pas lieu de répondre à cette confidence, car, à ce moment, retentit la sonnerie du téléphone. Chose inexplicable, il parut à Joseph que c'était une sonnerie verte, une sonnerie d'un vert chimique, toxique, cruel et vénéneux. Miotte saisit l'appareil avec empressement. Après avoir écouté en silence, elle dit à Joseph : « Je crois bien que c'est pour toi. Mais on entend très mal, comme si cela manquait de courant. »

Joseph prit l'appareil. Une sorte de sifflement grêle et monotone s'échappait du petit cornet d'ébonite. Ce que Cécile, la musicienne, appelait « le thème de l'éternité ». Mais Joseph avait une secrète horreur du thème de l'éternité. Il se prit à crier si fort qu'il réveilla les fantômes. Une voix surgit enfin du silence. Et Joseph commença de bégayer : « C'est idiot ! Vous êtes sûr ? Qu'est-ce que tout cela veut dire ? Lisez-moi encore le texte de la communication... Oui... Oui... Lisez encore une fois, entre les deux derniers « stop »...

C'est absolument fou. Enfin... c'est abominable...
Oui, bien entendu, j'y vais... »

Joseph se détacha lourdement de l'appareil et
fit quatre ou cinq efforts tâtonnants avant de le
raccrocher de manière correcte. Il soupira : « Il
faut que je rentre. »

Il avait l'air si mécontent, si troublé, si soucieux
que Miotte demanda tout de suite : « Qu'est-ce
qu'on vient de t'apprendre ? »

— Bah ! il ne faut pas s'affoler, répondait le
seigneur du Michoacan en quittant son kimono
vert. Ce sont des affaires difficiles. Pétrole du
Mexique... Un télégramme dont on me parle avec
deux heures de retard ! Enfin, il faut que je rentre
tout de suite pour voir ce qu'il en est, pour réfléchir et prendre au besoin des mesures... Oui, des
mesures, parce que j'en ai assez... je ne suis pas
superstitieux... Mais...

Joseph en s'habillant, répéta trois ou quatre
fois : « Je ne suis pas superstitieux... Non, non,
pour ça, je ne suis pas superstitieux, mais... »

CHAPITRE VIII

HÉLÈNE AVENTURE UNE REQUÊTE INTEMPESTIVE.
PRÉSENTATION DE M. RAVIER-GAUFRE. OÙ L'EX-
PÉRIENCE ET LA NAIVETÉ SE REJOIGNENT. LA
FIÈVRE DE L'HUILE ET LE SPÉCULATEUR IMPATIENT.
UNE MÉTHODE CHIRURGICALE. NUÉE DE SOUCIS
DIVERS. REGARD SUR UNE FORTUNE BIEN CONS-
TRUITE. ENTRE L'EXPECTATIVE ET LA DÉCISION.
PILE OU FACE.

M. Ravier-Gaufre était attendu pour neuf heures du matin. La nuit de Joseph avait été des moins reposantes. Il commença de s'agiter dès l'aurore, passa dans la salle de bains, fit couler de l'eau, prit une douche, poussa de grands soupirs en s'ébrouant sous la pluie tantôt brûlante et tantôt glacée, puis, dérivatif recommandable, il consacra plus de quinze minutes à la gymnastique suédoise. Comme il faisait très chaud et comme le président était en sueur, il s'offrit alors une nouvelle douche, s'aperçut qu'il n'était que sept heures et demie et commença de se raser en grondant et en jurant.

La chambre de Joseph et la chambre d'Hélène étaient séparées par la salle de bains. Le bruit de l'eau qui coule est un bruit très irritant. Il couvre

et dénature tous les autres. Il s'introduit parmi
nos pensées, tel un parasite inquiet. Hélène se
leva, passa dans sa robuste chevelure un gros
peigne de corne, mit un peignoir, un bonnet et
vint rejoindre Joseph.

Aussitôt une légère querelle s'engagea, dont
l'objet n'était point nouveau. Hélène, depuis
un an, souhaitait de faire construire, à Montredon,
sur le bord du plateau, un pavillon isolé, dans le
style du petit Trianon. Joseph avait résisté
jusqu'alors à s'engager dans ce qu'il appelait « une
dépense délirante ». Il disait : « L'amour des petits
appartements s'expliquait autrefois, ma chère,
pour des raisons de chauffage qui n'ont plus de
sens aujourd'hui, avec nos systèmes actuels. Et
puis, ce goût des Trianons, croyez-moi, cela sent
la fin d'un régime. Nous autres, nous ne faisons
que commencer. »

La controverse reprit donc, ce matin-là ; mais
Joseph, qui semblait saisi d'angoisse, ne perdit pas
même une minute à chercher des arguments. Il
gronda :

— Je suis au bord de la ruine et vous me parlez
de construire ! Une bagatelle qui me coûtera trois
cent mille francs. Ma chère, vous devenez folle.

Hélène ne parut pas autrement alarmée par ce
propos pessimiste : chaque fois que Joseph perdait
cent sous, il criait à la fin du monde. Elle comprit
toutefois qu'il était inopportun d'entreprendre
une offensive et elle battit en retraite, laissant
prudemment Joseph aux prises avec ses démons.

A neuf heures moins cinq, Blaise Delmuter vint
prendre son service. Il avait l'air mal réveillé.
Joseph l'avait tenu sur la sellette jusque vers une

heure de la nuit pour épiloguer sans fin au sujet des événements, du télégramme arrivé dans la soirée, du señor Hernando Obregon dont l'absence était inquiétante, des renseignements que l'on pouvait arracher à M. Ravier-Gaufre et des raisons pour lesquelles ce dernier avait attendu si long-temps avant de transmettre le texte d'un télé-gramme d'une telle importance.

M. Ravier-Gaufre était le collaborateur français et l'associé du señor Obregon. C'était aussi le conseil de Joseph en tout ce qui concernait les questions de pétrole. Il se présenta fort exactement à neuf heures, comme il l'avait annoncé. Joseph le fit pénétrer dans son cabinet et se jeta tout aussitôt sur lui comme un brochet sur le goujon.

Le goujon était de poids. M. Ravier-Gaufre était un petit homme obèse sur les lèvres de qui fleu-rissait un perpétuel sourire. Il fut immédiatement aspiré dans un fauteuil, cependant que Joseph tournait autour de la pièce à grands pas. Et, tout de suite, Joseph posa mille questions. M. Ravier-Gaufre connaissait le partenaire et ne se laissait pas démonter : « Il fallait s'en tenir, jusqu'à nouvel ordre, disait-il, à la lettre même du télégramme. Il n'y avait pas d'hésitation possible : le puits numé-ro 6 avait pris feu. Une enquête était en cours. L'incendie semblait dû au sabotage. La justice mexicaine ferait son œuvre. Les puits étaient assez éloignés les uns des autres, sur cette partie de la concession, et il n'y avait, jusqu'à nouvel ordre, rien à craindre ni pour les magasins, ni pour le matériel. Les ingénieurs étudiaient les moyens de remédier à la catastrophe, etc..., etc... »

— Ta, ta, ta, disait Joseph entre ses dents.

Remédier ! Je suis allé à Bucarest il y a trois ans.
Il y avait un puits qui brûlait, à gauche de la voie
ferrée. On apercevait, la nuit, une grande flamme
et de la fumée. Je suis retourné à Bucarest, cette
année, au mois de Février, et le puits brûlait
toujours.

M. Ravier-Gaufre leva de belles mains ecclésias-
tiques, en un geste de tristesse et d'impuissance.
Mais, déjà, le président Pasquier recommençait
de courir et de gronder : « Le N° 6, c'était le puits
Delphine, le seul qui donnât de l'huile sous pression, le seul qui, par son débit, permettait jusqu'à
nouvel ordre de considérer l'affaire avec une certaine confiance. Et voilà qu'il avait pris feu,
avant même d'avoir payé le quart des frais de son
établissement. Dire qu'il avait pris feu, c'était une
façon de parler. Il avait été incendié. Et par qui,
tonnerre de sort ? »

Comme le gros homme, une fois de plus, élevait
les bras avec un sourire qui voulait être navré,
Joseph se laissa tomber sur une chaise et se passa
la main sur le front.

— La malveillance ! La malveillance ! répétait-
il. Je me demande pourquoi, vraiment ! Qui peut
m'en vouloir, au Mexique ? Ces gens-là ne me connaissent pas et moi, je ne les connais pas non plus.
Je ne suis jamais allé là-bas. Vous qui avez fait le
voyage, Ravier-Gaufre, y comprenez-vous quelque chose ? Quels sont ces gens-là, mon cher ?

— Ce sont des révolutionnaires.

— Révolutionnaires, tant que vous voudrez.
Mais pourquoi font-ils leur révolution dans mon
affaire ? Ça ne les regarde pas. Mon affaire est une
très honnête affaire. Moi aussi, dans mon genre et

dans mes procédés, je suis une espèce de révolution-
naire. Mais, je ne me mêle pas des affaires des
autres. Je ne m'occupe pas de ce qu'ils pensent et
de ce qu'ils font, au Mexique, par exemple.

M. Ravier-Gaufre considéra Joseph Pasquier
de l'air émerveillé d'un homme qui rencontre une
forme tout à fait exceptionnelle de candeur ori-
ginale et de sublime naïveté. Mais, sans plus
s'attarder, Joseph se répandait en récriminations
rancuneuses :

— C'est une affaire perdue. C'est une affaire qui
m'a déjà coûté les yeux de la tête et dont il n'y a
plus rien à tirer que des déboires. Et cette affaire,
Ravier-Gaufre, je ne l'ai entreprise que sur vos
rapports. Je vous les montrerai, mon cher ; c'étaient
des rapports très favorables, des rapports enthou-
siastes.

— Monsieur le Président, fit le gros homme, je
connais mes rapports par cœur et je suis prêt à les
signer de nouveau. Je vous ai promis de l'huile,
eh bien, vous avez de l'huile. Sir Oliver Ellis,
M. Obregon et moi nous avons étudié l'affaire et
nous sommes inattaquables. Nous vous avons
donné des renseignements de premier ordre sur
la valeur du gisement. Nos prospecteurs sont des
as. Nous ne vous avons rien dit sur l'état moral de
la population. Il y a là des gens qui viennent d'un
peu partout. Obregon connaît le pays beaucoup
mieux que moi ; mais il ne peut pas surveiller ni
garantir l'embauche.

— Obregon ! Obregon ! Où est-il ? En ballade !
Et nous, nous sommes ici comme des aveugles au
fond d'une cave. Je vais faire appeler Obregon au
téléphone.

— C'est chanceux et même inutile. Obregon s'embarque demain et il a du travail au Havre. D'ailleurs, il ne sait rien de plus que moi.

— Il peut venir ici entre deux trains.

— Il ne vous dira rien de plus que ce que je vous dis. J'ai câblé à Quevedo. Malheureusement, Quevedo doit être au Texas, à Houston.

— Qu'est-ce qu'il fiche à Houston, au lieu d'être à son bureau ?

— Monsieur le Président,. permettez-moi de vous dire que vous n'êtes pas raisonnable. Un mot encore sur la valeur de l'affaire. Sir Oliver Ellis, dont la compétence et la loyauté sont au-dessus de tout soupçon, s'est réservé, comme honoraires, un dixième des bénéfices, ce qui signifie bien qu'il est sûr de ces bénéfices. Si l'affaire était sans avenir, d'abord Sir Oliver Ellis ne l'aurait sûrement pas recommandée, mais il n'y aurait pas conservé des intérêts. Quant à M. Lopez de Quevedo, c'est un parfait gentilhomme, c'est aussi un homme très savant, c'est enfin un directeur plein d'initiative. On lui a signalé les nouvelles pompes en usage au Texas. Il a pris le train pour aller voir fonctionner les nouvelles pompes avant d'en commander de semblables. Qu'auriez-vous fait, à sa place ? Voyez-vous, Monsieur le Président, il faut, pour supporter *oil fever*, pour endurer la fièvre de l'huile, une tête solide et des nerfs à toute épreuve.

— Minute ! Minute ! mon cher. Pour les nerfs et pour la tête, je n'ai pas besoin de conseils. Ayez la bonté de le croire.

— Je le sais, Monsieur le Président. Mais il est très difficile de vous aborder, parfois, je dois vous

le dire quand même. Nous avons appris, il y a six
mois, qu'il y avait, au Mexique, un fort mouvement
nationaliste, hostile à tous les étrangers...

— Quand même pas aux Français.

— Aux Français comme aux autres. Pourquoi
les Français jouiraient-ils d'un privilège particulier ? Croyez-vous qu'on nous ait pardonné, là-bas,
l'histoire de Maximilien ?

— Maximilien ? Quel Maximilien ?

— L'empereur Maximilien...

— Ah ! oui, l'empereur... C'est bien vieux. Et
alors ?

— Alors, M. Obregon vous a parlé, il y a six mois,
de ces renseignements sur l'état d'esprit des popu-
lations laborieuses. Vous ne l'avez pas écouté.

— Je vais faire venir Obregon.

— Mais non. C'est tout à fait inutile, Monsieur le
Président, et M. Obregon sera fort mécontent d'être
rappelé sans raison au moment de s'embarquer.

— Sans raison ! Vous êtes extraordinaire ! Voilà
une affaire qui, depuis deux ans, me suce la moelle
des os. Et cette affaire me pète dans les mains,
juste au moment où elle commençait à prendre
bonne tournure. Il y a de quoi devenir enragé.
Cent mille dollars de foutu, sans compter le temps,
les frais de toute nature et les travaux prépara-
toires. Deux ans que je fais courir du bon argent
après du mauvais argent, comme je le disais à
Obregon le mois dernier. Je vais télégraphier à
Obregon de ne pas s'embarquer.

— C'est justement, pour Obregon, l'indication
de s'embarquer sans perdre une minute.

— Alors, qu'est-ce que vous voulez que je fasse ?
Tonnerre !

— Mais, attendre, Monsieur le Président, attendre avec patience.

— Attendre en me rongeant les ongles et en jetant dix mille dollars tous les huit ou quinze jours dans le feu du puits N° 6.

— Un peu de patience, Monsieur le Président.

— Pour la patience, je n'ai pas besoin de leçons : je sais ce que c'est. Je ne suis pas superstitieux, mais...

— Mais, monsieur le Président ?

— Non, rien, rien, mon cher. Ce sont des pensées qui voyagent.

Joseph se remit debout et fit deux ou trois fois le tour de son cabinet sans prononcer une parole. M. Ravier-Gaufre attendait, enchâssé dans le fauteuil de cuir. Blaise, derrière le bureau, semblait dormir, les yeux ouverts. Joseph enfin s'arrêta, ouvrit les poings, ouvrit la bouche et dit, entre haut et bas :

— Mon cher, je n'attendrai pas.

Non sans déférence, M. Ravier-Gaufre fit comprendre qu'il comptait sur une déclaration complémentaire. Elle ne vint pas tout de suite. Joseph luttait contre son tic, la joue gauche fendue jusqu'à la tempe. De longues minutes passèrent et Joseph se prit à parler, d'une voix songeuse, comme pour lui seul :

— Un jour, pendant la guerre, je suis entré, avec l'intendant général, dans une ambulance en action. Les chirurgiens regardaient les plaies et ils taillaient à même la chair pour retrancher tout ce qui était douteux. C'était terrible et net. Je suis sorti de là en pensant : « Voilà exactement ma méthode en affaires. Je l'avais trouvée tout seul. Je n'en changerai jamais. » Alors, je vais me débarrasser de l'affaire du Michoacan, m'en débarrasser, même à perte.

— Je pense, Monsieur le Président, que, dans un cas semblable, on ne saurait vendre qu'à perte. Alors, vraiment, pourquoi vendre ? Attendez seulement un mois, attendez, par exemple, le retour de M. Obregon.

— Un mois de plus ! Vingt mille dollars de plus ! Beaucoup de cheveux blancs en plus ! Eh bien, non, je tranche, j'aime mieux trancher. Je suis, à ma manière, une espèce de chirurgien.

— Attendez seulement quinze jours.

— Non, je n'attendrai pas quinze jours, si je peux faire autrement. Je n'ai déjà que trop attendu.

— Veuillez noter, Monsieur le Président, et vous Monsieur Delmuter, que j'ai beaucoup insisté pour vous faire prendre patience, Monsieur le Président, pour vous faire attendre un peu.

— Je note, si ça peut vous faire plaisir, mais cela ne change pas mon sentiment. Reste à trouver le type qui pourrait racheter l'affaire.

— Comme l'affaire est encore fort bonne, à mon idée, il n'est pas impossible de trouver acquéreur.

— Vous connaissez quelqu'un ?

— On connaît toujours quelqu'un. Sûrement, je connais quelqu'un.

— Comment s'appelle-t-il ?

— Son nom ne vous dirait rien.

— Qu'est-ce que vous en savez ? Qui est-ce ?

— Un certain Thomas Young.

— Young ? Ce n'est pas un Anglais, au moins.

— Il est né rue Vieille-du-Temple.

— Ça ne voudrait rien dire. Non, je ne vendrai pas à un Anglais : ils m'ont trop empoisonné, depuis le début de l'affaire.

— Ce n'est pas un Anglais, je vous en donne ma parole.

Il y eut un moment de silence. M. Ravier-Gaufre tapotait des dix doigts le cuir sonore du fauteuil. Joseph releva la tête et jeta autour de lui un coup d'œil hargneux et interrogateur. Il rencontra, le temps d'un éclair, le visage impassible de Blaise Delmuter et il eut le sentiment que le jeune homme faisait un imperceptible signe affirmatif de la paupière.

— Votre bonhomme au nom anglais, fit Joseph un instant plus tard, il va, si je lui vends mon ours, essayer de me rouler. Ce n'est quand même pas facile. Qu'il ne s'imagine pas que c'est facile.

— Monsieur le Président, articula Ravier-Gaufre, tout le monde, à Paris et ailleurs, sait que si M. Joseph Pasquier se débarrasse d'une affaire, c'est qu'elle ne vaut plus grand chose à ses yeux.

— Plus grand chose ! Elle est encore excellente. Vous venez de me le dire. Je vous prends au mot et je vous crois.

— Alors, si vous me croyez, Monsieur le Président, gardez-vous de vendre l'affaire.

Joseph haussa les épaules et se mordit les lèvres.

— Je ne vends pas parce que l'affaire me semble absolument perdue. Je vends...

— Parce que, dit doucement le gros homme, parce que vous n'avez pas le temps de penser à une affaire incertaine et qui vous semble, à tort, par trop hasardeuse.

— Oui ! Non ! Enfin je vends parce que ça me plaît de vendre.

— Ce n'est pas un argument qui frappera beaucoup l'acheteur. Attendez-vous, Monsieur le Président, à une amputation douloureuse, puisque vous parlez chirurgie.

Joseph frappa le sol du pied, deux ou trois fois, avec rage.

— Amenez-moi votre bonhomme. Et si c'est un imbécile, par hasard, eh bien, ce sera tant mieux. Pouvez-vous venir demain matin ? Et si c'est un homme intelligent, on s'entendra quand même.

— Ce n'est pas impossible. Je vais voir. Je vais tâcher d'atteindre Young. Et puis, je téléphonerai. Vous êtes bien pressé, mon cher président.

— Quand les chirurgiens ont décidé l'amputation, ils n'attendent pas un mois pour prendre le couteau. Téléphonez-moi, ce soir. Au revoir, Monsieur Ravier-Gaufre.

Le gros homme se retira non sans quelques phrases élogieuses sur la façon que Joseph avait d'entendre et de traiter les affaires. Dès qu'il fut dehors, Joseph se tourna d'un seul bloc vers le jeune homme à la jaquette.

— Vous ne dormiez pas, j'espère. Vous aviez l'air engourdi.

— Je ne dormais pas, Monsieur le Président.

— Vous m'avez fait un signe de l'œil, tout à l'heure. Vous savez quelque chose ? Obregon vous a peut-être dit quelque chose, en secret, avant de partir ?

— Non, Monsieur le Président.

— Ah ? je croyais. Je vais bazarder cette affaire. J'ai mes raisons. Après, je serai tranquille et je

pourrai penser aux choses qui m'intéressent. Vous
êtes allé, hier, à la salle des ventes, j'ai oublié de
vous en parler.

— Oui, Monsieur le Président.

— Il y avait dix-huit Gretchenko ! Toute la
collection de cet imbécile de Boller. Comme c'est
intelligent de lâcher dix-huit toiles d'un seul coup
sur le marché ! Et qu'est-ce qu'elles ont fait ?

— Oh ! des sommes assez faibles. Il n'y avait
pas d'amateurs. Paufigue a racheté les huit meil-
leures à des prix honorables. Il m'a dit que c'était
un sacrifice énorme, et qu'il ne pouvait pas, en ce
moment, faire davantage. Il regrettait beaucoup
votre absence.

— Oui, il comptait sur moi, sans doute, pour
sauver le reste de la cargaison. Un marchand qui
plaque un de ses poulains dans une circonstance
difficile, c'est un traître et, chose beaucoup plus
grave, c'est un maladroit. Et alors, les dix der-
nières toiles, qu'est-ce qu'elles ont fait ?

— Presque rien, Monsieur le Président. Mille ou
deux mille francs au plus.

— Dites donc, mais c'est une catastrophe ! Des
Gretchenko, ici, j'en ai pour deux cent cinquante
mille francs, à la cote normale. Une catastrophe !
Si ça continue comme ça, je la vendrai, moi aussi,
ma collection de Gretchenko. Moi, je ne suis pas le
marchand, je suis seulement l'amateur. Je n'ai de
responsabilité vis-à-vis de personne. Seulement,
il va falloir leur faire reprendre la cote, aux
Gretchenko. Pour cette affaire du Michoacan, je
ne suis pas superstitieux, mais... Ah ! nous parlerons de cela un autre jour. Qu'est-ce que vous avez
à me dire ?

— J'ai posé sur le bureau de Monsieur le Président deux numéros d'*Aristophane*. C'est un sale petit journal de chantage. Que M. le Président ne s'inquiète quand même pas trop. Tout le monde lit ces journaux-là et tout le monde les méprise.

— Oui, mais tout le monde les lit quand même. Qu'est-ce qu'il dit, *Aristophane* ?

— C'est à propos de l'élection de M. le Président. Ils disent...

— Quoi ? Quoi ?

— Que cela fera rire tout Paris.

— C'est tout ? Déchirez les canards et collez-les au panier. Je vous rappellerai tout à l'heure. Il faut que je reste seul. Il faut que je réfléchisse.

Demeuré seul, Joseph retira sa veste et son gilet. Il ne portait pas de bretelles, mais une simple ceinture de cuir, comme les businessmen américains que l'on voit dans les Pullman, en manches de chemise, l'été. Il souffla fort, par le nez, et se prit à marcher très vite, de long en large. Il faisait une température orageuse, dès le matin, et Joseph commença de transpirer profusément.

Il allait, avec le Michoacan, perdre une somme importante. Bon ! Cette somme perdue, Joseph restait à la tête d'une fortune considérable, fortune qu'il ne pouvait même plus évaluer avec précision, car elle était touffue, ramifiée, faite d'une multitude de parties dissemblables, faite d'un assemblage confus de biens, meubles et immeubles, de valeurs, d'espèces, de maisons, de châteaux, de terres, de fabriques. Et que contenait-elle encore, cette fortune ? Des tableaux, des bijoux, de l'or, des pierres, des animaux, des bateaux, des mines... Alors, le Michoacan — peut-être un million de

francs en tout — qu'est-ce que ça pouvait bien
faire ? Il fallait tailler dans le vif, tourner franchement le dos et se remettre à la besogne.

C'est ainsi que Joseph cherchait à se rassurer.
Et il n'y parvenait point. Il n'avait jamais échoué
complètement dans une entreprise. Il était toujours
arrivé, par un sursaut de son génie, à inventer un
stratagème de la dernière heure et à rétablir l'équilibre. L'idée d'accepter un échec, même de l'accepter franchement, lui était intolérable. Mais
l'idée de temporiser, de verser encore des dollars
dans ce tonneau percé, de se trouver, chaque jour,
un peu plus engagé par ses précédents sacrifices, cette idée le remplissait d'une véritable
angoisse.

Joseph se rappela ses promenades à travers le
potager de Montredon. Le jardinier lui disait :
« Monsieur, quand une citrouille cesse de grossir
seulement pendant une minute, eh bien, c'est
qu'elle est fichue, c'est qu'elle est bonne à pourrir ;
et ça se devine tout de suite. » Et Joseph se disait :
« Une fortune, c'est comme une citrouille. Si elle
cesse de croître seulement une minute, c'est qu'elle
est malade et qu'elle va bientôt crever. »

Il répéta, entre ses dents : « Je ne suis pas superstitieux, mais... »

Alors il tira de sa poche un gros porte-monnaie
de cuir. Il l'ouvrit à moitié, comme font les paysans, et y prit, avec précaution, entre ses gros
doigts velus, un louis d'or, une belle pièce de vingt
francs. Il murmurait : « Face, je vends, à n'importe
quel prix ! Pile, je garde ! » La pièce tournoya dans
l'air et tomba sur le tapis. Joseph poussa un douloureux soupir de soulagement. « Je vends ! C'est

décidé. Maintenant, faut que Ravier-Gaufre trouve
un type. Ce Ravier-Gaufre, il voulait m'empêcher
de vendre ! Ravier-Gaufre est une canaille. Obregon est une canaille. Je ne vois que des canailles.
Il n'y a que des canailles. Je sais ce que je dis. »

CHAPITRE IX

DE LA LETTRE ANONYME. UN DÉBAT QUI S'ENGAGE
MAL. JOSEPH SUCCOMBE A LA CRAINTE SUPERSTI-
TIEUSE. TÉLÉGRAMME DU SEÑOR OBREGON. L'OURS
QUI A LA PATTE PRISE DANS LE PIÈGE. LA DIALEC-
TIQUE DE M. THOMAS YOUNG. LA PAIX A TOUT
PRIX. FATIGUE DE LUTTEUR. PROJET D'UNE
RETRAITE A MONTREDON. VOIE D'EAU AU FLANC
DU NAVIRE. LE THÈME DE L'ÉTERNITÉ.

MÊME quand on a les reins d'un athlète, les
poings d'un bûcheron et l'encolure d'un
boxeur, même quand on se vante d'avoir la tête
solide, le cœur bien accroché, les nerfs à toute
épreuve, même quand on possède une longue expérience de la malice et de la perfidie humaines, il est
toujours désagréable de recevoir des lettres anonymes.

Joseph avait, au cours de son existence houleuse,
reçu beaucoup de lettres anonymes. On ne saurait
brasser des affaires complexes, participer à la vie
politique d'un grand pays, briguer les honneurs,
être, somme toute, un homme représentatif et un
chef de file, sans mécontenter, n'est-ce pas ? la
multitude imbécile des larves qui grouillent dans

l'ombre et sans recevoir parfois une goutte de leur
venin. Ces lettres honteuses, elles contenaient des
injures et quelquefois des menaces grossières. Le
plus souvent, elles manifestaient quelque symp-
tôme de vésanie : tout le monde sait que les gens
qui se complaisent à de telles pratiques sont des
dégénérés ou des fous. Joseph avait un flair particulier pour reconnaître, dès l'enveloppe, ces mes-
sages ignominieux. Il les lisait quand même, à
titre documentaire, disait-il. Puis il s'abandonnait à de brefs accès de colère, puis il jetait le tout
au panier. Il arrivait qu'il se sentît féru dans quelque partie vive et saignante de son être. Il lui
fallait alors deux ou trois jours pour digérer sa
disgrâce, deux ou trois jours pendant lesquels le
rusé lutteur ne laissait pas de chercher d'où lui
pouvait venir le coup, en vue de quelque repré-
saille.

Or, cette lettre qu'on venait de lui apporter au
lit, sur un plateau, cette lettre non timbrée, mais
à la suscription soigneusement écrite, Joseph
l'avait décachetée sans défiance. Elle ne sentait
pas du tout la lettre anonyme. C'était pourtant
une lettre anonyme et de l'espèce la plus inquiétante. Joseph, après l'avoir lue une fois, d'un œil
encore brouillé par les vapeurs du pesant sommeil,
Joseph se hâta de la relire, puis il sonna le
valet de chambre.

— D'où vient cette lettre ? dit-il. Elle n'est pas
timbrée et le courrier ne passe qu'à neuf heures.
Qui l'a déposée ici ?

— Je ne sais pas, monsieur. Je vais demander au
concierge.

Pendant que le valet trottait, Joseph relut encore

une fois la lettre. Il avançait les deux lèvres en
deux gros bourrelets accolés, ce qui, chez lui, était
signe de grande préoccupation. Enfin le valet
revint et dit :

— C'est un chasseur de restaurant, sans doute.

— Y avait-il quelque chose d'écrit sur la casquette ?

— Il n'y avait rien d'écrit sur la casquette.

— Bon ! Je vous remercie.

Joseph passa dans la salle de bains pour se faire
la barbe. Cette opération terminée, il revint lire
la lettre une fois et commença de s'habiller. En
de telles circonstances, et quand la lettre était remarquable par son extrême cocasserie, il arrivait
que Joseph la montrât à sa femme pour rire ou
fulminer tout son content devant témoin. Il n'en
fit rien, ce matin-là. Non, cette lettre, il n'allait pas
la déchirer. Il ne la montrerait à personne jusqu'à
ce que... Mais, d'abord, allait-il se rendre...
N'était-il pas infiniment préférable, somme toute,
de jeter cette lettre au feu, comme les autres,
comme toutes les autres de cette sorte.

En pénétrant dans son bureau, Joseph ne put
se retenir de tirer la lettre de sa poche et de la
déployer pour en faire une nouvelle lecture. On
ne voyait point là, bien évidemment, les taches,
les gribouillis et même les dessins que les spécialistes du genre ont coutume de répandre autour
de leur prose. Sur la feuille élégante et blanche,
dix lignes d'une écriture fine, extraordinairement
nette et soignée. Dix lignes et c'était tout :

Quelqu'un qui porte un intérêt particulier à
M. Joseph Pasquier lui conseille de se rendre,
mercredi prochain, vers dix heures du soir, à l'angle

de la rue Thouin et de la petite rue Blainville, dans le cinquième arrondissement, d'observer le numéro 7 de la rue de l'Estrapade et de surveiller soigneusement les personnes qui pourraient sortir de cette maison. Les affaires en jeu sont trop sérieuses pour que M. Joseph Pasquier charge qui que ce soit de remplir, en son lieu et place, cette mission délicate.

Rien de plus. Aucun indice propre à jeter un peu de lumière sur cet absurde mystère. « Les affaires en jeu » ! Quelles affaires ? S'il s'agissait du Michoacan, par exemple, pourquoi ces précautions mélodramatiques ? D'ailleurs, Joseph avait son opinion sur le Michoacan et il avait arrêté sa ligne de conduite. Il se prit à songer : « Mercredi ! Encore cinq jours pleins, presque six jours avant cet étrange rendez-vous, et l'affaire du Michoacan allait être réglée le matin même. Oui, le matin même. Joseph, si l'opération ne présentait pas quelque difficulté insurmontable, était parfaitement résolu à se délivrer de cette tunique de Nessus. Le message anonyme n'avait, de toute évidence, aucun rapport avec le Michoacan. D'ailleurs Joseph irait-il, comme un niais et un jobard, se jeter dans le piège de gens qui n'étaient peut-être que d'audacieux mystificateurs ? On voulait se moquer de lui. Eh bien, il se moquerait des moqueurs et il déchirerait la lettre. »

Il ne la déchira pas. Il la rangea soigneusement dans sa poche. Puis il fit un effort pour se préparer à la dure journée qui commençait à peine.

M. Ravier-Gaufre avait téléphoné, la veille au soir, pour annoncer qu'il viendrait, dès le début de la matinée, avec M. Thomas Young et que M. Thomas Young ne jugeait pas impossible de racheter l'affaire du Michoacan si toutefois le vendeur était disposé d'avance à des sacrifices notables.

Un peu avant dix heures, M. Ravier-Gaufre parut, avec un secrétaire qui portait des paperasses. Quelques instants plus tard, on vit arriver M. Thomas Young, accompagné lui-même d'un assistant muet qui, à ce qu'il parut bientôt, était un sténotypiste. Celui-ci tira sa machine de la boîte et, dès le début, commença d'enregistrer tout l'entretien, même les moindres répliques, même, autant qu'il y parût, les interjections, les apostrophes, les onomatopées, peut-être les soupirs. Cela ne laissa pas d'étonner et d'inquiéter Joseph qui se mit à lancer vers ce témoin actif des regards furibonds. M. Young fit observer d'un mot qu'il ne se déplaçait jamais sans son sténotypiste et que, comme M. Pasquier aurait lieu de l'observer plus tard, cela ne manquait pas d'intérêt pour tout le monde. Là-dessus, parut M. Blaise Delmuter qui vint se ranger derrière son patron et, tout aussitôt, la discussion sembla devoir s'engager.

M. Thomas Young ne ressemblait aucunement à M. Ravier-Gaufre. C'était un homme très maigre, très pâle, aux cheveux rares et ternes. On ne pouvait le regarder sans penser qu'il allait sûrement lâcher son dernier soupir, qu'il était tuberculeux ou secrètement miné par quelque tumeur cancéreuse. Joseph songea : « La vie est extravagante ! Voilà un homme qui a l'air d'une ombre, d'un fantôme, d'un squelette. Et cet homme vient ici pour acheter une affaire qui ne donnera probablement pas de bénéfices appréciables avant cinq ou six ans, si jamais elle donne des bénéfices appréciables. Et celui qui vend, celui qui veut vendre, c'est moi, qui suis à la fleur de l'âge. Cinquante-et-un ans ! Quoi ! c'est le milieu de la vie. Reste à savoir si ce macchabée ambulant veut d'ailleurs acheter mon ours. »

Le macchabée ambulant était très énigmatique. Il ne disait pas grand'chose. Et comme M. Ravier-Gaufre observait un silence scrupuleux, Joseph dut nécessairement faire toutes les avances et tenir le crachoir. Il commença d'expliquer qu'il possédait, depuis deux ans, une excellente affaire de pétrole dans le Mexique central, qu'il était propriétaire de l'affaire, que Sir Oliver Ellis, par l'entremise de qui la concession avait été acquise, s'était fait réserver une part du dixième sur les bénéfices présents et futurs, ce qui permettait de juger la valeur de l'affaire, étant donnée la compétence de Sir Oliver Ellis, que toutefois lui, Joseph Pasquier, gardait la maîtrise totale de son affaire et que, pour des raisons personnelles qu'il eût été trop long d'expliquer, il entendait se dessaisir de cette affaire, que cette décision n'était aucunement conditionnée par l'accident survenu peu de jours auparavant à l'un des puits de l'exploitation, que cette décision était prise depuis déjà de longues semaines, qu'il était lui, Joseph Pasquier, actuellement surchargé de travail et qu'il ne pouvait contrôler cette affaire avec assez de rigueur, qu'il préférait donner ses soins à des entreprises offrant des chances d'une surveillance plus directe, qu'il avait, en M. Obregon et M. Ravier-Gaufre, des collaborateurs excellents et dévoués, que M. de Quevedo, directeur mexicain de l'exploitation, était assurément un homme admirable, mais que, pour persévérer dans l'affaire, il serait nécessaire, à l'avenir, de faire le voyage du Mexique au moins une fois l'an et que lui, Joseph Pasquier, ne pouvait quitter ses autres affaires chaque année pendant cinq ou six semaines, peut-être davantage.

M. Thomas Young marquait chacune des phrases de Joseph par une légère secousse de sa tête décharnée. Le sténotypiste continuait de frapper sur sa machine dont le ruban se déroulait avec une implacable régularité. M. Ravier-Gaufre et son assistant étaient parfaitement muets. Alors Joseph se tut et le silence tomba.

Ce silence avait déjà duré la moitié d'une minute quand M. Thomas Young se décida pourtant à prendre la parole. Il n'avait pas, en effet, l'accent britannique. Il parlait comme un Français de Lille ou du Pas-de-Calais. En peu de mots, il fit comprendre qu'il avait déjà quelques clartés sur l'affaire et qu'il se proposait de l'étudier à fond. Que si M. Pasquier lui laissait le temps de mettre en mouvement les amis qu'il avait au Mexique, il espérait donner un prix honorable de l'entreprise ; mais que si, comme M. Ravier-Gaufre le lui avait fait entendre, M. Pasquier était pressé de conclure et de vendre, l'opération devenait beaucoup plus chanceuse et risquait d'être assez sévère pour le vendeur.

Joseph répondit avec vivacité qu'il allait partir en voyage et qu'il pensait ne se mettre en route qu'après avoir trouvé une solution raisonnable pour le Michoacan, qu'il avait toujours traité les affaires avec franchise et promptitude, que tous les comptes relatifs au Michoacan étaient entre les

mains de M. Ravier-Gaufre et que M. Young
pouvait les consulter à loisir.

Mille et mille fois, Joseph avait livré des batailles
de cette espèce. Il en était toujours sorti victo-
rieux et, quand il n'avait pas obtenu la victoire
totale, il avait du moins tiré son épingle du jeu
avec audace, avec adresse. Malheureusement, ce
matin-là, tout semblait fait pour le troubler et lui
faire perdre la maîtrise de son langage. Sa position
n'était pas bonne. Il n'avait que trop montré, il
montrait beaucoup trop encore, dans la moindre
de ses paroles, son désir de liquider l'affaire à tout
prix et au plus vite. Cette hâte, il ne la comprenait
pas lui-même. Il ne l'avait jamais éprouvée. Elle
lui faisait trembler les doigts, elle lui faisait trembler la voix. A chacune des phrases de Joseph,
M. Thomas Young se tournait, en un geste de
fantôme, vers le zélé sténotypiste et faisait un
geste comme pour dire : « Ecrivez, notez, n'oubliez
rien. Vous avez bien entendu ce que vient de dire
M. Joseph Pasquier. » Le sténotypiste, avec ses
gestes d'automate, indisposait de plus en plus
vivement le président Pasquier. M. Thomas Young
avait l'air d'une préparation anatomique, d'une
figure pour danse macabre, et cela ne laissait pas
d'exercer sur Joseph une influence déprimante. Il se
disait, secrètement : « Je ne vais quand même pas
céder à la superstition. Jamais je n'ai cédé à la
superstition. Pourquoi vendre, somme toute ?
Je vais donner, pour une bouchée de pain, mon
affaire à ce pirate. Je vais laisser tomber dans la
poche de ce flibustier au moins un million de
francs. Un million ! C'est épouvantable ! J'en
ferai une maladie. D'ailleurs, je suis déjà malade,

sans cela je ne ferais pas cette bêtise de si bon cœur.
Ce doit être le foie. Oui, c'est le foie. Je vais supprimer la mirabelle et le kirsch. Je vais supprimer
une foule de choses. Laurent dit toujours que, vers
la cinquantaine, le foie donne de ses nouvelles.
Cette impression de vague lassitude, ce mauvais
goût dans la bouche, cette langue épaisse, ce ne
peut être que le foie. Mais, au fond, au fond, vais-je
vendre ? Eh bien, oui, il faut vendre. Ravier-
Gaufre me laisse m'enferrer sans même venir à la
rescousse. Ravier-Gaufre est une canaille. Il
voulait m'empêcher de vendre ; l'indication est
formelle : je vais vendre, tout de suite et à tout
prix. »

Joseph en était là de ses réflexions quand M.
Thomas Young demanda communication des
dossiers. Il se plongea dans les paperasses et, pendant un grand quart d'heure, ce fut le silence
complet. Joseph se mit debout et s'en alla jusqu'à
la fenêtre. Il avait l'air de regarder dans la cour,
mais il ne regardait pas dans la cour. Il songeait :
« Sûrement, il y a quelque chose de nouveau dans
ma carcasse. Je n'ai jamais éprouvé ce que j'éprouve
aujourd'hui. Je vais surveiller ma tension. Je vais
faire analyser mon urine. Je vais demander qu'on
examine mon sang, oui, que l'on cherche si je n'ai
pas quelque saleté dans le sang. C'est cela, je de-
viens idiot, comme mon pauvre Ferdinand de
frère et comme son incroyable épouse. C'est une
maladie de famille. Eh bien, non, je ne vendrai pas.
Je vais foutre à la porte cette bande d'aigrefins
avec leur machine à sténographier qui me donne
sur les nerfs. »

A ce moment, le valet de chambre entra dans

le cabinet de Joseph. Déjà Joseph grondait :
« Voulez-vous nous laisser tranquille ! » Mais le
valet de chambre tendit un télégramme et Joseph
saisit le télégramme.

Il se retira de nouveau, pour le lire, dans
l'embrasure d'une fenêtre. C'était un télégramme
d'Obregon. Le texte en était explicite et suffisam-
ment développé.

« *Quitte le Havre dans deux heures. Ne peux
malheureusement aller à Paris et ne peux pas davantage retarder mon voyage au Mexique. Vous prie
ne prendre aucune décision au sujet du Michoacan
avant avoir reçu nouvelles détaillées que vous ferai
parvenir en arrivant à Chipicuaro. Sentiments
dévoués. Obregon.*

Joseph plia le papier et le mit dans sa poche
sans souffler mot. « L'affaire est bien montée,
pensa-t-il. Ravier-Gaufre, Obregon et les autres
sont d'accord pour m'empêcher de vendre. Dans
quinze jours, je recevrai un télégramme rassurant
et, par la même occasion, on me priera d'envoyer
d'urgence vingt mille dollars. J'enverrai, parce que
j'aurai eu la faiblesse d'attendre quinze jours.
Alors j'attendrai encore deux ou trois semaines.
Pendant ce temps, leurs sacrés révolutionnaires
auront mis le feu au puits Lucien et au puits
Joseph, les deux seuls qui donnent quelque chose,
puisque le puits Delphine est fichu. Alors, à peine
de tout perdre, il faudra verser encore une quantité
considérable de dollars, me porter partie civile dans
l'affaire de l'incendie, commencer un procès de
caractère politique dans un pays peuplé d'éner-
gumènes, un procès qui me coûtera une fortune à
lui tout seul. Eh bien, non, non et non ! Obregon

et Ravier-Gaufre sont d'accord pour me gruger. Quand l'ours a la patte prise au piège, il l'arrache et il se sauve. Je vais m'arracher la patte. Elle repoussera peut-être bien. »

A ce moment, M. Thomas Young sortit des dossiers une figure cadavéreuse et dit posément :

— L'affaire semble compromise par cette histoire d'incendie ; mais elle n'est pas inachetable. Je vous ferai une proposition la semaine prochaine.

Joseph se retourna d'un bond :

— Pourquoi la semaine prochaine ? dit-il. Vous agissez en votre nom, je pense ?

— J'agis en mon nom.

— Vous avez l'intention d'acheter ou vous n'avez pas cette intention ?

— Je n'ai aucune intention. Je ne suis pas résolu.

— Et quelle est, à vue de nez, la somme que vous pensez me proposer là semaine prochaine ?

L'homme maigre remua deux ou trois fois les paupières sur ses yeux de poisson, puis il dit posément :

— Vingt-cinq mille dollars.

Joseph partit d'un éclat de rire.

— Vous savez que j'ai dépensé, à l'heure actuelle, cent mille dollars au moins. Tous les comptes sont là, en règle. Je suis M. Joseph Pasquier. Tout le monde à Paris sait que quand M. Joseph Pasquier engage cent mille dollars dans une entreprise, c'est que l'entreprise en vaut la peine.

— Si c'est ainsi, gardez-la. Je n'insiste aucunement pour vous la faire abandonner.

Joseph remua la tête comme un cheval qui sent l'éperon.

— Je vous ai dit que j'avais des raisons personnelles pour vendre l'affaire, des raisons étrangères à l'affaire.

— Les raisons qui font vendre une affaire ne sont jamais, ne peuvent jamais être étrangères à l'affaire.

— C'est sans doute ce qui vous trompe. Mais attendez, attendez ! Si je vous proposais de traiter tout de suite, oui, de signer tout de suite une promesse de vente.

— Alors, je dirais que l'affaire ne vaut plus que quinze mille dollars.

— Elle en vaudra vingt-cinq mille la semaine prochaine et elle n'en vaudrait plus que quinze mille aujourd'hui. Comprends pas.

— Monsieur Pasquier, c'est que vous ne voulez pas comprendre. D'ici la semaine prochaine, j'aurai étudié, j'aurai tâché de saisir les raisons qui vous déterminent à vous débarrasser de l'affaire.

— Je vous dis qu'il n'y a aucune raison que vous ne sachiez.

— Mon métier est de chercher ces raisons et de les examiner d'aussi près que possible.

La querelle menaçait de s'éterniser. En fait, elle dura encore deux longues heures pendant lesquelles il parut que M. Joseph Pasquier perdait le contrôle de ses pensées, de ses paroles et même et surtout de ses actes. Il faisait de grands gestes, se tapait sur la poitrine et sur les cuisses, embrouillait les dossiers, se levait et s'asseyait sans raison. M. Ravier-Gaufre, toujours muet, considérait Joseph avec étonnement et Joseph, à ses rares instants de lucidité, se considérait lui-même avec stupeur. Il pensait : « Je n'ai jamais rien fait de pareil. Je suis en train de couver une maladie

grave. Tant pis ! Tant pis ! Tant pis ! J'irai jusqu'au bout et, après, je serai tranquille. Après,
j'aurai la paix. Je l'aurai payée cher, mais je l'aurai. »

A une heure moins le quart, M. Joseph Pasquier
et M. Thomas Young signaient une promesse de
vente selon laquelle M. Pasquier abandonnait
tous ses droits sur l'affaire du Michoacan, moyen-
nant le versement global d'une somme de vingt
mille dollars, payable la semaine suivante, à la
signature des actes, devant officier ministériel.

M. Thomas Young se leva comme Lazare dut
jadis se lever de son tombeau, blême et roide ;
il n'avait pas haussé le ton, pas prononcé un
mot de trop, pas perdu une goutte de sueur. Joseph
avait l'air, en même temps, ivre de soulagement et
ivre de désespoir.

En accompagnant les hommes d'affaires jusqu'à
la porte, Joseph mit les mains dans ses poches et
il en tira deux papiers qu'il regarda non sans un
peu d'égarement. L'un était le télégramme
d'Obregon, l'autre — cette feuille blanche pliée en
quatre — la lettre anonyme reçue le matin même
et qu'il avait oubliée pendant cette aride chamaille.

Le valet de chambre vint alors avertir Joseph
que la table était servie, que Madame avait commencé de déjeuner et qu'elle désirait savoir si
Monsieur le Président prendrait ou ne prendrait
point son repas à la maison.

Joseph alla rejoindre Hélène à table et, tout
de suite, il commença de parler du Michoacan. Les
trois enfants étaient hors de la maison. Il était,
d'ailleurs, tout à fait exceptionnel que la famille

se trouvât réunie, et nul n'y prenait plus garde. Joseph, en sortant de son cabinet, avait formé la résolution de ne plus penser au Michoacan ; mais, à peine devant son assiette, il parla du Michoacan avec un acharnement de maniaque. Hélène écoutait, d'une oreille incertaine. Depuis vingt-cinq ans, elle entendait pérorer Joseph et ne portait plus, à des discours tels, qu'un intérêt conventionnel. Hélène, d'ailleurs, ne semblait pas non plus complètement maîtresse de ses pensées et de ses réactions. Elle riait à tout propos. C'était un rire nerveux, un rire artificiel qui soulevait sa gorge opulente. Elle rougissait par bouffées et sans raisons sensibles. Joseph dit :

— Vous avez des vapeurs ?

Hélène haussa les épaules d'un air offensé. « Des vapeurs ! Des vapeurs ! Elle n'avait encore jamais eu de vapeurs. Elle n'avait pas de vapeurs. Elle se portait comme un arbre. »

Joseph répondit, l'air bourru :

— Les arbres tombent malades, tout comme nous, croyez-moi.

Hélène hocha la tête avec désinvolture et elle repartit à rire. « Non, non, il n'y avait rien à craindre, l'arbre-Hélène était en pleine exubérance. »

Joseph, malgré qu'il en eût, recommença de parler du Michoacan. C'était plus fort que toutes les résolutions. Le Michoacan était comme un os arrêté en travers de la gorge et qui refuse de se laisser avaler.

Hélène dit soudain :

— Jean-Pierre m'inquiète.

Joseph Pasquier fit un effort exténuant pour s'évader de ce Mexique où il n'était jamais allé,

où il était résolu fermement à n'aller jamais. Il
dit, tel un dormeur réveillé en sursaut :

— Jean-Pierre ? Que dites-vous de Jean-Pierre ?

— Il a fait une mauvaise épreuve écrite et il se
tourmente beaucoup.

Le front de Joseph s'assombrit. Décidément,
tout allait mal dans le royaume joséphique. Il
demanda :

— Quand saura-t-on le résultat ?

— Dans une douzaine de jours, une quinzaine
de jours, peut-être moins.

Joseph songea que l'élection — l'é-lec-tion —
devait avoir lieu dans peu de jours, exactement le
samedi 27. Il fit effort pour songer à l'é-lec-tion.
Il pensa même que s'il avait si brutalement
sacrifié le Michoacan, c'était sans doute pour
songer d'un esprit plus libre à la fameuse é-lec-tion.
Il allait parler de l'élection à Hélène, il allait
penser tout haut à son élection devant Hélène,
quand celle-ci dit tout simplement :

— Cet enfant va tomber malade. Vous devriez
vous occuper un peu de lui. Vous devriez lui marquer un peu d'amitié, un peu de tendresse.

Alors Joseph, saisi de colère, appliqua son poing
sur la table.

— A vous entendre, clama-t-il amèrement, on
pourrait croire que je ne l'aime pas, cet enfant ;
on pourrait croire que je n'ai pas d'entrailles, que
je suis une brute et un bourreau. Pourtant...

Ici, Joseph s'arrêta net. Il éprouvait une sensation très étrange. Il avait les paupières chaudes
et piquantes, la respiration embarrassée. Il pensa :
« Non, mais, est-ce que je vais pleurer comme un
imbécile ? Qu'est-ce qui me chatouille les yeux ?

Ah ! Ah ! mauvais signe ! Papa pleurait, comme cela un peu, sans raison, quand il a commencé de vieillir. Mais il avait soixante-dix ans ! J'ai encore dix-neuf ans devant moi avant de me permettre d'avoir la larme à l'œil pour des blagues, pour des sottises. »

Il fallait, à tout prix, sortir de cet état maladif. Joseph se leva de table en décidant qu'il allait passer deux jours à Montredon, que si personne de la famille ne voulait l'y accompagner, il irait seul, qu'il comptait partir le soir même, peut-être dans l'après-midi, qu'il lui fallait, au préalable, s'arrêter rue du Quatre-Septembre, puis rue de Petrograd, — et d'abord à la Bourse où pourtant il n'allait plus jamais — puis faire une apparition à la Salle des Ventes, où passaient quatre Matisse, puis aller voir le président de la Chambre syndicale des Importateurs de réfrigérateurs, l'estimable M. Perthuisot, puis signer toutes les paperasses relatives à l'achat de l'île Mairan. Joseph affirma que tout cela ne demanderait que deux heures, trois heures peut-être, et que, toutes ces affaires expédiées, il monterait en voiture et partirait pour Montredon. Il lui fallait Montredon, c'est-à-dire le calme, la solitude, la retraite.

Au milieu de ces beaux projets, Joseph se rappela soudain qu'il devait, dès le lendemain, prendre part au déjeuner des Argolides. C'était un déjeuner qui avait lieu tous les mois, au Cercle Interallié. C'était une sorte de club comprenant des membres de l'Institut et des candidats choisis que l'on pouvait ainsi voir de près et que l'on mettait à l'épreuve. Joseph ne pouvait pas manquer le déjeuner des Argolides. Avec un grand mouvement d'humeur, il décida de ne partir à Montredon que le lendemain, samedi soir.

Hélène n'était plus là pour assister, même indolente et lointaine, à ces délibérations. Hélène venait de s'évaporer dans les profondeurs de l'espace, aspirée, reprise par le tourbillon parisien. Et, tout aussitôt, Joseph recommença de songer au Michoacan. Il avait eu, dans sa vie, des surprises, des coups durs, et même de véritables malheurs ; mais jamais il n'avait perdu huit cent mille francs d'un seul coup. Car c'était une somme de huit cent mille francs, à très peu de chose près, qu'il venait de retrancher. Huit cent mille francs ce n'était pas énorme, au regard de l'ensemble. Mais, du moment qu'il y avait, dans le bâtiment, une voie d'eau suffisante pour laisser passer huit cent mille francs, tout le reste irait avec la même vitesse et le navire tout entier risquait d'aller au fond. Joseph s'était bien promis de ne jamais perdre huit cent mille francs, et même de ne jamais rien perdre du tout. Il s'était bien promis d'être le seul à ne rien perdre. Mais, ces huit cent mille francs, à qui les reprendre, sur le dos de qui les reprendre, dans la poche de qui les trouver ? D'autre part, était-il possible de garder ce Michoacan, cette affaire dévoratrice qui pouvait, en moins d'un an, sucer toute la fortune de Joseph, toute la substance de Joseph. Non, non, il avait agi sagement, malgré les apparences. Toutefois, pour qu'une telle opération fût salutaire et décisive, il fallait qu'elle fût calmante et Joseph n'était pas calmé. Il s'était promis de ne plus penser au Michoacan et il voyait bien qu'il lui était presque impossible de penser à autre chose.

Il se mit en devoir de prendre ses gants, son cha-

peau, et de sonner pour faire venir le chauffeur et
la voiture. Impossible de trouver le chapeau melon
qu'il cherchait. Impossible de mettre la main sur
les gants. Impossible, surtout, d'appliquer son
esprit à quoi que ce fût, même à des actions très
simples. Il resta longtemps debout, au milieu du
vestibule. Puis il cria soudain, d'une voix angoissée :

— Arthur ! Arthur ! répondez au téléphone, que
cette sonnerie s'arrête !

Arthur parut et dit d'une voix ferme qu'il n'y
avait aucun appel téléphonique, aucune sonnerie pour l'instant.

Joseph demeurait hébété, immobile comme la
statue de l'étonnement. Pas de sonnerie ? Alors ?
Alors ? C'était un bourdonnement d'oreille ? Ou,
quoi ? Ou quoi donc ? Le thème de la sœur Cécile
peut-être ? Le thème de l'éternité ?

CHAPITRE X

PUBLICITÉ GRATUITE. LE MICHOACAN NE SE LAISSE PAS DISTANCER, COUP D'ŒIL DU PROPRIÉTAIRE. SUPRÊME MANŒUVRE D'OBREGON. RÉCAPITULATION ET RÉCONFORT FURTIF. CHEMINEMENTS DE L'ANGOISSE. RÉVEIL AU MILIEU DE LA NUIT. IL FAUT QU'UNE PORTE SOIT OUVERTE OU FERMÉE. LE MAITRE-MOT DE TOUTE UNE VIE. PRÉDOMINENCE DE LA CONVICTION. UNE COMMUNICATION TROUBLANTE. LE SULTAN DE LA FINANCE ET LE PROTECTEUR DES BEAUX-ARTS.

L A soirée du samedi fut, somme toute, une soirée passable. Au moment de quitter Paris, et alors qu'il montait en voiture, Joseph reçut la visite d'un journaliste de l'*Intransigeant* qui venait l'interroger au sujet de l'Institut et de la candidature. Comme son désir d'évasion était vif, Joseph Pasquier allait se dérober, mais il pensa qu'il ne fallait jamais refuser de la publicité gratuite. Dans les affaires, il n'existe pas de publicité gratuite. On n'en a jamais que pour son argent. Au contraire, dans le monde nouveau où Joseph s'était introduit depuis cinq ou six ans et qu'il appelait pompeusement : « le monde de l'intelligence et des beaux-arts », il n'y a qu'à lever le petit doigt pour obtenir une excellente publicité que l'on paye tout au plus d'un déjeuner ou d'une tasse de thé, que, le plus souvent même, on ne paye pas du tout. Joseph prit donc le journaliste par le bras et il le conduisit jusque dans la grande galerie où se trouvaient exposées les œuvres de ceux que Joseph appelait, en étalant sa voix ronflante à la manière d'une queue de paon, « les princes de la peinture moderne. » Joseph Pasquier fit monter du porto, deux verres et des biscuits. Puis il commença de monologuer : « Je ne vous dirai rien de ma candidature. La discrétion s'impose... » Après ce début, Joseph, pendant un bon quart d'heure, parla de sa candidature, de ses titres, de ses électeurs, dont il fit un éblouissant éloge, de ses concurrents qu'il dispersa d'une chiquenaude. Il dit encore quelques paroles substantielles sur la gloire et le rayonnement, hors de France, de nos grands corps constitués. L'entretien se termina par une petite promenade au pas accéléré devant les toiles des princes... Après quoi, le journaliste, qui avait un honnête visage et des répliques tout à fait intelligentes, prit congé de l'illustre amateur, de l'éminent critique d'art qu'était M. Joseph Pasquier.

Joseph monta dans sa voiture. En saisissant le volant, il se surprit à penser : « Quelle chance ! me voilà délivré du Michoacan. » Chose étrange, cette réflexion, qui semblait exprimer l'allégresse et l'allégement, cette réflexion que, depuis la veille, il avait faite à cent reprises avec des variantes négligeables, cette réflexion, une fois de plus, déterminait en Joseph une pénible sensation de constriction à l'épigastre, de malaise et même de nausée. — Sûrement, il y avait là-dessous, une petite histoire de foie. —

Joseph saisit donc le volant et partit à bonne allure. En abordant l'Avenue de la Défense, qui monte, mais qui est large et dans laquelle Joseph doublait toujours avec intrépidité toutes les autres voitures, le président Pasquier eut le sentiment que cette misérable angoisse qu'il éprouvait pour une insignifiante affaire de pétrole, il l'avait laissée derrière lui, qu'il en était, cette fois, tout à fait débarrassé. Un peu plus loin, en arrivant au pont de Colombes, Joseph dut ralentir et même s'arrêter. Aussitôt Joseph comprit que le Michoacan venait de le rattraper. Le Michoacan était comme un chien que l'on veut perdre. Il se laissait distancer une minute, mais il avait du flair et finissait toujours par retrouver son maître. Il en fut ainsi pendant tout le voyage. A quatre reprises, le Michoacan s'évanouit dans l'espace immense, avec les gaz du pot d'échappement et le ronronnement du moteur. A quatre reprises, Joseph ayant dû ralentir, reconnut que le chien Michoacan tournait autour de lui, de nouveau, en jappant et en remuant une queue très ironique.

Malgré l'encombrement du samedi, Joseph Pasquier atteignit Montredon en moins de trois quarts d'heure. Il se réjouissait d'avance à l'idée d'y être seul, d'y rester seul pendant tout un long « week-end » — au moins jusqu'au lundi midi, — de jouir de ses biens, de ses projets et de son loisir.

A peine arrivé, le seigneur de Montredon entreprit de parcourir son domaine : maison, jardin, parc et cultures. On était aux plus longs jours de l'année. La lumière, orageuse, éclatait encore, riche et vivace. A fouler ce sol qui lui appartenait, à toucher ces pierres qu'il avait acquises et qui

maintenant faisaient en quelque sorte partie de
sa substance, partie de sa charpente, à contempler
ces arbres majestueux, ces pelouses, ces fleurs, ces
champs, ces récoltes, qu'il avait pouvoir de dé-
truire ou de bouleverser à son gré, Joseph éprouvait toujours une espèce de volupté qui n'était pas
sans analogie avec les mystérieuses félicités de la
chair. Ce soir-là, malheureusement, le plaisir de
Joseph se trouvait gâté par mille petits détails
fâcheux qu'il ne pouvait pas ne point remarquer,
car rien ne saurait échapper à l'œil du maître. Il
manquait deux ardoises à la toiture de la tour. —
Comment n'avez-vous pas vu cela ? Moi, je lève le
nez et je vois cela tout de suite. — La cheminée du
chauffage central, établie seulement depuis quatre
ans, laissait filtrer du goudron qui tachait l'une
des façades. — Je vous ai déjà dit cent fois de faire
badigeonner cette muraille à chaque printemps. —
Il y avait de l'herbe dans les allées, autant d'herbe
que sur les pelouses. — Et les cent kilos de chlorate
de soude que vous m'avez fait acheter à prix d'or,
qu'est-ce que vous en faites ? De la poudre à
canon, peut-être ? — Il y avait encore du lierre
sur un tilleul, sur le plus beau des tilleuls, et du gui
sur les peupliers. — Les peupliers, je finirai par les
nettoyer moi-même. Il n'y a que ce que je fais
moi-même qui se trouve correctement fait. —

Joseph allait ainsi, la mâchoire grinçante, les
sourcils en mouvement, les poings fermés, la joue
fendue par ce rictus douloureux dont il ne songeait
plus, depuis longtemps, à se corriger. Le potager
lui procura quand même une minute d'allégement.
Il y avait de beaux choux, de beaux choux de
bronze à la feuille cireuse et intacte, sans limaces et

sans pucerons. Joseph s'approcha du plus vigoureux d'entre les choux et il se pencha pour l'admirer à son aise. Tout aussitôt, Joseph se releva
comme s'il avait été piqué par un serpent invisible :
le Michoacan était là, posé, roulé en rond, sur la pomme du chou. La pensée du Michoacan venait de sau-
ter au nez de Joseph, comme une bête agressive.

Joseph, renonçant à poursuivre son inspection
grondeuse, rentra dans le château pour y prendre
son dîner. Il était mélancolique jusqu'à l'amertume, jusqu'au dégoût. Il avait surtout le sentiment que ces choses auxquelles il avait donné sa
vie, tout l'effort de sa vie, pourraient soudain ces-
ser de lui plaire et de l'amuser. Il se rappela son
jeune âge : il était ainsi déjà, non point versatile,
mais assez vite ennuyé de ses jeux, toujours à
flairer quelque nouvelle manière d'employer sa
carcasse, son imagination, sa vigueur.

Il s'était promis qu'il trouverait, à dîner tout
seul, une rare délectation. Mais la table était
vraiment trop grande. On lui donnait des plats
cuisinés pour six ou huit personnes au moins. Il
gronda : « C'est du gaspillage ! Je vous ai fait
dire que j'allais venir tout seul. »

Comme pour faire diversion aux méditations
forcées du solitaire, le téléphone retentit, environ
la fin du repas. C'était Blaise Delmuter, toujours
fidèle au poste. Il faisait savoir à M. le Président
qu'on venait d'apporter, rue Taitbout, un télégramme du señor Obregon, un radiotélégramme
envoyé de la mer et que, conformément aux ordres
reçus, il avait lui, Delmuter, ouvert et lu.

— Oui, oui, bougonnait le Président, et que
nous dit ce sinistre individu ?

La voix se reprit à parler dans les étendues murmurantes. Le señor Obregon disait « qu'il avait demandé, par sans fil, des renseignements à Chipicuaro. Stop. Qu'il venait de recevoir un premier télégramme rassurant. Stop. Que l'incendie semblait devoir être conjuré. Stop. Qu'il conseillait d'attendre avec patience. »

Joseph éclata de rire. Obregon continuait à manœuvrer, le misérable ! Obregon pensait que Joseph tolérerait encore qu'on lui tirât du ventre des vingt mille et des cinquante mille dollars. Seulement, la vache à lait refusait de se laisser traire. Elle venait de décocher une sacrée ruade à cette bande de saligauds. Oh ! la mauvaise volonté de Ravier-Gaufre ! Affreux individu ! Les efforts qu'il avait multipliés, avec son air de ne pas y toucher, pour empêcher Joseph Pasquier de se débarrasser, en cinq-sec, de cette affaire impossible, de cette pieuvre suceuse, de ce parasite vorace !

Joseph but du café, renvoya les domestiques et sortit de sa poche un bloc de papier. Il commença tout aussitôt de faire, à la pointe du crayon, ce qu'il faisait parfois, dans ses moments de trouble et d'angoisse, une sorte de relevé sommaire de ce qu'il lui fallait appeler « sa fortune ». C'était un travail très hasardeux. Il avait fait dresser, la veille, par le plus vieux de ses collaborateurs, par le très malodorant et dévoué Mairesse-Miral, ce qu'on appelle : une position de titres. Cela ne concernait qu'une part des valeurs car, même à Mairesse-Miral, Joseph ne confiait pas tout. Et, outre les valeurs cotées, les papiers déposés dans les banques et chez les agents de change, il y avait

encore toutes sortes de choses que Joseph gardait,
par devers soi, dans ses coffres et ses armoires. Et
il fallait ajouter les espèces, les comptes en banque,
les dépôts à l'étranger, les intérêts dans toutes
sortes d'affaires dont Joseph ne parlait jamais à
personne ; et quand on avait fait au mieux pour
additionner tout cela, on avait oublié sans doute
un bon tiers de cette partie du trésor. Cela faisait
beaucoup de millions, mais ce n'était en effet qu'une
partie du trésor, ce n'était que la partie non con-
crète du trésor. Et ensuite, commençait l'autre
chapitre du calcul : les immeubles, les terres, les
collections, les cachettes, tout ce qu'il y avait dans
les cachettes. — Ne pas oublier, cette nuit, de descendre dans les profondeurs. — Alors, au milieu
de cette fortune considérable, imposante, trop
embrouillée, trop variée pour être vraiment vulné-
rable, de quelle importance réelle était cette histoire du Michoacan ? Si, tous les comptes réglés, la
perte allait même au million, — avec les frais
généraux, la part des frais généraux, — qu'est-ce
que ça pouvait bien faire ? Joseph était de taille à
perdre un million, et avec le sourire encore !

Joseph fit donc un sourire qui se termina par
une horrible grimace. Non ! l'affaire du Michoacan
n'avait aucune importance, au point de vue tem-
porel ; mais, au point de vue moral, elle demeurait
effrayante. Elle prenait, d'heure en heure, une
signification symbolique. Et il n'y avait pas à
reculer, avec cette bande de rapaces. D'ailleurs,
impossible de reculer. Les premières signatures
étaient données et, dès le mercredi suivant, tout
allait être terminé, réglé par devant notaire. Et
enfin, et surtout, Joseph ne cherchait pas à se

ressaisir de cet horrible Michoacan. Il voulait
seulement l'oubli. Ce n'était pas facile. D'abord, il
fallait dormir.

Joseph absorba coup sur coup trois verres de
mirabelle des Vosges. Il s'était bien promis de ne
plus boire d'alcool, à cause de ce foie qui l'inquiétait. Bah ! les privations véritables ne commence-
raient que le lendemain. Avant tout, s'assurer une
nuit passable ! Et la mirabelle a des vertus.

La nuit ne commença pas trop mal. En trébuchant dans les premières fondrières du sommeil,
Joseph se disait : « Tout va bien ! Au fond, bonne
journée ! Le déjeuner des Argolides a été des plus
heureux. Tous ceux qui se trouvaient là voteront
pour moi. Ils s'y sont presque engagés, les uns par
un mot précis, les autres par un sourire, les autres
encore par un geste, un mouvement des épaules,
une de ces poignées de main qui ne trompent pas.
Bonne journée ! Tous nos rendez-vous bien ter-
minés. Le courrier ? Satisfaisant. Cette interview ?
Excellente. Et, ici, la solitude, le repos, la vie
contemplative. Obregon me donne signe de vie
pour me faire comprendre, une fois de plus, qu'il est
un forban. Somme toute, je suis délivré. Fini, le
Michoacan. Je ne pense plus au Michoacan. Une
affaire réglée. »

Joseph, après avoir maudit le Michoacan, s'en-
dormit en pensant qu'il ne pensait plus au Michoacan.

Il se réveilla soudainement au milieu de la nuit.
Contrairement à ses habitudes, il s'était mis au lit
sans avoir été rendre visite à la cave secrète, à la
spélonque pleine de coffres et d'armoires. Joseph
se coucha sur l'autre flanc, dans l'espoir de re-

trouver le sommeil. Peine perdue. Un homme de cinquante et un ans commence à connaître sa complexion. Joseph, pour être quitte, résolut donc de se lever et d'aller faire un tour aux profondeurs. Il prit une robe de chambre, des chaussons de feutre, son pantalon, sa lampe de poche et se glissa dans les couloirs. Il était à peu près deux heures de la nuit. Les domestiques avaient, tous, leur logement sous les combles. Joseph n'avait point à craindre de rencontrer qui que ce fût pendant son expédition. Il y apportait toutefois d'étonnantes précautions. Ouvrant et fermant les portes avec une extrême douceur, s'appliquant à ne pas faire crier les parquets et même retenant son souffle, il avait l'air non point du maître qui chemine dans sa propre demeure, mais du larron qui s'y introduit à la dérobée.

Quand il fut devant la porte secrète, il respira plus librement et tira de sa poche l'énorme trousseau de clefs qui ne le quittait jamais et qu'il serrait toujours, avec la main gauche, contre sa cuisse, pour empêcher toute cette ferraille de tinter indiscrètement.

La clef entrait fort mal dans la serrure. Etait-il possible que Joseph Pasquier fût encore si bien empoisonné de sommeil qu'il ne parvînt pas à faire jouer convenablement cette clef ? Et si ce n'était point engourdissement et maladresse, qu'est-ce que ce pouvait être ? Une fine rosée de sueur perla sur le front de Joseph. Non, non ! il n'était point endormi. Non, mais on avait fait, sans erreur possible, une tentative pour forcer cette serrure. Alors ? Que penser ? Alors, c'était épouvantable ! Et il n'était pas question de faire

venir un serrurier, maintenant. Celui qui viendrait
là, pour honnête qu'il fût, s'en irait sachant tout.
Il démonterait la serrure, jetterait forcément un
regard sur la chambre secrète. Et, ensuite, il y
aurait, dans le monde, une personne qui... Les
ouvriers italiens qui avaient, autrefois, construit
cette cellule, Joseph leur avait dit qu'il entendait
y faire une salle de douches, peut-être même une
piscine. Et puis, eux, ils étaient loin. Mais celui qui
viendrait maintenant et qui verrait les coffres, les
armoires, enfin tout...

Non ! non ! il ne viendrait personne. Joseph
était très habile et très fort, il se débrouillerait tout
seul avec cette serrure et cette porte.

A ce moment, Joseph sentit que la clef, brusquement, tournait comme elle tournait d'ordinaire
et que la porte allait s'ouvrir. Il retint un soupir
de soulagement. Non, point de soulagement !
La porte s'ouvrait, c'était bien quelque chose ;
mais on avait touché à la serrure et quelqu'un,
probablement, avait pénétré dans la chambre
secrète. Joseph alluma les plafonniers et, sous la
lumière aveuglante, il examina la cellule. Nul
doute : il ne laissait pas, d'ordinaire, le fauteuil
tourné de ce côté-là. Quelqu'un avait dû pénétrer
dans la retraite mystérieuse et c'était épouvantable ! Alors qu'avait-on volé ?

Joseph, fébrilement, commença d'ouvrir les
armoires. Il songea, tout aussitôt, qu'il n'avait pas
refermé la porte, comme il le faisait toujours.
L'idée de la refermer et de ne plus pouvoir l'ouvrir
— si la serrure jouait mal — l'idée d'être enfermé
là sans aucun moyen de signaler sa présence au
reste du monde, cette idée lui fit couler un ruisselet

de sueur entre les deux omoplates. Il se contenta
de pousser la porte et revint à ses armoires. Il y
cherchait, au hasard, soit un objet, soit un autre et
ne trouvait pas toujours le trésor auquel il pensait.
Il avait le temps de se dire : « Voilà ! ils ont volé le
ciboire aux topazes. » Mais, une minute plus tard,
le ciboire apparaissait. Alors Joseph songeait :
« Non, c'est la croix byzantine que je ne retrouve
pas. Les misérables ! Il me faudrait ma liste. Où
est ma liste ! »

La liste était à Paris. Car il existait une liste.
Pourquoi Joseph ne portait-il pas toujours cette
liste sur soi, dans un de ses portefeuilles ? Mais
non, la liste était longue : elle formait un assez
gros cahier, d'ailleurs surchargé de ratures. Joseph
ne pouvait pas vivre, aller à ses affaires, prendre le
train ou l'avion, avec ce cahier sur soi, avec ses
trousseaux de clefs, ses portefeuilles déjà si encom-
brants, ses carnets de chèques, ses livres de compte
et quoi encore ? Nom d'un chien !

Il fallait ne pas porter sur soi toutes ces choses
essentielles, mais les cacher, soigneusement.

Assis sur le fauteuil, l'air las et perplexe, Joseph
essaya de se rappeler une par une toutes les pièces
de son trésor. Vains efforts ! Les objets auxquels il
pensait, il ne les apercevait pas, et ceux qui se pré-
sentaient à son regard, il les avait presque toujours
oubliés depuis longtemps.

Il resta là pendant une demi-heure, plein d'angoisse et d'hésitation. Il avait une autre cachette,
moins parfaite que celle-ci, dans les sous-sols de sa
belle maison du Mesnil-sur-Loire. Il lui fallait,
sans tarder, passer un jour au Mesnil. Pourquoi
n'allait-il plus jamais au Mesnil ? Pourquoi n'allait-

il plus jamais à Beaulieu ? C'est qu'il n'avait pas le temps. Il faut beaucoup de temps pour posséder beaucoup de choses, pour étreindre beaucoup de choses.

Posséder ! C'était quand même le maître-mot. Joseph haussait les épaules quand les imbéciles — et même les gens de sa famille, mettons les imbéciles de sa famille et n'en parlons plus — le traitaient d'avare. Avare ! mais il n'était pas avare. Il était même libéral ; il était même prodigue ! Ce qu'il était, c'était — comment dire ? — possessif. Il n'y a pas d'autre mot. Ce qu'il avait, c'était l'instinct — oh ! très fort — de la propriété, de la chose personnelle. Ce qu'il aimait, c'était « saisir dans les mains », « tenir avec les mains », avec les mains du corps ou les mains de l'esprit, c'est la même chose.

Il regagna sa chambre, harcelé de pensées soucieuses. Les portes faisaient un peu de bruit en tournant sur leurs gonds. Les domestiques allaient entendre. Eh bien, tant pis ! Ils entendraient. On saurait du moins, là-haut, que le maître faisait sa ronde, au plus secret de la nuit. On saurait cela et on aurait peur.

Il se jeta dans son lit et comprit avec humeur que le Michoacan l'attendait là, bien au chaud, sous la courtepointe dorée. Pour la centième fois, il recommença de faire, mentalement, des additions titubantes. Le Michoacan n'était rien. La fortune de Joseph demeurait une belle, une considérable fortune. A la condition, toutefois, que les retraites secrètes fussent protégées des voleurs, car en ce cas, tout était perdu.

Comme il ne parvenait point à se rendormir, il

entreprit de philosopher à sa manière à propos du
Michoacan. Il songeait : « Tout, dans une vie
comme la mienne, est affaire de conviction. Si je
roule en voiture avec la certitude préalable qu'il
ne doit rien m'arriver, eh bien, il ne m'arrive rien.
Si, au contraire, je pense que la dynamo tourne
mal et ne charge pas, elle commence à tourner mal.
Il y a, rue Taitbout, au premier étage, une chasse
d'eau lunatique. Si je la tire sans y penser, alors,
elle ne marche pas. Si je la tire avec la conviction
qu'elle doit marcher, elle se dépêche de marcher.
Faut penser à ce qu'on fait. Faut vouloir ce qu'on
veut. Le Michoacan, je n'y croyais pas. Et il m'a
pété dans les mains. Bien fait pour moi ! »

Cette conclusion rigoureuse n'apportant pas le
sommeil, Joseph prit la résolution de se mettre au
régime dès le lendemain et de soigner son foie,
parce que, c'est assez clair, quand un homme est
ainsi souffrant, troublé, hésitant, dégoûté de tout
et de tous, ce n'est pas l'âme qui est malade, c'est
le foie, seulement le foie.

Il finit par s'endormir comme le monde sortait
de l'ombre.

Si la soirée du samedi avait été une soirée
passable, la journée du dimanche fut une journée
très médiocre et même une journée pénible.

Joseph reçut, dès le matin, un coup de téléphone du marquis de Janville. C'était un coup de
téléphone rassurant, optimiste, allègre comme
une fanfare de trompette, ce qui s'expliquait assez
bien, puisque le marquis était un ancien officier de
cavalerie. Il riait, dans l'appareil, et disait : « Je
ferai voter pour vous dix de mes amis et dix de mes
adversaires. Cela fait vingt. Là dessus, il en restera

bien douze. Mais vous avez Pierquin et toute sa
bande, vous avez Puech, vous avez Pujol et Teyssèdre qui votent toujours ensemble. Oh ! cela fera
une très honorable majorité. Seulement... » Joseph
répéta, les mains moites, la gorge serrée : « Seulement ? » — « Seulement, pas de fausses ma-
nœuvres, pas de démarches inconsidérées, pas
d'erreurs, pas d'imprudences. Pas d'interviews,
par exemple. Faites le mort, jusqu'au vingt-sept... »
Et, là-dessus, le Marquis parla de la pluie et du
beau temps. Joseph serrait les mâchoires, le ventre
soudain refroidi par un terreur absurde.

Pas d'interviews ! Mais oui, mais évidemment, il
ne fallait pas donner d'interviews. Le marquis de
Janville avait, cent fois, recommandé à Joseph de
ne point donner d'interviews et M. Teyssèdre avait
fait la même recommandation. C'était le bon sens,
c'était l'enfance de l'art. Et lui, Joseph, avec sa
hâte et son absurde avidité, voilà qu'il avait
donné, justement la veille, une interview très
copieuse. Eh bien, il allait l'arrêter en route. Il
n'était sûrement pas trop tard.

Pendu au téléphone pendant une heure, accroché
comme un noyé à cet affreux téléphone de banlieue
qui marche quand ça lui chante, c'est-à-dire une
fois sur dix, Joseph Pasquier fit des tentatives dé-
sespérées pour obtenir une communication directe
avec l'*Intran*. Comme il n'y put parvenir, il demanda la rue Taitbout et finit par l'avoir, non sans peine. Mais Blaise Delmuter était à la messe et ne re-
viendrait qu'assez tard, peut-être même après midi.

Joseph trépignait de rage. « Ce petit Blaise ! Il
était toujours parti quand on avait besoin de lui.
On allait lui secouer les puces. »

Il tâcha de se consoler en songeant qu'il avait le temps de réparer son erreur, qu'il passerait dès le lendemain aux bureaux de l'*Intransigeant* et qu'il s'arrangerait avec le rédacteur ou même avec la direction pour faire couper l'article. Enfin rien n'était perdu.

Il déjeuna tout seul et comprit une fois de plus qu'il n'était pas un être de solitude. Il lui fallait quelqu'un devant lui pour entendre ses soupirs, pour admirer ses projets ou pour recevoir ses coups.

Dès le milieu de l'après-midi, après une heure d'un sommeil vénéneux, il décida de rentrer tout de suite à Paris pour s'occuper de cette affaire, pour étouffer cette interview. D'ailleurs, à Montredon, tout lui déplaisait, ce jour-là. Toutes ces chères choses possédées, toutes ces chères choses qu'il considérait comme la substance de sa substance, comme la chair de sa chair, tout cela ne lui inspirait plus, pour l'instant, qu'un dégoût insurmontable.

A peine dans la voiture, il comprit qu'il remportait le Michoacan à Paris. C'était absurde et pourtant c'était ainsi. Un malheureux million ! Joseph était assez fort pour supporter cette petite saignée sans dommage. Il s'en était cent fois, mille fois, administré les preuves mathématiques. Et c'était sans résultat qu'il se prodiguait de telles preuves. L'affaire du Michoacan était mélangée à son sang comme une maladie secrète.

En passant à Cormeilles-en-Parisis, il acheta l'*Intransigeant* et eut beaucoup de mal à retenir un cri de fureur : l'article remplissait un quart de la première page, avec deux photographies et un titre à tout casser : *M. Joseph Pasquier, sultan de la finance, protecteur des beaux-arts et grand favori de l'épreuve du Quai Conti, nous entretient de ses projets.*

Joseph était si troublé qu'il renversa un cycliste au carrefour de Maillot. Il n'y avait rien de grave ; mais un agent dut intervenir et dresser procès-verbal. Joseph se dévorait les lèvres en songeant : « Les réflexes, maintenant ! Il ne manquait plus que cela. J'en parlerai à Laurent. Ce n'est quand même pas naturel. Je sais bien que cet imbécile est venu se jeter sur ma voiture. Mais, ce n'est pas naturel. C'est une question de réflexes. »

CHAPITRE XI

LA PROMPTITUDE DE LA HATE. JOSEPH DÉJOUE
TOUTES LES RUSES DE SES ADVERSAIRES. RETOUR
AUX NOBLES SOUCIS INTELLECTUELS. LES SÛRS, LES
DOUTEUX ET LES TIÈDES. MA COURONNE POUR UN
CHEVAL ! DIFFICULTÉS INCIDENTES ET SUPPUTA-
TIONS HASARDEUSES. SUITES D'UNE CAMPAGNE DE
PRESSE. EXAMEN DE CONSCIENCE ET PLAN DE
BATAILLE.

LA patience est une vertu des êtres élémen-
taires, des plantes, des animaux stupides.
L'homme habile et courageux ne se contente pas
d'attendre l'événement, il l'appelle et le provoque.
Ainsi pensait Joseph qui, depuis longtemps, ne
sentait plus très bien ce qui, dans l'action, distin-
gue la hâte de la promptitude.

Le rendez-vous choisi pour la signature des
actes avait été fixé au jeudi matin. Joseph Pasquier fit, du téléphone, un usage si pressant et
si persuasif que M. Young et le notaire tombèrent
d'accord pour signer dès le mardi. Joseph songeait :
« Nous allons, d'un moment à l'autre, apprendre
que le puits Lucien est incendié à son tour, ou
qu'une grève générale interrompt jusqu'à nouvel

ordre la percée des nouveaux puits et l'exploitation des anciens. Bien entendu, la promesse de
vente a force d'acte, mais j'aurais l'air d'un coquin
au moment même... où l'une des plus illustres compagnies de ce pays se prépare à m'admettre au
nombre de ses membres... » C'étaient là de ces
phrases toutes préparées que Joseph tenait en
réserve pour Messieurs les publicistes, quand ils
viendraient le voir au soir de son élection.

Le rendez-vous se trouva donc avancé de quarante-huit heures et Joseph en éprouva du soulagement. Il songeait : « Ce sera fini plus tôt. Ce sera
tout à fait terminé. Je n'aurai plus qu'à panser
cette petite blessure et je pourrai me consacrer
tout entier, pendant la fin de la semaine, aux soucis de ma candidature, bien que le marquis m'affirme qu'il suffise maintenant de se croiser les bras
et d'attendre. Attendre ! Attendre ! Ils n'ont que
ce mot à la bouche ! »

Comme Joseph ne savait pas attendre, il consacra toute la journée du lundi à mille opérations,
interventions et démarches. Il acheta l'île Mairan
avec l'usine, les trente-cinq Bretons et les maisons
des Bretons. Il présida deux conseils d'adminis-
tration, dicta cinquante lettres, eut une entrevue
cordiale avec M. Perthuisot au sujet de l'augmentation de contingent concédée par le ministre.
Enfin Joseph eut même le temps de passer à la
salle des ventes et d'y faire sensation en rachetant
trois toiles de Gretchenko à des prix que ce « prince
de la peinture » n'avait encore jamais atteints.

La réunion du mardi matin devait avoir lieu rue
Taitbout, à la prière de Joseph. Les parties con-
tractantes en présence, il se produisit un incident

très minime et qui pourtant ne laissa pas d'étonner beaucoup Joseph.

M. Thomas Young s'était d'abord retiré dans un angle du cabinet pour conférer à voix basse avec M. Ravier-Gaufre. Celui-ci vint alors trouver Joseph qui parlait au notaire et il dit avec un sourire engageant :

— Monsieur le Président, les actes sont tout prêts et nous allons les signer. M. Thomas Young tient toutefois à vous faire savoir que, s'il restait quelque doute dans votre esprit et si vous vouliez revenir sur votre décision, il consentirait à ce que la signature n'eût pas lieu et, bien entendu, à ce que la promesse de vente fût annulée.

Comme Joseph considérait M. Ravier-Gaufre avec stupeur, le gros homme ajouta :

— M. Young pense que, pendant toute la discussion, vendredi, vous avez manifesté quelque chose comme du malaise, que vous pourriez regretter d'avoir conclu cette opération et qu'en conséquence...

Joseph rougit violemment et répondit sans douceur :

— Non, du tout ! Nous sommes ici pour signer et nous allons signer, séance tenante.

M. Thomas Young hocha la tête avec flegme et fit un geste à l'adresse de son sténotypiste qui n'avait pas laissé se perdre une seule syllabe depuis le début de cet étrange entretien. Joseph songeait : « Cette crapule de Ravier-Gaufre vient d'essayer un dernier tour de passe-passe pour m'empêcher de vendre, alors que tout est déjà réglé. Jamais rien vu de pareil ! En voilà un que j'aurai à l'œil, si jamais je le retrouve sur mon chemin, ce qui est

quand même peu probable, car il va se méfier. Sale
individu ! »

Alors le notaire lut les actes. M. Young et Joseph
l'interrompaient parfois dans cet exercice fasti-
dieux pour faire modifier un mot ou rayer un
article. Puis chacun des deux hommes donna signatures et paraphes. Alors Joseph se sentit soudain
si parfaitement satisfait qu'il eut beaucoup de
peine à réprimer une énorme envie de rire.

Le notaire, M. Young, M. Ravier-Gaufre et les
acolytes de ces messieurs se retirèrent en bon ordre.
Joseph demeura seul.

Avec le geste d'un enfant qui vient de bâcler
ses devoirs et qui, délicieusement, retourne à son
jeu favori, Joseph Pasquier tira tout aussitôt de
sa poche un petit carnet et l'ouvrit à certaine
page où se trouvait écrite, de sa main, une assez
longue liste de noms propres. Joseph prit son stylo
et commença de lire la liste, d'un œil attentif, en
s'arrêtant sur certains noms pour se livrer à diverses opérations de calcul mental. Il disait à voix
basse : « Janville, sûr ! Teyssèdre, sûr ! Pujol, sûr !
Pierquin, sûr ! De Praz... Ah ! De Praz, douteux... »

Devant tous les noms qui se trouvaient ainsi
qualifiés « sûrs », Joseph Pasquier inscrivait une
petite croix ; devant ceux qu'on devait considérer
comme douteux, c'était un rond que l'étrange
comptable dessinait d'une plume maussade. Quant
à ceux qu'il fallait, sans chance d'erreur, considérer
comme des adversaires irréductibles, ils se trouvaient stigmatisés par ce signe que les correcteurs
d'imprimerie appellent *deleatur*. Restaient les noms
de ceux que Joseph n'avait pu jusqu'alors atteindre, parce qu'ils étaient souffrants, ou qu'ils

voyageaient au loin. La plupart de ceux-là ne devaient même pas prendre part à l'élection. Mais ils
intervenaient quand même dans les calculs, comme
du poids mort, et Joseph, au passage, les saluait
d'un grognement désapprobateur.

« Duchesnaye, sûr ! Maubec, sûr ! Lotz, douteux. Destrez... Ah ! Destrez devait être à Paris
depuis la veille et Joseph allait le voir au début
de l'après-midi. Visite de la dernière heure... »
Somme toute, la liste, avec tous ces signes cabalis-
tiques, était assez mal intelligible. Le mieux était
de recopier tous ces noms sur trois colonnes. A
gauche, les vrais amis, à droite, les ennemis dé-
clarés, au centre, les tièdes et les indécis.

Joseph recopia les noms sur trois colonnes. Et il
y avait encore un certain nombre de ces noms qui
se refusaient à entrer de manière catégorique
dans l'une des trois colonnes. Ceux-là, Joseph
d'abord les avait pris pour des adversaires, puis il
avait reçu d'eux, soudainement, un signe de
sympathie, puis il avait appris qu'ils tenaient sur
son compte, à lui Joseph, des propos fielleux.
Alors ? ce n'étaient ni des sûrs, ni des douteux,
ni des antagonistes, c'étaient des versatiles qui ne
savaient pas eux-mêmes sur quelle jambe se tenir
et vers quel horizon se tourner.

Joseph en était là de cette délicate supputation,
quand Blaise Delmuter vint l'avertir qu'on l'appelait au téléphone. Joseph saisit l'appareil avec
le geste rageur d'un joueur que l'on arrache à
ses plaisirs favoris. A peine le cornet sur l'oreille,
Joseph commença de grogner. « C'était une tra-
hison, ou, plus exactement, une cochonnerie qu'on
lui faisait là. Comment ! M. Perthuisot, la veille

encore, lui avait assuré que tout se passerait le mieux du monde et, aujourd'hui... Vraiment, la Chambre syndicale des Importateurs d'appareils à produire du froid avait tenu un comité secret ? Vraiment, ces messieurs étaient allés voir le ministre ? Qu'avait-il pu dire, le ministre ? » Ici Joseph éclata de rire et baissa quand même la voix : « Le ministre avait donné la licence. Il ne pouvait pas la reprendre et il ne la reprendrait certainement pas. Joseph avait son moyen d'exercer une pression, si par hasard... et il ne s'en priverait pas... Mais quoi ! ces messieurs de la Chambre syndicale exigeaient... Et ils exigeaient cela ! Eh bien, il y avait de quoi rire, et on verrait bien... »

Joseph se détacha de l'appareil et cria : « Ma voiture, tout de suite ! » comme jadis un roi d'Angleterre, sur le champ de bataille : « Un cheval ! Ma couronne pour un cheval ! »

Joseph sauta dans sa voiture et ne revint qu'à deux heures et quart. Il avait l'air exaspéré, mais il avait faim quand même. Hélène avait déjeuné. Les enfants étaient on ne pouvait savoir où. Les domestiques n'attendaient plus Joseph. Il se fit servir, sur un coin de table, une omelette de douze œufs et un quartier de livarot. Il but une bouteille de vin et demanda Blaise Delmuter. Impossible de savoir où était Blaise Delmuter — « Encore un, décidément, qu'il allait falloir mettre au pas. » Blaise Delmuter ne parut qu'au moment où Joseph — veston noir, pantalon à raies, gants jaunes en peau de porc — se disposait à monter de nouveau dans sa voiture pour aller, — avec chauffeur et valet de pied, cette fois, — faire sa visite officielle à M. Destrez, membre de l'Institut.

Blaise Delmuter parut donc et Joseph lui jeta tout de suite à la figure, pêle-mêle, des renseignements, des clartés et des consignes.

« La Chambre syndicale des Importateurs d'appareils à produire le froid a vu le ministre hier soir. Le ministre est très embêté. Il ne peut pas retirer la licence qu'il a donnée pour trois cents tonnes de cryogène. Mais comme les autres, les concurrents, protestent et comme le ministre ne peut pas, quand même, donner des licences à tout le monde, il a fallu trouver une solution. La solution est absurde. La licence n'intéressera que les appareils de gros calibre. C'est idiot et désastreux, parce que tous les « cryo » qui sont à Saint-Nazaire ou qui voyagent sur la mer en ce moment sont des cryogènes de petit format, des appareils démocratiques... »

Blaise Delmuter prenait des notes, impassible devant ce patron saisi de frénésie. Joseph recommença de vociférer et de lancer des postillons.

— Nous allons câbler aux Américains. Préparez le texte d'un télégramme que je verrai tout à l'heure. Rien que des appareils nº 10, 11 et 12. Et cela, jusqu'à nouvel ordre. Pour les deux derniers envois, celui qui est en route et celui qu'il faut dépanner, je trouverai bien un truc. Sans cela, c'est la catastrophe. Quant au ministre, s'il me lâche, s'il cane, je lui fous mon billet qu'il aura de mes nouvelles. Je le tiens, à ma manière, avec ses lentilles impossibles. Je vais chez ce bonhomme, chez Destrez, et je reviens tout de suite. Une demi-heure, trois quarts d'heure. »

En montant en voiture, Joseph eut le temps de songer qu'il était tout à fait tranquille avec le

Michoacan. L'abcès, du moins, était vidé. Voilà
ce qu'on pouvait appeler une chirurgie radicale.

Joseph ne fut de retour que vers cinq heures du
soir. Il avait dû passer au 53 de la rue Machin, de
la rue Chose. — Joseph ne disait jamais ce nom
trop fâcheusement connu. — A tout prendre,
l'affaire lui plaisait. L'immeuble était bien construit. Assurément, il n'était pas souhaitable
d'avoir comme locataire cette vieille catin que l'on
appelait Madame de Pompadouille, dans une certaine société. Mais si l'affaire était avantageuse,
c'était précisément à cause du bail que détenait
Madame de Pompadouille. Il n'y avait pas à hésiter, bien que, pour des raisons personnelles,
Joseph Pasquier fût décidé à ne traiter cette
affaire-là que dans une dizaine de jours.

Joseph était sorti radieux de chez M. Destrez.
L'honorable critique, en accompagnant Joseph
jusque dans l'antichambre d'un appartement désert
et abandonné aux mites, avait dit, textuellement :
« J'ai lu vos deux ouvrages, Monsieur Pasquier.
Ils m'ont intéressé. Notre compagnie a besoin
d'hommes tels que vous. » Ça, c'était une promesse. On ne pouvait s'y tromper.

En pénétrant chez lui d'un pas vif, Joseph
frottait l'une contre l'autre ses mains dévêtues,
pour cet exercice, de leur cuirasse en peau de
porc. « Une candidature ! Il avait été dix fois déjà
candidat à des places très différentes. Il avait même
été candidat aux élections législatives, et il avait
merveilleusement bien réussi. A vrai dire, c'était
facile. Ce n'était qu'une question de toupet et
d'argent — et l'argent, grâce au ciel, Joseph l'avait
fait verser par un comité politique. — Non, il ne

se rappelait pas avoir éprouvé de grandes émotions
pour enlever son mandat. L'Institut, c'était autre
chose ! Diable ! c'était vraiment de la besogne
épineuse. Mais bah ! il réussirait. Il montrerait
aux autres, à Laurent, à Cécile, à Suzanne, par
exemple, qu'il était, lui aussi, à sa manière, un
maître de l'intelligence moderne. Pour commencer,
il allait inscrire le nom de M. Destrez dans la
colonne des « *sûrs* ».

Il ouvrit son calepin et inscrivit, à gauche,
d'une pointe ferme : Destrez.

Il allait, pour la dixième fois peut-être, compter
et recompter les noms marqués dans chacune des
colonnes, quand il vit se dresser devant lui le jeune
Blaise Delmuter. Sur le visage glacial du secrétaire
en jaquette, on ne pouvait pas ne pas voir le reflet
d'une émotion inaccoutumée.

— Monsieur le Président, fit Blaise, M. Trintignan est là. Il veut vous voir tout de suite.

— Bien, bien, qu'il attende un peu.

— Il dit, Monsieur le Président, que c'est tout à
fait urgent. L'acheteur d'Anvers est en train…

— En train de quoi ?

— Monsieur le Président m'excusera si je reprends les propres termes de M. Trintignan :
en train de se dégonfler.

— Bien. Je vais le voir tout de suite.

— Il est dans le petit salon. Il n'est peut-être
pas inutile de faire savoir à Monsieur le Président
qu'il vient de paraître, dans la première édition
de l'*Impartial*…

— Quoi ? encore une petite saleté.

— Malheureusement non, pas une petite : une
grosse, une très grosse…

— Et c'est ce journal que vous tenez à la main ?

— C'est ce journal, Monsieur le Président.

— Donnez ! Allons, donnez !

Debout dans le vestibule, Joseph déplia les feuilles de l'*Impartial*. On y lisait, en caractères gros comme des pièces de vingt sous : « *Un scandale que l'on peut encore éviter.* » L'article commençait ainsi : « *Voici parvenu sur les marches de l'Institut un homme qui, depuis vingt ans, a joué dans la vie économique, politique et morale de notre pays un rôle que nous devons juger inquiétant et néfaste.* »

L'article, d'au moins deux colonnes, était tout entier de cette encre. Joseph lisait, le visage injecté de sang, les yeux hors de la tête. Il gronda :

— Je les poursuivrai. Qu'on téléphone à Tonnelier, à Maître Tonnelier. Un procès à tout casser.

Il relut attentivement le début de l'article, toujours debout à la même place et il dit :

— Ces gens-là, on les achète. Ne téléphonez pas à Tonnelier tout de suite. Il me faut un rendez-vous avec le directeur du journal. Non, non. Tâchez de savoir qui s'occupe de la publicité, à l'*Impartial*, et faites-le venir ici, demain matin. Vous m'entendez ?

— Oui, Monsieur le Président. Je me permettrai de faire observer à Monsieur le Président que M. Trintignan attend et insiste pour être reçu tout de suite.

— Bon ! je vais prendre Trintignan.

Pendant une longue heure d'horloge, M. le Président Pasquier eut une scène orageuse avec le sieur Trintignan. Les nouvelles étaient déconcertantes. Le marchand d'Anvers se refusait à prendre, au prix prévu, les trois cents tonnes de lentilles du Cantal pour lesquelles il ne trouvait acheteur ni en Espagne et ni même en Italie. D'autre part, les lentilles du Chili, qui sont de bonne vente, risquaient aussi de rester pour compte, car le marché français était pour l'instant saturé et on ne mangeait plus de légumes secs à ce moment de l'année. Trintignan semblait déçu et même désespéré. Joseph prenait rendez-vous pour le lendemain matin et demandait, les dents serrées, des propositions nouvelles, quand on vint le prévenir que le marquis de Janville l'appelait à l'appareil. Joseph, aussitôt, lâcha Trintignan pour courir au téléphone.

Le marquis de Janville venait de lire l'article de l'*Impartial* et il était très affligé : « C'est du chantage, disait-il, ce n'est que du chantage. Mais vous avez eu grand tort de donner cette interview. Je vous avais pourtant mis en garde. »

Joseph s'excusait, bredouillant comme un écolier pris en faute. Le marquis dit encore : « On vous reproche, ici et là, d'avoir fait attaquer calomnieusement votre rival, M. Simionescault. On dit qu'il est visé dans tous les journaux où vous avez des intérêts, en sorte que les éreintements sont en quelque sorte signés. On dit même que les petites notes du *Cri* ne peuvent venir que de vous, qu'elles sont sûrement de vous. Faites bien attention, mon cher. A part cela, pas de souci. Nos affaires marchent très bien. Pour moi, le succès est sûr. »

Joseph, l'entretien terminé, se prit à se gratter la tête. L'article du *Cri* ! Il n'y avait que lui et Blaise qui fussent au courant de la cuisine. Alors, qui donc avait pu commettre une indiscrétion ? Il dit tout haut :

— L'article du *Cri* ? Nous sommes pourtant, vous et moi, mon petit Blaise, les seuls à savoir quelque chose. Vous n'auriez pas fait la sottise d'en parler à des amis ?

— Monsieur le Président oublie sans doute, répondit Blaise d'une voix calme, qu'il en a parlé lui-même, la semaine dernière, pendant le dîner qu'il donnait ici en l'honneur de M. Pujol et de M. Teyssèdre.

Joseph rassembla toutes les rides de son visage en faisceau, pour une amère méditation : « Ainsi, lui, Joseph, il avait eu le tort de parler de ses petites affaires à ces deux vieux zèbres, à ces deux imbéciles, à ces deux bavards qui s'étaient empressés de colporter la chose aussitôt dans tout Paris. Infect ! Infect ! »

Joseph prit son chapeau et un pardessus léger. Il allait dîner en ville et après... Oui, après, eh bien, il savait que faire. Joseph se disposait donc à sortir quand on vint l'aviser que M. Sanasoff était dans le grand salon et demandait à le voir. Il répondit tout net :

— Dites-lui qu'il me foute la paix. Allez-y vous-même, mon petit Blaise.

Le petit Blaise disparut et revint presque aussitôt pour murmurer dans l'oreille de M. le Président :

— C'est à propos de cet article de l'*Impartial*. Il dit qu'il connaît quelqu'un.

— Bon, dit Joseph en haussant les épaules. Je vais le recevoir moi-même. Cinq minutes, pas plus. Et il m'aura eu encore une fois.

En fait, Joseph demeura pendant plus d'une demi-heure à prendre des dispositions avec M.

Sanasoff. Cette demi-heure consommée, Joseph
sortit de sa demeure. Il ne se dirigeait point vers
les hauteurs bucoliques de la petite rue Ballu, mais
vers le centre de Paris. Et il marchait à pied,
comme un homme désireux de rompre toutes les
amarres et de brouiller les pistes.

Il tira de sa poche le numéro de l'*Impartial* et
relut l'article mot à mot, avec le plus grand soin.
Il pensait : « Qu'est-ce que tout cela veut dire ?
Je suis, pour les affaires, un homme impeccable.
La correction en personne. Je suis un député
esclave de ses électeurs. Comme patron, un bon
patron : j'ai fait organiser des bains-douches à
Montredon et à Paris pour tout mon personnel.
Je suis bon père, ça ! Je suis même un père un peu
faible. Je suis bon époux, malgré tout. Parce qu'il
y a, quand même, de la faute à nous deux. J'aurais
lieu aussi de me plaindre. Et puis, ça ne les regarde
pas. Ça, c'est ma vie privée. Alors ? qu'est-ce
qu'ils me veulent. »

Joseph remit le journal dans sa poche gauche,
puis il sortit de sa poche droite certain petit carnet
où plusieurs dizaines de noms se trouvaient rangés,
soigneusement, sur trois colonnes. Joseph, à la
pointe du crayon, comptait, non sans s'y reprendre
à deux fois. Et il disait, entre ses dents : « Il y aura
trente-quatre votants. Majorité : dix-sept voix.
J'aurai, au second tour, vingt-deux voix. Si Lépa-
gnol est arrivé, j'aurai vingt-trois voix. Voilà. »

Il remit le carnet dans sa poche, fit encore quelques pas et murmura : « Je vais coincer Fourdillat,
boucler Trintignan, acheter le type de l'*Impartial*.
Pour le Michoacan, délivrance parfaite ! Les autres,
je les enquiquine. Compris ! Je les en-qui-quine ! »

CHAPITRE XII

RÊVERIE LABORIEUSE AU BORD D'UN TROTTOIR.
MIOTTE OU LA COURONNE DU VAINQUEUR. IL FAUT
SAVOIR JETER DU LEST. SILHOUETTES DANS LE
CRÉPUSCULE. ENQUÊTE SOMMAIRE. RETOUR SOUS
LE DÉLUGE. MERVEILLES DE LA MARCONIGRAPHIE.
LA PIRE DES CANAILLERIES. UNE MINUTE D'ÉPOU-
VANTE. APPEL DE DÉTRESSE. TÉNÉBREUX SOMMEIL.

Si c'était une mystification, eh bien, il suffisait
qu'elle devînt apparente, et les mystificateurs trouveraient à qui parler. Si la mystification
menaçait de tourner à l'aigre, il serait toujours
possible de ramener les choses dans l'ordre. Joseph,
de la main gauche, palpait sa poche fessière. Elle
contenait un revolver de petit calibre, mais excellent, dont l'acier faisait songer à l'élytre des co-
léoptères bruns et bleus qui bourdonnent, à la
chute du jour, dans les bosquets de Montredon. De
la main droite, Joseph étreignait la pomme d'or
de son jonc favori qui était gros comme une
trique et souple comme une cravache.

Joseph avait cinquante et un ans, quelques rides
bien gravées, des cheveux et des sourcils gris qu'il

ne songeait pas à teindre ; il était robuste comme un éléphant charpentier, mais il était merveilleusement adroit de ses membres. A Montredon, au Mesnil ou dans sa ferme, en Normandie, quand les tâcherons rechignaient à l'effort, M. Joseph Pasquier retirait sa veste, retroussait les manches de sa chemise et payait d'exemple, non sans sarcasmes, non sans invectives, non sans imprécations. Il était encore capable de manier avec aisance un muid de cidre, de porter sur ses épaules un sac de deux quintaux, de désembourber un char en poussant à la roue, d'abattre seul, à coups de cognée, un fayard gros comme une tour, et — parlons un peu des dents — de boire en saisissant entre ses mâchoires le bord d'un seau à demi plein d'eau qu'il faut soulever, d'abord, puis incliner à point avec une puissante douceur. Tel était l'homme, et les plaisantins pouvaient se le tenir pour dit.

S'il ne s'agissait point d'une mystification, il ne restait plus qu'à voir ce que ce pouvait bien être. Les affaires de Joseph étaient sans doute comparables à une jungle confuse, avec des ravins, des cavernes, des précipices, des épines, des lianes, des futaies ténébreuses, des déserts, des eaux dormantes. On s'y battait, on s'y trompait, on s'y dévorait à belles dents. C'était le jeu. Un jeu qui ne pouvait aller, on l'entend bien, sans trahisons, sans duperies, sans machinations, stratagèmes et ruses de guerre. Tout cela pouvait amener Joseph à faire beaucoup de pas, à voir beaucoup de gens, à prononcer beaucoup de mots, à imaginer beaucoup de ruses ; cela ne l'obligeait pas, d'ordinaire, à se tenir immobile, au coin d'une rue trop calme, par une soirée orageuse, le bord de son chapeau

baissé jusque sur le nez. Non, cette attente à la
nuit tombante, cela ne ressemblait pas à ce que
Joseph appelait « ses affaires ». Alors, la politique ?
Ce n'était pas impossible. Avec la politique, on ne
sait jamais. Et si ce n'était pas la politique, à quoi
fallait-il songer ? A cette candidature ? Certes, il
y fallait songer. Depuis huit ou dix semaines,
Joseph se trouvait, non sans une secrète appré-
hension, transporté dans un climat nouveau dont
les hideux petits journaux de calomnie et de chantage lui donnaient, chaque jour, la température
exacte. Enfin, si ce n'était point la politique et
si ce n'étaient point non plus les intrigues nouées
autour de cette fameuse candidature, alors, il
fallait songer... oui, il fallait regarder les choses en
face et songer à Miotte.

Ce nom de Miotte était charmant. Il était venu
d'Hermine par de mystérieux détours. Joseph
aimait beaucoup ce petit nom, tout en reconnaissant qu'il s'appliquait assez mal au caractère
de la personne. Miotte ! C'était badin, c'était
puéril ! Même aux instants d'effusion, cela ne
ressemblait point à cette femme raisonnable, à
cette femme intelligente. Car Miotte était la raison
même. Un peu trop sérieuse et calculatrice ; mais
Joseph ne détestait pas cela. Elle avait beaucoup
d'ordre et tenait à la perfection l'appartement de
la rue Ballu. Nul ne savait mieux qu'elle parler
aux domestiques et les diriger dans leur travail.
Elle donnait à Joseph un sentiment de sécurité
qu'un homme, accablé de soins, est heureux de rencontrer, surtout dans le plaisir. Mais quoi ! elle
avait trente ans ! N'importe ! Joseph entendait à
tout prix conserver Miotte. Quand il pensait à

Miotte, il sentait s'éveiller au fond de son être ce
lyrisme étrange qui, naguère encore, animait,
soulevait, exaltait le défunt chef de la tribu, l'illustre docteur Pasquier. Dans cette vie de combats,
d'entreprises et d'aventures qu'était la vie de
Joseph, Miotte représentait la récompense fleurie,
le port confortable et cossu, la couronne du vainqueur. Joseph avait vingt ans de plus que Miotte.
Et puis après ? La belle affaire ! Joseph était de
taille à défendre son bien. Il attendait, de pied
ferme.

Comme le long crépuscule expirait enfin sous
des nuées orageuses, tous les lampadaires de la rue
s'allumèrent d'un seul coup. Joseph dut changer
de trottoir pour trouver une zone d'ombre. La
soirée était chaude. Joseph transpirait dans sa
gabardine grise. Il ne quittait pas de l'œil la porte
du N° 7. Contre le vantail, le concierge, un vieil
homme, était venu s'adosser pour fumer une pipe.
Sa femme l'y rejoignit, traînant une petite chaise
basse. Les minutes passaient. La façade de l'immeuble, avec ses fenêtres presque toutes sombres
encore, était indéchiffrable. Joseph sentait parfois
monter, des profondeurs, quelque chaude bouffée
de colère. Puis il repartait en confuses rêveries :
« Ceux qui s'imaginaient qu'il était facile d'en-
tortiller Joseph Pasquier pourraient bien s'en
mordre les doigts. Il savait ce qu'il faisait. Il savait
ce qu'il voulait. Il avait lâché le Michoacan par
l'effet d'une inspiration irrésistible, mais réfléchie.
Il lui fallait jeter du lest, demeurer alerte et net,
dans sa course prodigieuse. Pour le reste, il avait
les dents serrées et les poings durs. Et puis, il
aimait la vie, aujourd'hui plus que jamais, malgré

certaines lassitudes qui sont le résultat naturel
d'une longue expérience... Ah ! Ah ! »

Dans l'encadrement de la porte, une silhouette
de femme venait de se dessiner, une silhouette
haute et bien campée. Puis, tout de suite, à côté
d'elle, une autre ombre, plus grêle, celle d'un
homme. Tout cela n'avait duré qu'un instant et,
déjà, les deux fantômes s'éloignaient et s'allaient
dissoudre parmi les ténèbres de la nuit parisienne.
Tout cela n'avait duré qu'un instant, mais Joseph
avait très bien vu ce qu'il devait voir, sans la
moindre chance d'erreur.

Se lancer dans une poursuite ? Non, il y avait
mieux à faire. Il convenait d'abord de se ressaisir. Il fallait torcher d'un coup de mouchoir ce
surprenant flot de sueur qui lui coulait sur les joues,
puis allonger les doigts, oui, oui, dénouer ces deux
poings pareils à des paquets de racines, et puis
calmer un peu ce tremblement du mollet, ce tremblement qui menaçait de gagner toute la carcasse.
Et puis — que fallait-il donc faire encore ? — Eh
bien, aviser, aviser, en se disant toutefois qu'avant
la moindre décision, des preuves étaient néces-
saires. Des preuves !

A ce moment, la pluie se prit à tomber et Joseph-
le-glorieux comprit que s'il attendait quelques
minutes de plus, il allait bientôt prendre très
piteuse figure, qu'il risquait, dans la suite des
opérations, de perdre tout prestige, toute assu-
rance et peut-être même le plus élémentaire
sang-froid.

Pour aborder les fantoches, le concierge et sa
femelle, deux méthodes étaient possibles, quitte à
choisir, au dernier moment, celle qui semblerait

la meilleure. Joseph ouvrit son portefeuille. Il
prit, dans sa main gauche, un billet de cent francs,
— c'était assurément beaucoup, mais qui ne risque
rien n'a rien — dans la main droite, une carte de
police, une espèce de coupe-file dont il se servait
parfois pour effrayer les naïfs. Alors seulement, il
se mit en devoir de sortir de la zone d'ombre et
d'aller prendre contact.

L'homme qui, un quart d'heure plus tard, tra-
versait la place du Panthéon, sous une pluie équa-
toriale, était tout occupé de dresser des plans de
bataille.

La carte de police avait produit le plus grand
effet et le Président Pasquier savait tout ce qu'il
pouvait savoir. Il n'était sûrement pas ivre. Il
avait dîné de bonne heure, au moins deux heures
plus tôt et d'une manière très sobre, dans un grill
de la rive droite. Pourtant il ne marchait pas droit
et quand, la place traversée, il atteignit les murailles
de la Bibliothèque Sainte-Geneviève, il étendit une
main trempée d'eau pour chercher sinon un appui,
du moins le témoignage d'un monde résistant et
ferme.

Au pas de course, il se lança dans la rue Saint-
Jacques transformée en torrent. Il grondait con-
fusément des choses folles, des menaces, des
injures : « C'était donc ainsi ! Lui qui s'était tué
de travail, il n'était environné que de traîtres.
On voulait qu'il fût terrible, eh bien, il serait
terrible ! Il allait prendre la hache et tailler à
même sa vie, tailler tout autour de lui, trancher
tous les liens, briser toutes les chaînes. Non, non,
il n'avait mérité rien de tel. Il nourrissait une foule

de parasites gloutons qui ne se moqueraient pas de lui pendant toute l'éternité. »

Il pénétra, non loin du musée de Cluny, dans un bar qu'il connaissait. Il se jucha, ruisselant de pluie, sur le haut d'un tabouret et demanda du cognac. Au garçon qui lui présentait un petit verre, il fit signe, avec la main, qu'il voulait un vase plus ample. On lui versa l'eau-de-vie dans un verre à bordeaux. Il but, comme font les enfants avides, comme font les buveurs rustiques, avec un grand bruit du gosier.

Il ne sortait presque jamais sans l'une de ses voitures. Il se sentait soudainement perdu, perclus, à demi paralysé. Il n'en décida pas moins de rentrer chez lui à pied, pour épuiser sa fureur et mettre, à la faveur de la course, un semblant d'ordre dans ses pensées en désarroi.

Il était plus de onze heures et demie quand il parvint rue Taitbout. Il lui parut que de la lumière filtrait derrière les persiennes closes aux fenêtres du premier étage. Bah ! il avait tout le temps. S'asseoir d'abord, une minute, et tâcher de réfléchir.

Il laissa, dans l'antichambre, sa gabardine gorgée d'eau, son feutre déformé, ses gants, son jonc à pomme d'or. Puis il gagna son cabinet de travail. La maison semblait endormie. Il fit de la lumière et vint en titubant s'asseoir dans son fauteuil de bureau. Sous un presse-papier de bronze, mais bien en évidence, on apercevait la feuille d'un télégramme. Le presse-papier empêchait de lire la plus grande part du texte. On pouvait voir, toutefois, les derniers mots et la signature : Obregon. « Ah ! non ! Ah ! non ! soupirait Joseph,

Le Michoacan, c'est fini ! Voilà maintenant un nouveau drame dans lequel, grâce au ciel, le Michoacan n'est pour rien. Je ne demande qu'une chose à cette canaille d'Obregon, c'est de me foutre la paix. La paix ! Une fois pour toutes ! »

En dépit de cette déclaration, il écarta le presse-papier et lut le télégramme. C'était un marconigramme. Il était daté de la mer et long de huit ou dix lignes. Joseph, qui le considérait d'abord d'un œil indifférent, le serra soudain si fort qu'il faillit le déchirer.

« *Suis heureux*, disait le Mexicain, *annoncer nouvelles excellentes reçues de Chipicuaro. Stop. Incendie limité au magasin numéro six. Stop. Puits numéro six en plein rendement douze cents barils. Stop. Puits numéro sept donne huile sous pression à deux cents pieds. Stop. Procès gagné en appel. Stop. Ecrirai prochainement.*

Obregon. »

Ce message lu et bien lu, Joseph laissa tomber son menton contre sa poitrine. Il avait envie de pousser un hurlement, mais il était trop recru pour trouver, dans sa poitrine, l'haleine d'un hurlement. Ainsi donc on l'avait dupé, lui, Joseph, le maître de toutes les astuces ! On l'avait joué, manœuvré et il venait, pour la seconde fois, de perdre cette étrange partie. Il avait vendu, comme un benêt, comme un idiot, une affaire qui, dès demain, serait la perle des affaires. On l'avait trompé ? Mais non, et c'était bien là le plus grave. Personne ne l'avait trompé. Ravier-Gaufre l'avait dissuadé de vendre. Young, lui-même, l'acheteur, l'avait dissuadé de vendre. Obregon ? Ah ! le cas Obregon était encore

plus inquiétant, dans son apparente simplicité.
Depuis le début, Joseph s'était défié d'Obregon.
D'instinct, depuis le premier jour, Joseph, en
Obregon, avait reniflé la canaille. Et voilà que
cette canaille s'avisait d'être un honnête homme.
Quand un gaillard que l'on estime une canaille
se comporte comme un honnête homme, c'est la
pire des canailleries, c'est surtout la moins par-
donnable de toutes les canailleries, parce qu'il n'y
a plus moyen de s'y reconnaître. Et cette disgrâce
effrayante tombait sur lui, Joseph, dans le moment
le plus douloureux, le plus dramatique de sa houleuse existence. Il se croyait délivré du Michoacan,
amputé de cette tumeur, et il sentait bien qu'il
allait falloir en souffrir, pendant les jours à venir,
plus qu'il n'en avait souffert jusqu'à la minute
présente. Il était tout à fait possible, il était même
certain que l'affaire du Michoacan ne resterait pas
secrète entre les cinq ou six personnes qui s'y
étaient trouvées mêlées. Elle allait, dès le lendemain, circuler de bouche en bouche. On en ferait
des gorges chaudes. Il deviendrait, lui, Joseph, la
fable et la risée de Paris. Alors, il était perdu ;
alors, il était à terre. Il ne lui restait plus qu'à
s'en aller planter des raves dans une de ses propriétés, car rien de plus vorace que tous ces biens
que l'on croit posséder et qui, en réalité, vous possèdent et pour lesquels on travaille comme un
cheval de trait, comme un forçat, comme un
esclave. Et tout cela survenait dans la vie de
Joseph à quel moment, juste ciel ! Au moment
même où il allait lui falloir engager une chamaille
atroce et tailler partout dans le vif, mordre dans
la chair saignante. «

Ce n'était pas une opération à entreprendre trop précipitamment. Joseph était vigoureux, certes ; mais, cette nuit, il tenait à peine debout sur ses jambes.

Il se leva pour constater qu'il était las et flageollant d'une manière fort anormale — cette crampe du mollet droit, en particulier, ce n'était pas le foie, non certes. Il croyait bien avoir entendu dire que c'était plutôt le rein. Cela voulait dire albumine. Il finirait par crever d'hydropisie, seul, dans un coin. Car il crèverait tout seul, comme un vieux loup malade.

Il pénétra dans sa chambre sur la pointe de l'orteil et, à peine dévêtu, il se jeta dans son lit sans même faire toilette. Aller dans la salle de bains, y ouvrir les robinets, y faire couler de l'eau, c'était risquer d'attirer l'attention d'Hélène, si toutefois Hélène était rentrée. Il alluma furtivement la lampe de chevet pour lire l'heure à sa montre. Il était une heure du matin. Il avait dû rester longtemps dans son bureau à méditer devant le télégramme du détestable Obregon.

La bouche ouverte, tous les muscles relâchés pour obtenir un silence aussi complet que possible, car les muscles des mâchoires bourdonnent en se contractant, il écoutait les rumeurs qui pouvaient lui parvenir de la chambre voisine, à travers la salle de bains. Il lui sembla percevoir, à plusieurs reprises, le bruit si particulier que fait un lecteur en tournant les feuillets d'un livre. Il écoutait, brûlé par toutes les flammes de la colère. Il n'avait qu'à descendre, chercher la canne de jonc et il allait bondir, frapper, faire justice. L'idée de cette scène absurde, la vision de cette fureur justicière

en pyjama lui faisait hausser les épaules. Non, non,
il serait très froid, très mesuré dans les termes, tel
un magistrat impassible, tel un exécuteur des
hautes œuvres.

Un peu avant l'aube, il descendit quand même,
pieds nus, à tâtons, jusque dans son cabinet. Ce
n'était pas pour chercher la canne de jonc, mais
pour décrocher le téléphone. D'un index indécis,
il forma le numéro de son frère Laurent et il
attendit longtemps, avant d'avoir une réponse.
Une voix inquiète finit par sortir de l'abîme :
« Qui est là ? Que voulez-vous ? » Il répondit :
« C'est moi, Joseph ! » Alors la voix fraternelle
reprit : « Qu'y a-t-il ? Tu es malade ? » — « Non ! je
ne suis pas malade. » — « Alors ? » — « Alors, je
ne sais pas. » Il y eut un moment de silence et
la voix lointaine dit encore : « Tu n'es pas malade. Alors, qu'est-ce que tu veux ? Tu es malheureux, peut-être ? » — « Malheureux ? non.
Je ne sais pas. Laurent, je ne peux pas dormir. » Il répétait avec angoisse : « Fais-moi dormir,
Laurent ! »

Alors Laurent commença de prononcer des
paroles apaisantes. Ce n'était pas la première fois
que Joseph le réveillait ainsi, au plus noir de la
nuit, parce qu'il ne pouvait pas dormir. Joseph,
dès le lendemain, ne s'en souvenait guère et s'en
excusait à peine. Il disait : « Tu es médecin, malgré
tout. Tu es un médecin de laboratoire. Mais ça ne
fait rien. Tu es quand même, par devoir, au service de l'humanité. »

Laurent prononça donc des paroles de calme et
donna plusieurs bons conseils. Après quoi, Joseph
remonta dans son lit en songeant à ce qu'il devrait

dire et faire quand le nouveau jour allait surgir sur l'autre versant du monde.

Il fit de longues inspirations et compta sérieusement jusqu'à mille ainsi que le lui avait recommandé Laurent. Petit à petit, un sifflement monotone, venu du fond des âges, s'introduisait dans son être, dispersant toutes les pensées de colère et de vengeance. Petit à petit, le thème de l'éternité reprenait possession de cette âme ravagée. Si bien que, vers le petit jour, Joseph sombra tout à fait dans un sommeil affreux, dans un sommeil épais, noir et gluant comme est, paraît-il, le pétrole natif dans les entrailles du sol.

CHAPITRE XIII

ANTÉE A RETOUCHÉ LA TERRE. OPINION D'UN
AMATEUR SUR LA PEINTURE MODERNE. UN AMER
COLLOQUE MATINAL. LE SENS DE LA VIE. DES MOTS
QUE L'ON NE PRONONCE PAS. JOSEPH TRAVAILLE
A LA HACHE DANS LA CHAIR MÊME DE SA VIE.

L'HOMME fut sur pied dès huit heures et s'alla
planter devant le miroir. Il était parfaitement
dru, prêt à foncer, prêt à mordre. Il était Joseph
en long et en large, comme devant et comme
toujours.

Il entra dans la salle de bains, s'y enferma, prit
une douche froide, se rasa le cuir au plus près, puis
il repassa dans sa chambre et se vêtit tranquillement. On venait de lui monter du chocolat et des
brioches. Il mangea toute sa ration qui n'était pas
médiocre. La dernière bouchée engloutie, il cria,
très fort :

— Hélène !

Une voix ensommeillée répondit, venue de loin :
— Oui ! Que voulez-vous ?

Ainsi donc, elle dormait ! Elle pouvait dormir ! Elle s'abandonnait sans honte aux douceurs du sommeil ! Il cria :

— J'ai besoin de vous parler, Hélène.

— Vraiment ? Eh bien, attendez un peu que je passe un peignoir. Après quoi, je vous recevrai.

— Non, habillez-vous.

— Pourquoi ?

— Je vous l'expliquerai bientôt.

— Vous savez que j'en ai pour une heure.

— Eh bien, prenez une heure.

Il poussait la voix, pour se faire entendre, mais il résistait à la colère. Il voulait, le plus longtemps possible, demeurer maître de soi. La colère, il la sortirait peut-être, le moment venu, comme une épée fulgurante. En attendant, du calme ! En attendant, le plus grand calme !

Il dit encore :

— Je vais travailler, je reviendrai dans une heure.

Il descendit à l'étage inférieur et retrouva, sur son bureau, le télégramme d'Obregon. Cette malheureuse affaire du Michoacan, comme il l'avait mal vue, la veille ! Devenir, lui, Joseph, la fable de Paris pour cette histoire absurde ! Il n'y avait rien à craindre. Il avait jugé que le Michoacan était une mauvaise affaire. Eh bien, ce serait, coûte que coûte, une affaire détestable. Joseph avait assez de relations, assez de tours dans son sac pour la leur torpiller, leur affaire de fripouilles. Le puits n'avait pas pris feu, mais il pouvait encore prendre feu. Il fallait que le dernier mot demeurât, comme toujours, à Joseph.

Il fut sur le point d'appeler Blaise Delmuter

qui devait être dans sa chambre ou quelque part
à déjeuner. Il jugea toutefois préférable de se
taire, de rester seul à méditer ses griefs et à préparer son réquisitoire. Comme le temps lui durait,
il monta dans la galerie de peinture et se prit à
l'arpenter à grands pas. Il répétait, machinalement,
des noms illustres et familiers : « Cézanne, Renoir,
Toulouse-Lautrec, Odilon, Redon... » Puis il s'arrêta net devant une toile de Gretchenko. « Tous ces
gaillards-là, quand même, n'allaient pas se moquer
de lui, avec leur manière prétentieuse de coller
de la couleur sur de la toile. De la faribole, voilà !
C'était de la faribole. Il allait tout bazarder. Après,
il n'y aurait plus qu'à rire. »

Il éprouvait une énorme envie d'envoyer un
grand coup de pied dans le portrait d'Orphée,
de viser particulièrement la mâchoire du crocodile,
qui lui semblait stupide. Mais la toile était trop
haute et d'ailleurs il pensait bien la vendre. Le
plaisir d'un coup de pied ne vaut pas quarante
mille francs. Il consulta sa montre et regagna sa
chambre.

Il y régnait une odeur de tanière, car il avait,
la veille au soir, oublié d'ouvrir les fenêtres. Cela
ne lui déplut pas. Il dit tout haut :

— Etes-vous prête, Hélène ?

Elle répondit :

— Encore cinq minutes.

Elle répondit cela et elle se prit à siffler. Elle
sifflait d'ailleurs fort bien. Elle osait siffler ! C'était
évidemment le comble de l'inconscience. N'importe ! il attendrait.

Cinq minutes passèrent et Madame Pasquier
senior dit paisiblement :

— Entrez.

Il entra tout aussitôt. Hélène était habillée, comme il l'avait demandé. Elle portait un costume de ville, un de ces tailleurs masculins pour lesquels elle marquait une vive prédilection. Elle se tenait vraiment bien droite et elle était belle encore, malgré ses quarante-huit ans, avec sa carnation fraîche, sa bouche saine et bien garnie, sa bouche ferme et mobile, avec ses jambes au galbe élégant qu'elle montrait volontiers. Joseph eut le temps d'apercevoir tout cela, mais il était pressé par le ressentiment, il attaqua tout de suite. Il dit, pesant bien ses mots :

— Je suis allé, à dix heures, hier soir, là-bas, dans cette petite rue, près du Panthéon. Vous ! c'était donc vous !

Il avait préparé cette phrase qui lui semblait directe, mais non mélodramatique. Il était sûr de voir Hélène chanceler, changer de visage, tomber dans un fauteuil. Elle s'assit dans un fauteuil, en effet, elle s'assit et ne tomba pas. Après quoi, elle répondit, d'une voix nette :

— Naturellement, c'était moi. Par hasard, aviez-vous peur d'en apercevoir une autre ?

Il reçut cette réplique sur la joue gauche comme un coup de poing et il faillit chanceler. L'affaire s'engageait mal. Il fallait trouver autre chose. Il cria :

— Est-ce que tu n'as pas honte ?

Il avait donné de la voix sans toutefois s'emporter. Hélène secoua la tête et répondit, posément :

— Depuis plus de quatre ans, Joseph, j'ai pris sur moi de vous épargner les scènes de jalousie.

Vous n'avez, à ce sujet, aucun reproche à me faire.
Je m'attendais, de votre part, à un traitement
réciproque, puisqu'il paraît que nous ne sommes
ni l'un ni l'autre aveugles, mon pauvre ami.

« Un traitement réciproque !... Aucun reproche à
lui faire ! » Joseph, en louchant un peu, aperçut
le bout de son nez qui commençait à blanchir. La
querelle s'engageait très mal. Alors, il allait battre
Hélène. Il allait la battre, la battre avec les poings
et les pieds. — Quel soulagement ce serait ! —
Et, comme elle ne se laisserait pas battre sans
rendre les coups, la gaillarde, cela ne pouvait
manquer de devenir abominable. N'importe, il
fallait la battre. Il fallait briser quelque chose,
renverser les meubles, renverser les murs. La maison allait s'écrouler sur eux, sur leur colère. La
maison allait ensevelir les convulsions de leur vie.
« Ah ! Qu'elle s'écroule ! Qu'elle s'écroule ! Que
le monde entier s'écroule ! »

Il devait être à cette minute assez inquiétant à
voir, car Hélène se mit debout et prit un pas de
recul. Alors il saisit à pleins bras la grande psyché
de citronnier et il vint la camper, toute droite,
devant la femme immobile. Il vociférait :

— Mais regarde-toi ! Regarde-toi donc !

Elle fit, de la main, un geste calme et résigné :

— Oh ! dit-elle, je me connais.

— Regarde, malheureuse !

Elle haussa les épaules et soupira :

— Je sais ce qu'on voit là-dedans. Allons,
laissez-moi tranquille.

Il resta désarçonné. Comme elle était intelligente ! Il était allé la chercher, au temps jadis, dans
cette Sorbonne qu'il exécrait d'instinct. Lui qui,

de si bonne heure, s'était détourné des choses de
la culture, il était allé prendre sa femme dans le
temple même de cette maudite culture. Elle
l'intimidait toujours quand elle le regardait ainsi,
avec ce regard attentif. Elle l'intimidait malgré
tout. Il ne pourrait pas la battre. Il avait d'abord
souhaité de lui voir verser des larmes. Mais non,
elle ne pleurerait pas. Elle ne pleurerait même pas.
La querelle devenait très misérable, très vague,
elle risquait de s'égarer sans aboutir à une solution
franche. Il fallait trouver un biais. Ce fut Hélène
qui, soudain, recommença de parler. Elle disait :

— Je ferai ce que vous voudrez. Tout m'est
parfaitement égal.

— Avez-vous l'intention de vous poser en vic-
time ?

— Oh ! soupira-t-elle, nous sommes tous, en ce
moment, de pitoyables victimes.

— Des victimes de qui, de quoi ?

— De quelque chose d'affreux, de quelque chose
de très amer qui est en vous, mon pauvre Joseph,
et que l'on ne peut pas expliquer, mais dont on
souffre quand même.

Alors il leva les bras et se prit à larmoyer. Il
avait trouvé sa veine, il allait enfin se plaindre et
se soulager ainsi. Il avait, depuis un quart de
siècle, fait un effort surhumain. Il s'était tué de
travail. Et pour aboutir à quoi ? A cette espèce de
naufrage ! Vraiment, c'était injuste ! Il avait trois
enfants pour l'avenir desquels il besognait comme
un bœuf et ces trois anfants, aujourd'hui, ne le
regardaient même pas, ne le comprenaient pas,
ne l'aimaient pas. C'était injuste, trop injuste !
Il avait fait, pour sa femme, pour le bonheur de sa

femme, tout ce qu'un homme peut faire et voilà
qu'elle avait attendu d'être au seuil de la vieillesse
— mais oui, au seuil de la vieillesse — pour essayer
de le bafouer, de le rendre ridicule. Vraiment,
c'était le comble de l'injustice ! Mais, du moins,
depuis hier, la chose était tirée au clair. Hélène
avait tout risqué. Il allait lui falloir tout
perdre.

Hélène écoutait cette longue lamentation me-
naçante en secouant parfois la tête en signe de
dénégation. A la faveur d'un silence, elle dit,
entre haut et bas :

— Vous m'avez, depuis vingt ans, fait perdre,
petit à petit, ce que je possédais de plus précieux.

— Quoi donc ?

Elle hochait doucement la tête.

— Peut-être le sens de la vie.

Ils demeurèrent face à face, en silence. Joseph
était interdit de nouveau. Rien, dans cette scène,
ne se passait selon ses prévisions. Il avait entrevu
d'abord une dispute de grand style, quelque chose
de magnifique avec éclats de voix, tirades, agenouil-
lements et sanctions. Il avait préparé des mots
cinglants, des mots vengeurs. Il voulait dire
« épouse indigne ». Il voulait même parler de
« caprices déshonorants », de « goûts pervers », de
« greluchon ». Et voilà que tous ces mots lui restaient au fond de la gorge. Voilà que tous les
effets tournaient en avortements. Il avait prévu
bien des choses, mais il ne pouvait pas s'attendre à
rencontrer cette femme rétive, insolente et calme,
oh ! désespérément calme. Ce fut elle qui reprit, à
ce moment, le gouvernail en main. Elle dit, l'accent
incisif :

— Vous avez réfléchi, je pense, aux conditions du divorce.

Le mot le fit se redresser. Si l'on parlait du divorce, c'était une espèce d'affaire. Il était dans son domaine. Il répondit aussitôt :

— Parfaitement, j'ai tout prévu.

— Vous avez bien de la chance.

Il ne parut pas même goûter l'ironique hommage que contenait cette parole. Il articula, précis :

— Quand quittez-vous la maison ?

— Oh ! dans cinq minutes au plus tard.

— Oui ? Et vous savez où aller ?

— Je sais où aller.

Comme un sourire pénible fendait la joue gauche de l'homme, elle ajouta tout aussitôt :

— Oh ! ce n'est pas ce que vous pensez. Non, vous verrez, c'est bien simple. Je vous ferai savoir, tantôt, où j'aurai élu domicile, puisque c'est ainsi que l'on dit et puisqu'il va falloir nous faire à ce langage.

Il reprit, sans désemparer :

— Les enfants restent ici, comme il est naturel.

— Ne vous hâtez pas de le croire. Deux des enfants sont majeurs et feront ce qu'ils voudront. Je vais prier Delphine de me suivre ou plutôt de me rejoindre, peut-être ce soir. Nul ne peut l'en empêcher. Elle a vingt-deux ans.

— Jean-Pierre étant mineur va rester sous mon toit.

— Vous parlez comme si la loi devait vous donner gain de cause.

— Je n'en doute pas un instant. Vous savez que j'ai des témoins.

— Vous n'avez pas l'air de comprendre que je pourrais en avoir aussi. Vous n'avez pas l'air de savoir que si je suis fautive, vous n'êtes pas irréprochable et que je suis bien renseignée.

— En ce cas, nous obtiendrons le divorce aux torts réciproques. Et comme nous sommes unis sous le régime de la communauté réduite aux acquêts...

— Tout cela m'est, comment vous dire ? incroyablement égal.

— Vous n'aviez aucune dot, quand nous nous sommes mariés, mais vous avez, il y a quinze ans, touché deux cent mille francs de votre oncle Strohl de Nancy ; vous retrouverez la somme, et même avec les intérêts.

— Je croyais vous avoir dit que cela m'était égal.

— Ne le dites pas trop haut. On a toujours besoin d'argent.

— J'ai surtout besoin de ne plus entendre parler d'argent.

— Puis-je vous faire conduire où vous voulez aller ? Je mettrai l'une des voitures à votre disposition.

— Non, merci. Je vais partir à pied, et les mains vides. Je ferai venir du linge cet après-midi, par Delphine, et aussi quelques vêtements.

— Qu'allez-vous dire à cette petite fille ? Quelle sorte d'explication pensez-vous lui donner ?

Hélène serra ses mains l'une contre l'autre, baissa la tête et répondit pensivement :

— Je ferai de mon mieux pour ne pas mentir. J'apprendrai à m'humilier. Il se présentera peut-être quelque chose qui m'aidera.

Elle ouvrit une armoire et y prit un chapeau ; puis elle choisit une paire de gants, l'air indifférent et lointain.

Joseph se promenait, les mains enfoncées dans les poches. Il dit, la voix chavirante :

— Vous pouvez fort bien rester vingt-quatre heures de plus ici.

Hélène haussa les épaules :

— Vous n'y pensez pas, mon ami.

Et, tout de suite, en trois grands pas, son sac de cuir sous l'aisselle, Hélène sortit de la chambre.

Elle était partie depuis beaucoup plus d'une minute quand Joseph, réveillé du cauchemar, s'écria :

— Hélène !

C'était le cri d'un noyé, le cri d'un homme qui nage seul, sur les grandes vagues, en haute mer.

Et, le cri à peine lâché, Joseph se redressa : « Les événements allaient comme il souhaitait de les voir aller. »

Il s'était juré de travailler de la hache, de tailler dans la chair vive, d'amputer ce qui était mort ou périssable. C'était bien ainsi qu'il faisait. Et maintenant, il allait se relancer au travail.

Il sortit dans le couloir et tout aussitôt cria :

— Blaise ! Où est Blaise ! Qu'on cherche M. Delmuter. Je l'attends dans mon bureau.

CHAPITRE XIV

BLAISE DELMUTER EST INTROUVABLE. UNE DÉ-
FECTION INVOLONTAIRE. MALADRESSE DE L'HOMME
ADROIT. UNE LETTRE QUI PARVIENT A SON DESTI-
NATAIRE. CLARTÉS SUR DIVERSES CONJONCTURES
ET SUR PLUSIEURS PERSONNAGES. VOIX DE LAURENT
PASQUIER ET AUTRES VOIX MOINS FRATERNELLES.

BLAISE Delmuter n'était point au secrétariat, pièce austère dans laquelle une demoiselle dactylographe, qui gouvernait aussi le standard téléphonique, s'évertuait tout le jour. Blaise n'était pas dans la bibliothèque et il n'était pas, non plus, dans la grande galerie de tableaux. Il n'était pas dans sa chambre qui se trouvait tout en haut de la maison, entre la chambre de Jean-Pierre et celle des domestiques. Restait à demander, par fil, si le chef du secrétariat était, pour quelque affaire, aux bureaux de la rue du Quatre-Septembre. On ne l'avait point vu rue du Quatre-Septembre. Alors, auprès de M. Mairesse-Miral, au cabinet de la rue de Pétrograd ? M. Mairesse-Miral n'avait pas eu l'honneur d'apercevoir

M. Delmuter. Alors, le damné jeune seigneur était chez son dentiste ou chez qui, nom d'une chique ? Il aurait dû prévenir son patron. Il aurait sur les doigts.

Ici, Joseph s'arrêtait, tout debout dans l'ouverture d'une porte et il songeait, une seconde. « Une révolution dans la vie ! Et quelle révolution ! Il avait tranché, comme toujours, à coups de hache. Et cela s'était passé de façon miraculeusement simple. Il ne sentait même pas l'espèce de malaise que lui donnait toujours une colère rentrée. Voilà ce qui pouvait s'appeler le caractère. »

La demoiselle du secrétariat vint informer M. le Président qu'on l'appelait au téléphone.

— Qui ? demanda-t-il laconiquement.

— Un monsieur Passèdre ou Proussèdre, je n'ai pas très bien compris.

— Connais pas. Laissez-moi tranquille. Répondez que je ne suis pas là.

La demoiselle s'éloignait. Joseph la rattrapa d'un mot :

— Attendez ! On ne sait jamais. Cela me dit quelque chose. Passez la communication chez moi.

Il fut dans son cabinet et saisit l'appareil. Il n'avait pas le front d'un homme qui va se laisser importuner. Et, soudain, ce front hargneux se déplissa, comme par magie, pour se replisser d'autre manière. Joseph disait, la voix flûtée :

— Comment allez-vous, mon cher maître et ami. Comment va Madame Teyssèdre ? La secrétaire, qui ne comprend jamais rien, avait estropié votre nom qui est pourtant si frappant et si connu... Vous dites... Mon Dieu ! c'est impossible ? Oui, ce n'est pas absolument sûr ? Une petite **attaque** !

Mais rien de grave ? Peut-on téléphoner à Madame de Janville ? Ce ne serait pas indiscret ? Enfin, je vous remercie beaucoup. Je vais me renseigner tout de suite. Je suis touché, touché, plus que je ne saurais dire. »

Joseph, d'un geste indécis, remettait l'appareil en place. Il fit deux ou trois fois le tour de son cabinet en marchant avec application sur tel dessin du tapis, ce qui marquait chez lui le comble de la perplexité. « Vrai ! il ne manquait plus que ça ! Le vieux marquis de Janville s'avisait de faire une attaque. A deux jours de l'élection ! On le savait, depuis la veille, et tout le monde en parlait au Volney, le cercle du marquis. On en parlait depuis la veille et, pendant ce temps, lui, Joseph, il devait porter dans sa maison la hache de la justice, ni plus ni moins. D'abord, il fallait être sûr. Avant de se mettre martel en tête, il fallait une certitude. Avec ces bruits qui courent à Paris, sait-on jamais ! »

Il reprit le téléphone et demanda lui-même l'hôtel de Janville. Le poste n'était pas libre. Il attendit cinq minutes et fit un nouvel appel. Le poste était encore pris. Cela ne voulait rien dire, mais ce n'était pas bon signe. On ne téléphonait pas tellement, d'ordinaire, chez les Janville. A la troisième sonnerie, il eut enfin une réponse : « Madame la Marquise ne pouvait pas, elle-même, venir à l'appareil. Quant à Monsieur le Marquis, il était souffrant, oui, souffrant, oh ! une simple grippe intestinale, un petit empoisonnement. Le Marquis s'excusait. C'était l'affaire, au dire des médecins, d'une semaine ou deux, rien de plus. »

Une semaine ou deux ! C'était encore beaucoup

trop long ! Une grippe intestinale ! Cela ne pouvait pas empêcher un homme sérieux de se lever
au moins une heure pour aller à l'Institut. Car le
Marquis de Janville, dans cette histoire confuse,
était comparable au chef d'orchestre : s'il venait
à manquer, la partie était compromise. Elle risquait, tout au moins, de se présenter sous un jour
moins favorable.

Joseph pensa que le mieux était de rappeler
Teyssèdre. Il l'obtint presque tout de suite : « Je
viens de téléphoner avenue Hoche, dit-il. C'est
plutôt rassurant. La personne qui m'a répondu
parlait de grippe intestinale. C'est une affaire assez
bénigne. Le Marquis est très robuste. Il est l'homme
à se lever après-demain pour venir à l'Institut.
Qu'en pensez-vous, cher maître et ami ? »

La voix de M. Teyssèdre se fit entendre avec un
peu de retard : « Vous m'étonnez beaucoup. J'ai
vu le Dr Rohner, qui est un ami du Marquis. Il
m'a dit textuellement que c'était une hémiplégie
droite, avec troubles de la parole. Oui, je répète :
hémiplégie droite. C'est assurément très pénible.
Le Marquis est un excellent confrère. Mais enfin,
rien n'est perdu. Votre position me semble encore
excellente. Bon courage et à bientôt ! »

A peine rompue la communication, Joseph eut
un accès de rage. Cet imbécile de Janville allait
donc tout faire manquer avec cette bête d'attaque.
Il était inimaginable qu'il n'y eût rien à faire en
une circonstance telle. Il allait rappeler Teyssèdre.

Il rappela Teyssèdre. L'estimable personnage
était fait depuis longtemps aux angoisses des candidats. Il en avait vu beaucoup déjà patienter
dans son sage petit salon aux grêles fauteuils

Louis XVI. A mesurer leur insistance, il n'éprouvait plus d'étonnement, mais une mélancolie teintée de compassion. Il fit un sincère effort pour écouter Joseph et ce que disait Joseph était pourtant extraordinaire. « Si le Marquis de Janville est malade, puis-je compter sur vous, mon cher maître et ami, pour faire remettre l'élection à quinzaine, par exemple ? »

La voix de M. Teyssèdre arriva, scandalisée, du fond de l'espace cotonneux. « Remettre une élection parce qu'un des membres est malade ! Mais, mon cher monsieur, c'est inconcevable. Cela ne s'est jamais fait. » — « Pourtant, bredouillait Joseph avec obstination, la compétition se trouve tout à fait faussée. Pour une affaire de maladie, je perds mon meilleur électeur.»—« Oh ! reprit l'académicien d'un air vexé, vous en avez d'autres quand même... Remettre à quinzaine ! mais cher monsieur, si la chose était possible, et je vous répète qu'elle est impossible, dans quinze jours, à Paris, il n'y aura plus personne. Et ce n'est pas alors une voix que vous risqueriez de perdre, mais peut-être une dizaine de voix. Je vous répète : bon courage ! »

Joseph se prit la tignasse à pleines mains. Il venait de faire une gaffe et même deux gaffes. D'abord en insistant avec cette sauvagerie. Ensuite en parlant de son meilleur électeur devant un autre électeur. Et comment rattraper cela ? Décidément, rien n'était simple, avec ces vieux de l'Institut. Joseph se sentait mieux à l'aise quand il s'agissait de saquer un homme d'affaires, ou même... eh bien, oui, ou même de tailler à coups de hache dans sa vie, de se séparer de sa femme, par exemple.

Car il allait divorcer, lui, Joseph ! Di-vor-cer. Et c'était très bien ainsi.

Pour difficiles qu'ils fussent à manier, ses futurs confrères n'étaient pourtant pas tous inabordables. Il allait appeler Pujol.

Et il appela Pujol. Le célèbre architecte était au nombre de ceux qui avaient dit à Joseph : « Je serai au bout du fil quand vous aurez besoin de moi. » Ce n'était pas une licence qu'on obtenait de tous les autres. A part huit ou dix personnes que Joseph était en droit de considérer comme des amis à toute épreuve, aux autres, il fallait écrire. Il convenait de respecter un certain cérémonial.

Pujol était, ce matin-là, optimiste et même jovial. Il ne laissa pas Joseph plaider longuement son procès. Il riait, dans l'appareil : « Une attaque ! Mon pauvre ami ! C'est la chose la plus naturelle du monde. Janville s'en sortira très bien. Voyez Peuch, voyez de Praz ! Ils s'en sont bien sortis. Quant à vous, aucune inquiétude ! Je vous dis que le tour est joué. Vous deviez avoir vingt-trois voix, eh bien, vous en aurez vingt-deux. Ce sera encore très beau. Moi, en 1905, j'ai passé, au troisième tour, avec dix-sept voix seulement. Alors ? voyez vos amis quand même. »

Joseph était réduit mais non point rassuré. Il avait encore deux jours pour prendre les suprêmes rendez-vous. Ah ! tout cela tombait très mal. Il était au moins midi et demie et Hélène n'avait pas encore donné de ses nouvelles. Hélène était partie, comme cela, son petit sac sous le bras. C'était une nature secrète et capable de vengeance. Se venger de qui, de quoi, d'abord ? Du mal qu'elle lui avait fait à lui, le malheureux Joseph ?

Il fallait trouver l'introuvable Blaise. Joseph
se mit lui-même à la recherche du secrétaire et,
pour finir, la maison explorée, la rue du Quatre-
Septembre et la rue de Pétrograd interrogées tour à
tour et pour la seconde fois, Joseph jugea expédient
d'aller explorer la chambre du jeune homme.

La clef était sur la porte. Joseph entra, sans
frapper. C'était une chambre petite et très soigneusement rangée. L'œil pouvait l'explorer tout à fait
en une seconde. Les meubles étaient à leur place ;
mais l'armoire était ouverte et vide. On voyait
encore, dans un angle, sur le sol, une assez grande
malle, fermée et pourvue d'une étiquette. Enfin,
sur la table, exposée en bonne lumière, Joseph
aperçut une lettre. « *A monsieur Joseph Pasquier.* »

L'enveloppe était fermée. Joseph s'en empara,
l'ouvrit avec agacement. Il commença de lire en
descendant l'escalier.

Paris, le 24 juin 1925.

Monsieur le Président,

*Il est dix heures du soir. Selon toute vraisemblance,
vous êtes, en ce moment, à l'angle de la rue Thouin et
de la petite rue Blainville, dans le cinquième arrondissement. Je donne ce détail précis pour bien vous
faire comprendre que celui que vous appelez cordialement « le petit Blaise » n'écrit pas de lettres anonymes. Il peut lui arriver de se trouver dans la
nécessité d'écrire des lettres à signature différée.
Ayez la bonté d'apprécier la nuance.*

*J'ai la soirée devant moi pour écrire ma lettre, une
lettre à laquelle je rêve depuis deux ans déjà, c'est-à-
dire depuis le moment où j'ai commencé de servir sous
vos ordres. Vous serez ici vers onze heures, s'il ne se*

passe point de drames, là-bas, dans le cinquième arrondissement. Mais il ne se passera point de drames. J'ai confiance, Monsieur le Président, dans un bon sens dont vous m'avez maintes fois donné des preuves et qui doit être encore solide, malgré certaines défaillances dont j'aurai plaisir à vous entretenir, ce soir, si vous voulez bien me prêter une part de votre attention.

J'ai donc toute la soirée devant moi. Une soirée libre où je ne risque point de m'entendre appeler vingt fois; Blaise! Où est Blaise? Que fait Blaise? Une soirée pendant laquelle je suis bien résolu à laisser le téléphone sonner tant qu'il voudra sans même quitter ma chaise. Une soirée pendant laquelle je vais me préparer pieusement aux joies de la délivrance.

Vous m'avez, pendant ces deux années de collaboration intime, vous m'avez fait beaucoup de mal et vous m'avez fait un peu de bien. C'est en souvenir de ce bien que je veux vous ouvrir mon cœur, au moment de vous quitter. Car je vais vous quitter, Monsieur le Président, et, pour couper court aux effusions du départ, pour éviter tout aussi bien les vaines récriminations et les attendrissements superflus, je m'en irai demain matin, au petit jour, sans vous avoir aperçu, sans même vous avoir entendu crier une fois de plus dans les couloirs; « Où est Blaise! Qu'on me trouve Blaise à l'instant même! »

Ce qui me décide à précipiter cette rupture, que je méditais depuis quelque temps déjà, ce n'est pas, Monsieur le Président, votre caractère terrible. En écrivant ces deux mots, je sais que je vais vous faire plaisir. J'ai remarqué, Monsieur le Président, que vous aimez à jouer les ogres, à jouer les bêtes sauvages, toutes les fois, bien entendu, que vous ne pleurnichez pas, car il y a, chez vous, un mélange de brutalité et de pleurnicherie que je regrette de ne pouvoir étudier plus longtemps. Non, ce qui me décide à vous quitter, c'est le sentiment, en moi chaque jour plus ferme, que je ne peux plus rien attendre de vos leçons, que vous êtes en train de devenir un mauvais maître, que vous perdez — beaucoup trop tôt, à mon humble avis — les qualités essentielles qui font un homme de proie. Pour qui vous connaît ou croit vous connaître, le problème est bien troublant. Une telle évolution ne s'explique à mon sens que par l'apparition, dans votre vie, d'ambitions extravagantes et qui sont, principalement, de l'ordre intellectuel. Inquiétant, Monsieur le Président, très inquiétant !

Vous m'avez, pendant deux ans, contraint à l'admiration. Ce magnifique mépris de toutes les règles sociales, morales, humaines et divines, ce besoin carnassier de mettre les dents partout, d'enfoncer toujours le nez dans la chair chaude et fumante, vraiment, il y avait là, pour un jeune homme de ma sorte, une espèce de grandeur. Et puis les fautes ont commencé, des fautes non pas inexplicables, mais à coup sûr inexpiables. J'ai cessé de vous admirer, Monsieur le Président. Et j'ai songé qu'en restant plus longtemps auprès de vous, je risquais de compromettre ma carrière et d'émousser un talent qui est à peine formé.

Je n'ai qu'une façon de vous marquer ma réelle gratitude, — car vous m'avez ramassé sur le pavé ; tout le monde le sait maintenant dans la société parisienne où vous vous manifestez — je n'ai qu'une façon de m'acquitter de ma dette envers vous, c'est *en vous donnant certaines clartés sur les affaires et les personnes qui vous intéressent en ce moment de façon particulière. Ainsi donc, je commence.*

M. Trintignan est un agent personnel de M. Four-dillat, le ministre. Si vous parvenez à vous débar-rasser des trois cents tonnes de lentilles du Cantal et des trois cents tonnes de lentilles du Chili, vous subirez, dans les conditions présentes du marché, une perte que la vente du contingent supplémentaire de Cryogène, en admettant qu'elle soit normale et rapide, ne couvrira que dans la proportion de 75%, au dire des malins. Pour les renseignements précis sur M. Trintignan, vous pouviez avoir recours à l'agence P.R.P., ce que vous faisiez si volontiers autrefois et ce que vous avez négligé de faire depuis cinq ou six mois. Incompréhensible ! Incompréhen-sible !

Votre fils aîné, M. Lucien Pasquier, sort avec une très bonne note de cette petite épreuve. D'après ses calculs, il n'avait pas beaucoup plus de vingt chances pour cent de vous voir avaler le Trintignan les yeux fermés. Inconcevable ! Inconcevable ! Vous n'avez pas à craindre de voir M. Lucien jouer à la roulette ou signer des chèques sans provision. C'est un jeune homme de sang-froid et de beaucoup d'avenir. A votre place, Monsieur le Président, je tâcherais de m'en faire un ami et peut-être un associé.

Vous avez reçu, il y a trois mois, une lettre d'un inconnu qui vous donnait, sur Sir Oliver Ellis, des renseignements confidentiels. Vous avez jeté la lettre au panier. Surprenant ! Plus surprenant que je ne saurais dire ! — C'était au commencement de votre histoire de l'Institut. — J'ai repris la lettre dans le panier et vous pourrez la retrouver : classeur n° 4, septième tiroir en partant du bas. Si vous la lisez attentivement, vous y verrez que Sir Oliver Ellis a déjà, quatre fois de suite, racheté pour une bouchée de pain des affaires dont tous les premiers frais avaient été faits par des personnes confiantes, mettons par des imbéciles. Quelle humiliation, monsieur le Président ! Le señor Obregon, dans toute cette aventure, a été traité par vous avec une grande injustice et presque de l'incorrection. Il est innocent comme l'enfant qui vient de naître. Je n'oserais en dire autant de M. Ravier-Gaufre, mais je m'abstiens d'insister sur cette question délicate. J'ai beaucoup admiré le stratagème employé hier matin au début de l'entretien... Je veux parler de cette proposition qui vous a été faite d'annuler la promesse de vente, proposition que vous avez, naturellement, refusée. Bien que je sois encore un apprenti, cela me paraît comme un raffinement exceptionnel. Voilà une méthode neuve et qui me semble introduire dans les affaires un élément psychologique avec lequel il faudra nécessairement compter. Les prochaines victimes de Sir Oliver Ellis n'ont qu'à bien se tenir.

Je me permets d'ajouter un petit renseignement qui sort de ma compétence ordinaire, mais qui, je le pense, vous sera de quelque prix. Si vous désirez des clartés sur la façon dont Madame Hermine Mauser, la dame de la rue Ballu, emploie ses loisirs forcés, notamment pendant vos voyages en Angleterre ou vos séjours à Montredon, demandez des explications — non sans une certaine prudence — à M. Félix Le Bilhec, sans profession — 23, rue des Martyrs.

Ces clartés, que je me hâte de vous fournir avant

notre séparation, j'aurais peut-être dû, Monsieur le Président, vous les donner plus tôt et directement, d'homme à homme. Je n'en ai pas eu le courage et vous me comprendrez. Vous parlez trop fort, Monsieur le Président, vous criez trop fort et vous avez des réflexes qu'on ne peut pas toujours prévoir.

Je viens de vous entendre rentrer à la maison. Il pleut. Vous n'avez pas votre voiture. Vous devez être trempé. J'ai mis le télégramme d'Obregon en évidence sur votre bureau. Quelle surprise, Monsieur le Président, et quelle curieuse expérience !

Veuillez croire à mes sentiments toujours dévoués et somme toute encore admiratifs.

> *Blaise Delmuter.*

P. S. Contrairement aux traditions, je ne quitte pas la maison en enlevant Mademoiselle Delphine. C'est une personne très douce et je crois, très malheureuse. Mais elle ne me plaît pas, physiquement : elle est trop petite et trop grosse.

2e P. S. Je renonce à la jaquette pour des raisons personnelles sur lesquelles je vous laisse à vos méditations. J'enverrai prendre ma malle par la servante de ma sœur. Pour mon traitement du mois de Juin, je vous ferai connaître bientôt l'adresse où vous aurez la bonté de me le faire parvenir. Avec mes remerciements anticipés, encore une fois, veuillez croire...

Joseph avait achevé la lecture de cette longue lettre sur le seuil de son bureau. Il s'aperçut alors que la sonnerie du téléphone retentissait sans relâche aux trois étages de la maison. Il cria :

— Mademoiselle !

Comme personne ne répondait, il courut au secrétariat. Il était une heure moins le quart. La

demoiselle dactylographe était partie déjeuner.
Alors il prit l'appareil, pour, du moins, arrêter ce
bruit. Il décrocha l'appareil et pensa qu'il valait
mieux écouter, une minute, savoir ce qu'on lui
voulait.

C'était la voix de Laurent. Une voix triste et
fâchée. Et cette voix disait : « C'est toi, Joseph ?
C'est bien toi ! Tu sais qu'Hélène est ici, chez nous,
avec nous. Elle va demeurer chez nous. Mais il
faut que je te parle, Joseph. » — « Je ne peux pas
te voir aujourd'hui. D'ailleurs, cela ne changerait
rien à l'affaire. Toutes mes décisions sont prises. »
— « Il faut quand même que je te voie. » — « Eh
bien, téléphone ce soir. Ou mieux, demain matin.
Aujourd'hui, je ne suis pas libre. »

Et il remit l'appareil au croc, brutalement, sans
plus attendre. Puis il sortit dans le vestibule en
criant : « Quelqu'un ! Quelqu'un ! Est-ce qu'il y a
quelqu'un ici ? »

Le silence restait profond et Joseph commença
de parcourir la maison. Les chambres étaient vides.
Où étaient Lucien et Delphine ? Où était Jean-
Pierre qui, depuis quelques jours, promenait d'étage
en étage une figure lamentable ? Où étaient les
domestiques, dans cette maudite maison ? Joseph
descendit au sous-sol. Les domestiques, réunis,
étaient en train de déjeuner. Joseph s'arrêta sur le
pas de la porte et bredouilla des phrases vagues :
« Alors, moi, je ne compte pas ? Alors, moi, le patron,
je ne mange pas, peut-être. »

Le maître d'hôtel se leva, comme un automate,
et enfila sa veste blanche en disant d'une voix
plate : « Le couvert de Monsieur le Président est
mis dans la salle à manger. »

Joseph revint au rez-de-chaussée, juste comme le téléphone recommençait de sonner. « Et il n'y aurait donc personne pour arrêter une bonne fois cet appareil de torture ? » Il porta, malgré tout, l'appareil à sa tempe. C'était M Trintignan. Il gloussait, la voix juteuse : « Bonne nouvelle, Monsieur le Président. Nous avons un preneur sûr pour nos lentilles du Chili. »

Joseph sentit sa bouche qui se tordait et se serrait. Il cria, dans le cornet : « Vous, vous êtes une fripouille ! Alors, foutez-moi la paix. Nous règlerons nos comptes plus tôt que vous ne pensez. »

Là-dessus, il coupa net. La sonnerie implacable recommença de tinter. Si c'était encore Trintignan, alors, gare à l'engueulade ! Elle ne faisait que débuter. Il reprit donc l'appareil. C'était monsieur Sanasoff. Il murmurait, au bout du fil, avec son accent moscovite : « Allo ! Allo ! Savez-vous, cher Monsieur, que le Marquis de Janville a une grippe intestinale ? Mais il va déjà beaucoup mieux. Il se lèvera samedi et il ira voter pour vous. Il me l'a formellement promis. »

Joseph se prit à trépigner et à cracher dans l'appareil. Il disait : « Mais taisez-vous ! Puisque je vous dis de vous taire. Etes-vous un menteur ou seulement un idiot ? »

CHAPITRE XV

Samedi, 27 *Juin* 1925.

Laurent Pasquier à Madame Cécile Pasquier,
Hôtel Pontchartrain, New-Orleans, Louisiana,
U. S. A.

JE voulais t'écrire dès jeudi soir, chère Cécile,
et c'est Jacqueline qui l'a fait, assez brève-
ment, me dit-elle. On m'assure, à la Transat, que
les bateaux sont nombreux, en ce moment de l'année, et je veux croire que la lettre de Jacqueline te
sera parvenue avant celle-ci. Je vais, ce soir,
reprendre toute l'histoire et t'en raconter la suite.
Je dis bien la suite et non pas le dénouement. Il
n'y a pas de dénouement ; il n'y a jamais de
dénouement. La vie continue, avec ses misères
infinies. Il n'y a de dénouement que sur les planètes glacées.

Comme Jacqueline te l'a dit, notre belle-sœur
Hélène est donc arrivée ici, chez nous, jeudi matin,
à la fin de la matinée. Elle était à pied. Elle avait,

je crois, pris l'autobus Place Clichy-Gobelins, qui s'arrête à l'angle de la rue Soufflot. Te faire voir quelle était l'expression de son visage, c'est difficile. Depuis un an, deux ans peut-être, elle m'inquiétait beaucoup et je pense qu'elle a dû t'inquiéter de même. Cette affectation de frivolité, de légèreté, d'insolence ! Tout cela ne lui allait guère. Mais, jeudi matin, nous avons eu le sentiment, Jacqueline et moi, de voir entrer chez nous une femme toute différente, vieillie de dix ans et pourtant froide, placide, mortellement placide.

Il était près de midi. Jacqueline a dit tout de suite : « Venez-vous déjeuner avec nous, Hélène ? » Elle a secoué la tête de manière imperceptible et elle a répondu : « Non, je viens vous demander asile, pour un temps indéterminé. » Comme nous la regardions avec stupeur, tous deux, elle a dit encore : « Pardonnez-moi. Je ne sais où aller. Je n'ai même pas d'argent. Nous allons divorcer. Comprenez-vous Laurent ? Nous nous séparons, Joseph et moi. Joseph m'a ordonné de quitter la maison. Je n'avais d'ailleurs pas l'intention de rester plus longtemps... là-bas. »

Nous savions bien, nous sentions bien qu'il y avait des plaies secrètes dans l'existence des Joseph ; mais nous nous sommes trouvés si déconcertés que nous n'avons rien répondu pendant plusieurs minutes. C'est terrible à voir, un être chassé de son lieu naturel, une femme qui, la veille encore, était adulée, fêtée, traitée partout comme une reine et qui arrive ainsi, à pied, son petit sac sous le bras, qui s'assied posément sur une chaise et qui dit : « Me voici. C'est fini. Je ne sais pas où aller. »

Je la regardais donc et je restais muet d'étonne-

ment et même de pitié. Alors Line a fait une chose
toute naturelle, toute simple. Elle a pris Hélène
par le col et l'a baisée à la tempe, comme cela, très
légèrement, sans insistance. Puis elle a dit aussitôt :

— Je vais vous donner la chambre du tout petit.
C'est une très bonne chambre avec cabinet de toilette, et le divan est excellent.

— Pardonnez-moi, a dit Hélène d'une voix basse
mais non tremblante, pardonnez-moi, Jacqueline,
je vais vous demander s'il vous est possible de
coucher aussi Finette. Elle doit me rejoindre cet
après-midi, avec des valises. Oh ! quelque chose de
très peu encombrant. Tout cela est provisoire,
Jacqueline ; mais je ne veux pas aller à l'hôtel...

— Ne vous inquiétez pas, disait Line ; on va
porter, dans la chambre, le divan du salon et Delphine couchera près de vous. Venez avec moi,
Hélène. Tout sera prêt dans un quart d'heure.

Comme les deux femmes se levaient pour sortir,
Jacqueline a murmuré :

— Il faut penser à maman, que vous allez voir à
déjeuner. Que voulez-vous qu'on lui dise ?

Pour la première fois depuis le début de l'entretien, le visage d'Hélène s'est assombri. Elle a
répondu, très vite :

— Rien, s'il vous plaît, rien, jusqu'à nouvel
ordre. Et si maman demande des explications
quand même, alors nous dirons que Joseph est en
voyage et que nous avons un travail à faire ensemble. Il faut gagner du temps.

Hélène et Jacqueline sont sorties là-dessus. Je
commençais à me remettre de ma première émotion
et à méditer sur l'événement. Depuis la mort des
Strohl de Nancy, Hélène n'a plus de famille et je

comprends assez bien son désir de ne point aller à
l'hôtel. Mon sentiment était surtout qu'il fallait,
d'abord, laisser retomber les colères et que, le plus
tôt possible, on allait parlementer, négocier, comme
dit volontiers Joseph dans son jargon, tâcher
d'arranger les choses. Je crois que ces crises de la
cinquantaine sont extrêmement dangereuses. Mais
enfin, il y a les enfants !

Chose étonnante, au déjeuner, maman n'a presque rien dit. Elle est assurément très vieille. Elle
est, elle semble, plutôt, très loin de nous, à certaines
heures. Elle a, toutefois, pour le malheur, des
antennes encore bien délicates. Elle devine tout,
elle comprend tout. Et, quand elle ne dit rien,
c'est qu'avec sa longue expérience de la souffrance,
elle juge, obscurément, qu'il est préférable d'avoir
l'air de ne rien comprendre.

Finette est arrivée au début de l'après-midi.
Elle apportait, dans un taxi, deux valises. Quelle
fille extraordinaire ! Quelle nature secrète et
sombre ! En deux jours, elle n'a pas ouvert la
bouche plus de trois fois. Elle a demandé seulement
à Jacqueline, qui me l'a rapporté, s'il était nécessaire d'avoir une dot pour entrer en religion et de
quelle importance devait être cette dot.

Hélène a dit, incidemment, un mot de Lucien,
leur aîné, qui vient d'acheter une auto et qui est
actuellement en voyage dans le centre de la
France.

A peine ses valises reçues, Hélène a commencé
de tricoter avec beaucoup de flegme. Je m'attendais à la voir sortir pour aller, par exemple, chez
un avocat. Elle n'avait pas même l'air d'y songer.
A la regarder ainsi, on imaginait une âme morte,

une créature deshabitée. Est-il possible que ce soit
là l'œuvre de Joseph !

Un peu après le déjeuner, j'ai pris sur moi de
téléphoner à Joseph. Il m'a répondu, lui-même,
d'une voix très irritée, qu'il ne pouvait pas me
recevoir tout de suite et qu'il me demandait de lui
téléphoner de nouveau dans la soirée.

Je suis allé, comme chaque jour, au Collège de
France et j'y ai travaillé tout l'après-midi. Quand
je suis revenu, le soir, il n'y avait rien de nouveau.
Hélène tricotait encore. De temps en temps, elle
s'arrêtait pour jouer avec nos petits. Elle avait l'air
d'être non pas au-dessus des événements, mais à
côté des événements, en dehors des événements.
Delphine lisait dans un coin. Un peu plus tard, elle
a aidé à mettre le couvert. Elles semblaient avoir
apporté, toutes deux, dans la maison, un silence
contagieux, un silence effrayant et les enfants eux-
mêmes ne disaient rien, ils s'amusaient dans un
coin, sans bruit. Au moment de se mettre à table,
pour le repas du soir, Hélène a dit, très simplement :
« Jean-Pierre n'est pas venu. C'est bien extraordinaire. » Rien de plus pour ce soir-là.

Chère Cécile, je vais aller tout de suite à l'essentiel. Pendant la journée d'hier, la journée de
vendredi, j'ai fait des efforts répétés pour atteindre Joseph au téléphone. Chaque fois, la secrétaire me répondait que M. Pasquier n'était pas chez
lui. J'espérais obtenir des renseignements de
Delmuter. La demoiselle du téléphone m'a dit, à
plusieurs reprises, que M. Delmuter était absent,
sans doute en vacances, et qu'il serait donc impossible de l'avoir à l'appareil ou même de le rencontrer rue Taitbout. J'en étais à me demander si

je n'allais pas forcer les consignes et tâcher de
voir Joseph coûte que coûte, quand il m'a téléphoné. C'était hier, à la fin du jour. Il m'a dit, sans
façon : « Viens demain, vers deux heures de l'après-
midi. Je t'attendrai chez moi. » Je voulais, songeant
à Hélène, lui demander des nouvelles du garçon,
je veux dire de Jean-Pierre ; mais il avait l'air à cran.
Il a coupé la communication avec sa désinvolture
ordinaire.

Pendant ce temps, chez nous, place du Panthéon,
régnait toujours un surprenant silence. Delphine
lisait un gros livre. Hélène tricotait un pull-over.
Elle ne parlait pas du tout de consulter un avocat
et je me demandais parfois si elle songeait sérieusement à ce que représente un divorce, ou si elle se
contentait d'arrondir les épaules pour laisser passer
la tempête, pour laisser choir la justice orageuse des
faits. Je ne te dis rien de Jacqueline : elle sait toujours ce qu'il faut faire et dire en des circonstances
semblables.

Je suis donc allé rue Taitbout au début de
l'après-midi. Je suis arrivé, si grande était ma
hâte, un bon quart d'heure avant le rendez-vous
et j'ai trouvé Joseph dans la galerie de peinture,
au premier étage de leur maison. Il n'avait pas
une figure plaisante à voir. Il était assis ou plutôt
affalé dans un fauteuil, les bras pendants, les jambes mortes. J'ai cru comprendre, en interrogeant,
plus tard, la demoiselle du secrétariat, qu'il avait
passé toute la journée du vendredi à faire —
tiens-toi bien, chère Cécile — des courses, des démarches, des visites à propos de sa candidature à
l'Institut.

Il m'a prié de m'asseoir, sans lui-même changer

de place. Le valet de chambre était debout devant
lui, comme quelqu'un qui vient de faire un rapport et qui attend une réponse. Joseph tardait à
répondre. Il a fini par gronder : « Vous pouvez vous
retirer. Je monterai moi-même, dans un instant. »

Le valet de chambre sorti, Joseph s'est tourné
vers moi. Il m'a dit : « Veux-tu un cigare ? »
— « Non, merci, je ne fume pas. » — « Tu as tort.
D'ailleurs, c'est ton affaire. »

Il s'est mis à fumer. Je me suis armé de courage
et j'ai commencé mon discours : « Joseph, ta femme
est chez nous depuis deux jours et j'ai pensé que
le mieux... » Il n'écoutait même pas. Il a coupé
tout net : « Quelle heure est-il ? Deux heures...
seulement deux heures ! » Et, soudain, il s'est levé,
il avait l'air las, pesant, l'air d'un mastodonte
malade, d'un monstre lent et perclus. Il prononçait,
d'une voix pâteuse, des paroles peu compréhen-
sibles. Il disait : « Deux heures ! On ne saura rien
avant deux heures et quart. J'ai le temps de
monter là-haut. Si tu veux venir avec moi, ça m'est
parfaitement égal. Tu pourras même constater
que je ne suis pas une brute. Je veux seulement
qu'on m'obéisse. Je suis le maître chez moi. Je
veux seulement faire ouvrir cette porte. »

Il s'est mis en marche, pesamment, et je l'ai
suivi sans rien dire, puisqu'en somme il m'en
priait. Nous n'avons pas pris l'ascenseur, mais
l'escalier, et nous sommes montés, l'un derrière
l'autre, jusqu'au troisième étage. Alors, Joseph
s'est retourné vers moi. Il disait, baissant la voix :
« Cet imbécile de Jean-Pierre est enfermé dans sa
chambre depuis quarante-huit heures. Il n'a rien
mangé depuis quarante-huit heures. Il a l'eau

courante, chez lui, et c'est tout. Je me demande
même comment il s'y prend pour aller au petit
endroit, puisqu'il n'est pas sorti. Cela fait dix fois
que je monte. Il me répond chaque fois qu'il veut
sa mère, qu'il ne sortira que si sa mère revient à la
maison. Eh bien, c'est ce qu'on va voir. »

Joseph s'est avancé dans le couloir de l'étage. Je
le suivais, en proie à un malaise horrible, celui que
nous pourrions éprouver si nous nous trouvions
soudain en présence d'un être d'un autre monde, ou
d'un animal monstrueux et malade. Il s'est arrêté
devant une porte ; il a donné un coup de poing
sur le panneau. Et il a crié : « Jean-Pierre ! Veux-
tu ouvrir la porte et descendre ? » Une voix très
faible a répondu, de l'autre côté : « Non, papa ! je
ne sortirai que si maman vient me chercher. » Alors,
Joseph : « C'est bien, je vais remonter tout à l'heure,
mon garçon, avec une hache, et je vais enfoncer ta
porte à coups de hache. Ce n'est quand même pas
toi qui auras le dernier mot. »

Joseph a tourné les talons et nous sommes redes-
cendus. J'attendais une occasion d'aborder le
possédé, de le regarder en face, de lui parler humai-
nement. Il semblait au delà de toute raison.
Comme je faisais mine de gagner le rez-de-chaussée,
il a dit : « Non, restons dans la galerie. En bas, c'est
plein d'espions. Je ne suis entouré que d'espions
et de traîtres. Retournons dans la galerie. D'ailleurs, c'est bientôt l'heure. » Sur cette parole
étrange, il s'est mis à rire, parfaitement, à rire !
Pas d'autre mot. C'était la grimace et le bruit du
rire.

Nous sommes revenus dans la galerie et il s'est
enfoncé de nouveau dans son fauteuil. J'ai jugé

que le moment était bon pour lui parler de ce qui
m'amenait. Il ne m'a pas laissé dire trois mots.
Tout de suite, il a levé la main : « Dans un moment,
si ça ne te fait rien. Tu vois bien que j'attends
quelque chose. Fais-moi l'amitié, Laurent, de me
laisser tranquille quelques minutes encore. »

Nous avons donc attendu et c'est une façon de
parler, car je n'imaginais même pas ce que nous
pouvions attendre. Il était peut-être deux heures et
demie quand la sonnerie du téléphone a retenti, en
même temps, aux trois étages de la maison. Joseph
s'est jeté sur l'appareil qui est, à cet endroit, caché
dans un placard. Il disait, d'une voix anxieuse :
« C'est bien vous, Mairesse-Miral ? » Presque tout
de suite, il est devenu très rouge et il s'est pris à
crier : « Encore Sanasoff ! Voulez-vous me foutre la
paix ? Puisque vous ne savez rien. Je vous défends,
vous m'entendez, je vous défends de me téléphoner
encore sans raison sérieuse. » Il a remis l'appareil
en place. Il frappait le sol du pied et il envoyait
des ruades, comme un cheval tourmenté par les
taons. Alors, il a tiré sa montre et il a dit : « Deux
heures trente-cinq. C'est à n'y rien comprendre.
Veux-tu attendre ici, Laurent ? Si l'on appelle au
téléphone, dis que j'arrive tout de suite. Mais ne
réponds pas toi-même. Tu comprends : ne réponds
pas. Dis seulement que j'arrive. »

Il y avait, dans tout cela, quelque chose de dé-
mentiel, si bien que, par crainte d'un éclat, j'ai fait
signe de la tête, pour lui donner à entendre que
j'étais d'accord avec lui. Il est revenu au bout de
deux ou trois minutes. Il grondait : « Deux heures
quarante ! C'est à devenir enragé. Mairesse-Miral
est bon à tuer. Quelle foutue-bête ! »

Il était peut-être trois heures moins le quart
quand Joseph est sorti de nouveau en disant :
« Veux-tu rester ici, Laurent ? Je vais parler au
garçon. Si l'on appelle au téléphone, alors, viens
vite me chercher. Tu vois, je n'ai personne, personne à qui me confier. Tu penses peut-être à
Blaise, au citoyen Delmuter ? C'est un petit saligaud. Faut que je fasse tout moi-même... »

A ce moment, le téléphone a sonné, une fois
encore. Et de nouveau, Joseph a bondi. Il aboyait,
dans l'appareil : « Ici, M. Joseph Pasquier. Alors,
c'est vous, Mairesse... Ah ! vous êtes sûr ! Vous
êtes sûr ! Répétez, Mairesse. Mais, mais... c'est
impossible. Allez vérifier... Non, non, inutile. Et
puis, venez tout de suite ici. Je m'en fous. Oui !
je m'en fous ! »

Lui qui ne pâlit jamais, il était soudain devenu
d'une pâleur effrayante et j'ai cru qu'il allait tomber. Pendant deux ou trois minutes, il est resté
debout devant le placard du téléphone. Oui, j'ai
cru qu'il allait tomber et je m'approchais déjà.
Alors il a fait un sourire, un affreux sourire verdâtre. Il est allé en trébuchant jusqu'à son fauteuil
et il a murmuré : « C'est l'affaire de l'Institut qui
vient de me claquer dans les mains. Une tape,
mon pauvre Laurent ! Pas autre chose qu'une
tape ! »

Il restait, ainsi, vautré dans le fauteuil et il
soufflait des bulles d'air entre ses lèvres relâchées.
Il fredonnait, de temps en temps, d'un air maussade et dégoûté : « Oui, oui, oui, oui ! C'est comme
ça ! » Et il essayait de rire.

J'ai su — je le dis tout de suite pour n'y plus
revenir — j'ai su par Mairesse-Miral, que j'ai vu

dans la soirée, et j'ai lu d'ailleurs dans les journaux que la « tape » en question était une tape des plus humiliantes. Il y avait vingt-sept votants. M. Simionescault a été élu au premier tour par dix-huit voix contre deux, oui, deux exactement à Joseph. Il y a eu sept bulletins blancs. Je ne t'en dis pas plus. C'est vraiment très misérable.

Alors, Joseph s'est levé et il a commencé de marcher dans la galerie. Je le suivais, de l'œil, en silence. Je connais assez mal la peinture moderne. Il y avait là, sur les murs, des couleurs éclatantes et même des formes gracieuses ; pourtant le désordre était grand, oui le désordre était terrible pour le profane que je suis et j'avais le sentiment que ce désordre reflétait assez bien, de manière assez frappante, le désordre qui régnait, qui règne, hélas, toujours dans l'esprit de Joseph, et même dans le monde entier, oui, dans notre monde très malheureux.

C'est alors que s'est fait entendre de nouveau la sonnerie du téléphone. Joseph m'a dit : « Tu vois, je suis seul ici. La demoiselle du secrétariat s'offre la semaine anglaise. Le petit Delmuter est un ingrat et un saligaud, rien de plus. Les domestiques se moquent de moi. Je ne sais pas où sont mes enfants. Pour Hélène... Ah ! pour Hélène... Tu sais, la question est claire. D'abord, pas un sou de pension. Et puis, j'irai jusqu'au bout. Je la traînerai par les cheveux. Je la déshonorerai. J'aurai ma vengeance. Ils nous embêtent avec cette sonnerie. Fais-moi l'amitié de répondre. J'en ai par-dessus la tête. » Là-dessus, il est sorti.

Dans tout ce qui va venir maintenant, j'ai le sentiment d'avoir joué un rôle assez peu compré-

hensible. Il en est toujours ainsi dès qu'on approche
de Joseph. Sœur, sois indulgente, je te prie. J'étais
très troublé, très malheureux, sûr qu'il était
impossible de parler raison à un fou. Ce drame
affreux restera, pour moi, mêlé de sonneries télé-
phoniques et de voix sorties de l'abîme pour
débiter des absurdités.

J'ai décroché l'appareil, puisqu'il n'y avait plus
personne. Jacqueline savait d'ailleurs que j'étais
chez Joseph et elle pouvait avoir à me parler. J'ai
donc pris le récepteur. C'était une voix de femme,
une belle voix de contralto. Elle disait : « M. Bradignan — ça ou quelque chose comme ça —
comprend très bien que M. Joseph Pasquier a dû
faire erreur ou même qu'il était souffrant et qu'il ne
surveille pas ses propos. La personne qui se présente pour les lentilles du Chili est une personne
très estimable qui exige seulement une réponse
avant ce soir, dernier délai. M. Bradignan insiste
beaucoup auprès de M. Joseph Pasquier... »
Voilà ce que j'ai cru comprendre. Il s'agissait
d'une affaire très compliquée, comme le sont, je
pense, toutes les affaires de Joseph. J'ai cherché
Joseph du regard. Il n'était pas revenu. Alors, j'ai
raccroché l'appareil. La sonnerie a retenti, de
nouveau, une fois encore, et, comme personne ne
semblait devoir répondre, j'ai, en désespoir de
cause, repris la communication. Ce que je pouvais
entendre ne m'était pas compréhensible : « Allo,
allo ! Ici, le cabinet Ravier-Gaufre. Voulez-vous
faire savoir à M. Pasquier... » A ce moment, j'ai
entendu frapper des coups violents, dans les hauteurs de la maison, des coups qui semblaient se
propager dans toute la charpente. Et puis, presque

aussitôt, une ombre rapide a passé devant le
soleil, quelque chose d'inexplicable, tel un oiseau
en plein vol. La voix reprenait, dans le téléphone :
« M. Ravier-Gaufre est en voyage à l'étranger. Il
ne sera pas de retour à Paris avant le mois de
Septembre. Veuillez le noter par écrit. »

En entendant ce bruit dans la maison, j'ai pensé
à la hache. La hache ! Te rappelles-tu papa pour-
suivant son propriétaire avec une hachette à bois
et finissant par couper une conduite d'eau pour
inonder la maison. La hache ! C'est vraiment une
destinée dans l'histoire de la famille.

Je me suis mis à courir et, comme j'abordais
l'escalier, j'ai entendu un cri tout à fait horrible,
un cri qui n'a pas fini de retentir dans mes oreilles.
Un cri qui n'a pas fini de voyager par le monde.
Un cri que tu as peut-être perçu, toi aussi, là-bas
dans l'autre hémisphère. Parvenu sur le palier du
second étage, j'ai rencontré Joseph qui descendait
l'escalier en hurlant. Il n'y avait rien à en tirer.
Il ne voyait plus rien, n'entendait plus rien. Je
l'ai suivi. J'ai couru moi-même, saisi, aspiré, par
ce tourbillon de folie. Nous sommes arrivés, tous
deux courant ainsi, jusque dans la cour de l'hôtel.

Le petit Jean-Pierre était là, étendu sur le pavé,
couvert de poussière. Il saignait beaucoup du
nez. Il avait l'air d'un animal qui a reçu le coup
de maillet. Terrible à dire, il a fait un effort pour
se redresser sur le coude. Et le sang lui coulait du
nez, comme une petite fontaine.

Joseph a sauté sur l'enfant et l'a pris dans ses
bras. Dix-neuf ans ! Presque un homme. Jean-
Pierre n'est pas un géant, mais il est assez long
et c'était affreux à voir, ce grand adolescent maigre,

avec ses jambes grêles et ses bras qui pendaient.
Joseph est parti, comme un homme privé de
raison. Il a remonté l'escalier en courant et en
criant. Le sang de l'enfant tombait sur les dalles.
sur les tapis, sur les parquets. Il rejaillissait sur
les meubles et les murailles. Joseph courait toujours et moi je le suivais et je crois bien que je
criais aussi. Mais quoi ? Je ne sais plus quoi.

Joseph s'est arrêté enfin dans la chambre du
garçon. J'ai vu, à ce moment-là, que la fenêtre
était béante et que la porte avait été fendue dans
le milieu, ouverte à coups de hache. Trop tard
évidemment. L'enfant venait de se précipiter.

Joseph a posé le garçon sur le lit et il s'est tourné
vers moi. Il disait : « Tu es médecin ! Eh bien !
fais ton devoir. Sauve-le, ou je me tue. Sauve-le.
C'est ton métier. Allons, fais quelque chose. »

J'ai commencé d'examiner Jean-Pierre et de le
déshabiller. J'ai dit à Joseph : « Sonne les domestiques. Apporte-moi de l'alcool. Qu'on fasse bouillir
de l'eau. Et trouve quand même quelqu'un pour
téléphoner à Chabot. Littré 27-22. Et puis, et puis,
sois calme. On ne peut rien dire encore. »

Le garçon ne parlait plus. Il ne se plaignait
même pas. Il me regardait seulement avec de
grands yeux dilatés, pleins d'une affreuse lassitude.

Un peu plus tard, pendant que je lavais le
visage du blessé, Joseph est revenu avec le valet
de chambre et le cuisinier. J'ai donné des ordres et
demandé ce qui m'était nécessaire. Joseph est
resté près de moi. Il n'était pas silencieux. Il
disait, de temps en temps : « Sauve-le, et je ferai
quelque chose... Je ne sais pas ce que je ferai ;
mais je ferai quelque chose. J'ai besoin de faire

quelque chose. J'étouffe ! J'étouffe ! Je vais crever. Non, ne t'occupe pas de moi. Je dis ça, mais je suis solide. »

J'étais tout à ma besogne et je l'écoutais à peine. Alors, il est venu près de moi et il a grondé tout bas : « Toi, Laurent, je te connais. Tu penses que je suis puni. Ne dis pas le contraire. Je connais tes idées. Puni de quoi ? Explique-le donc. »

Il s'est arrêté sur ces mots. A le regarder furtivement, je comprenais d'ailleurs fort bien la suite de ses pensées : « Puni de quoi ? De quoi ? D'être fait comme je suis ? C'est comme si tu reprochais au lion d'avoir des griffes ou au cobra de sécréter du venin. »

Il s'est repris à gémir : « Ce n'est pas grave. Promets-moi que tu vas le sauver. » Et, tout aussitôt, râlant et reniflant : « Je ne peux pas continuer à vivre comme ça. Non ! Non ! Non ! Le malheur est que je suis incapable de vivre autrement. Je me connais ! Je me connais ! Eh ! là ! Ne lui fais pas de mal. Il ne dit rien. Toi non plus, tu ne dis rien. Vous êtes terribles, vous autres, vous ne dites jamais rien... »

Chabot est arrivé, très vite. On avait pu l'atteindre chez lui pendant sa consultation. Le garçon a une fracture du bassin. La fracture du crâne est encore douteuse. La première ponction lombaire n'a pas ramené de sang. Il semble bien que l'hémorragie nasale soit due à une fracture des os propres du nez. Trois étages, c'est une chute terrible. Enfin Chabot pense que l'état du garçon n'est pas désespéré, mais qu'il faut s'attendre à tout.

J'ai passé l'après-midi près du blessé. Puis

Chabot a envoyé son interne, pour le début de la nuit. Au moment où j'allais sortir de la chambre, j'ai regardé Joseph bien en face, et je dois avouer que cela ne m'arrive pas souvent. Il a détourné les yeux, et il s'est mis à bégayer, la voix perdue, chavirée. Il disait :

— Tu retournes chez toi ? Alors, va chercher Hélène. Mais oui, va chercher Hélène. Tu ne diras pas le contraire.

Hélène est auprès de son enfant. Je t'écrirai après-demain et te raconterai la suite. Rien n'est jamais fini dans notre monde misérable. Il n'y a de repos, dit Gœthe, que sur les cimes glacées. Hélas ! ce n'est même pas vrai. Il n'y a de rémission que sur les planètes mortes, quand toute vie est abolie depuis des millions de siècles et que les souvenirs mêmes sont endormis pour toujours.

Sœur, je te baise les mains.

Ton Laurent.

TABLE

ACHEVÉ D'IMPRIMER
SUR LES PRESSES DES
IMPRIMERIES RÉUNIES
DE CHAMBÉRY
EN MARS 1949